Quo vadis Graecus?

Das Ende der Republik Griechenland
2035 – 2037

Fiktive Narrationen I

Hannes Kerfack

© 2020 Hannes Kerfack

Autor: Hannes, Kerfack
Umschlaggestaltung, Illustration: tredition
Bilder: Hannes, Kerfack
Lektorat, Korrektorat: Hannes, Kerfack
Verlag & Druck: tredition GmbH, Halenreie 40-44, 22359
Hamburg

ISBN: 978-3-347-04572-9 (Paperback)
ISBN: 978-3-347-04573-6 (Hardcover)
ISBN: 978-3-347-03690-1 (e-Book)

Bibliografische Information der Deutschen Nationalbibliothek:
Die Deutsche Nationalbibliothek verzeichnet diese Publikation
in der Deutschen Nationalbibliografie; detaillierte
bibliografische Daten sind im Internet über http://dnb.dnb.de
abrufbar.

Inhaltsverzeichnis

1. Teil:
Anfänge einer Bewegung neuen Typs

Quelle: Das Parteiprogramm der GEMEINSAMEN: Die Rote Liste

Quelle: Ein Ausschnitt aus der ersten Rede Volgins vom 10. März 2035

2. Teil:
Der griechische Bürgerkrieg 2036

Quelle: Die wichtigsten Punkte der Verfassungsrevision im Falle der Regierungsübernahme durch die Kommunistische Partei

3. Teil:
Entscheidungen zwischen Diktatur und Demokratie

Quelle: Die Wahlergebnisse der Senatswahl vom 5. März 2037

Vorwort zur ersten Fassung von 2011

Der Kommunismus, man nennt ihn auch das Streben nach einer „klassenlosen Gesellschaft", war etwas, was die Menschen in ihrer Geschichte zunächst beflügelt hat. Der Traum von einer Gesellschaft ohne Arm und Reich, ohne Rassenkonflikte und mit Gerechtigkeit und Fürsorge seitens des Staates. In meinem kleinen Buch war ich darauf fixiert, die Entwicklung einer Arbeiterbewegung in Griechenland darzustellen. Die gesamte Geschichte spielt in einer fiktiven Welt, die sich nicht ganz mit dem Planeten Erde vergleichen lässt.

Eine Republik ist am Ende ihrer Tage, welche immer mehr durch extremistische, politische Organisationen zermürbt wird. Die Ideale der Republik, wie Menschlichkeit und Achtung Aller, welche von Generalsekretär Rufus geprägt wurden, sind schon längst nicht mehr Teil dieser Politik. Etwas, was sie sich selbst durch ein kapitalistisches und unsoziales System geschaffen hat. Enteignung, Arbeitslosigkeit und die Abschaffung von sozialen Hilfsmaßnahmen, sind nur einige der Punkte, welche zum Untergang führen sollten.

Das Volk selber steht der Regierung in Athen nicht mehr wohlgesonnen gegenüber. Die Antidemokratie und die Antisozialdemokratie wachsen mit der Zeit immer stärker an. Und in diese Zeit tritt ein noch sehr junger Mann, welcher die Geschichte entscheidend verändern würde. Im Wesentlichen geht es um den Aufstieg einer linksextremem Organisation zu einer Partei und ihr Voranschreiten in Sachen Einfluss und Macht.

Auf dem Höhepunkt steht die Revolution in Griechenland und der endgültige Umsturz der

8

demokratischen Verhältnisse in eine autoritäre Diktatur unter einer kommunistischen Partei und ihrem Generalsekretär.

Es ist mir wichtig, dass auch Gewalt und Unmenschlichkeit während des Lesens erkannt werden. Diese Organisation propagiert sich als friedlich und hilfsbereit. Die Pläne des jungen Mannes sehen aber etwas ganz anderes vorher. Schein und Lüge gehören auch in das Spektrum dieses Büchleins. Ich will hier nicht allzu viel verraten von diesem Mix aus Verschwörung und Ideologie. Eine kommunistische Gesellschaft im 21. Jahrhundert? Würde manch einer da nicht stutzig darüber nachdenken? Ja, aber man muss bedenken, dass es in dieser fiktiven Welt solche Staatstheorien noch nie gegeben und der junge Mann sie aus der dortigen Situation heraus entwickelt hat.

Es ist neuartig und revolutionär, was er dort propagiert. Und genau das macht ihn so anziehend, genauso wie die Angst vor dem Elend, der Enteignung und der Not. Denken Sie bitte doch mal daran, dass es eine solche autoritäre Staatsform immer wieder geben kann. Wir alle sind anfällig für Volksverführer, wenn es uns schlecht geht. Wer will schon auf seinen Lebensstandard verzichten? Der Verstand und unsere Zweifel schützen uns vor Demagogen, aber nur wenn wir alle gemeinsam nachdenken und die extremistischen Ideologien anzweifeln. In meinem Buch ist es nicht anders: Demagogische Parolen gegen die sozialen Missstände. Diese sollen kritisch beurteilt werden.

Aber die Menschen lassen sich zu leicht lenken und dann noch in die falsche Richtung, in der sie am Ende für mehr Einfluss und Macht ihrer diktatorischen Regierungsvertreter selbst missbraucht werden. Sie fragen sich vielleicht, wer dieser junge Mann vom Namen ist? Georgios Volgin.

Meine Utopie-Figur versteht sich als cholerisch, aufbrausend, jähzornig, durchsetzungsfähig und ist mit allerlei Führungsqualitäten ausgestattet. Gleichzeitig ist er hochintelligent, ruhig und gelassen und ein sehr effizienter Verwalter. Das macht ihn so trügerisch. Aber lassen Sie den Verstand siegen und schauen Sie hinter die Fassade! Denn nur wenn wir gemeinsam gegen die Demagogen nachdenken und sie kritisch betrachten, kann die Freiheit siegen.

Hannes Kerfack, Sassnitz im September 2011

Vorwort zur überarbeiteten Fassung von 2020

Diese Fassung von 2011 wurde während und nach meinem Studium gründlich überarbeitet, um die Zusammenhänge besser zu verdeutlichen und Fehler, sowie kritisch, etwas jugendlich, pubertär-vulgäre Sprache zu beheben, die mir heute mit 27 Jahren nicht mehr so bewusst ist. Trotzdem zeigt sie eine Leidenschaft, eine Liebe zum geschichtlich-fiktiven Gegenstand, die total faszinierend ist.

Dieses Thema, das die hier dargestellte Republik und Freiheit am Ende ihrer Tage zum Gegenstand hat, ist durch die Flüchtlingskrise, den Terroranschlägen, der Verfolgung von Verdächtigen und der Corona-Krise wieder hoch aktuell. Das ist etwas, was ich vor 9 Jahren so noch nicht in der Realität gesehen habe, dass die Freiheit wieder zur Frage steht: Wie viel Freiheit und Frieden können wir zulassen oder sichern, damit der Freiheit, dem Frieden und dem Nächsten nicht geschadet werden?

Als die Griechische Schuldenkrise ab 2008/09 begann, nahm mein Buch immer mehr Formen an. Mein älterer Bruder empfand mich als Visionär. Mein Vorbild war aber insgesamt mehr der Untergang der Weimarer Republik 1930-33 und dieses fiktive Griechenland geht auf ein Computerspiel „Civilization 4" im Dezember 2007 zurück, in dem man ein Volk in einer fiktiven Welt lenken konnte. Angesichts dessen wird auch eine Computerspielethik immer wichtiger und die Unterscheidung zwischen Fiktion und Realität, aber auch wie nahe sie beieinander sein können und sie eine Bedeutung für die gegenwärtige Gesellschaft haben.

Andererseits ist es auch ein hoch kritisches Thema gewesen, da der Weg in die Diktatur voller Reformen, aber auch Schrecken beschrieben wird, die   vielen Menschen

11

schaden oder auch nicht schaden werden. Aber da es ein aktuelles Thema sein kann, wohin wir gehen, wenn mehr Sicherheit in der Freiheit notwendig wird, um die Freiheit zu schützen (besonders angesichts der Corona-Krise), entscheide ich mich dazu, dieses Buch zu überarbeiten und heraus zu bringen. Es könnte eine Mahnung für die Zukunft sein, nicht in einer Welt leben zu wollen, in der die Freiheit bedroht ist und den Verlust dieser zu verhindern.

Hannes Kerfack, Sassnitz im April 2020

Geschichte des fiktiven Griechenlands

Das Buch spielt in den Jahren 2035 bis 2037, greift aber auf viele verschiedene, fiktive Ereignisse und Kontexte zurück, die ohne die folgende Geschichtstafel kaum verstehbar bleiben.

4000 v. Chr. - Gründung einer Siedlung "Athen" im Scheitelpunkt des späteren Grenzfluss, zur bestmöglichen Verteidigung

Bis um das Jahr 0 – Gründung weiterer Stadtstaaten Thessaloniki, Sparta, Korinth und Theben im Norden und Westen von Athen - Gründung des Städtebundes (Polis-Verbände unter der Herrschaft des griechischen Königs in Athen)

100 n. Chr. - Zerstörung der barbarischen Stadtstaaten und Eingliederung dieser in das Griechische Königreich

(Die Polis-Stadtstaaten werden zur Tradition und Sinnbild des Griechischen Staates für viele weitere Jahrhunderte)

Bis um 500 n. Chr. - Blütezeit des Königreiches und der diplomatischen Beziehungen zum Sumerischen und Osmanischen Reich im Osten und Süden jenseits des Grenzflusses – ewige Friedenszeit

Ausweitung des Reiches in das Gebiet nordöstlich Thessalonikis und Gründung weiterer Stadtstaaten und Überquerung des Grenzflusses

1871 – Sturz der absoluten Monarchie und Einführung der konstitutionellen Monarchie – Einführung einer gesamtgriechischen Verfassung

1956 – Putsch des Militärgenerals Alexander und Einrichtung einer Militärdiktatur

Wachsender außenpolitischer Druck – Übermacht des Osmanischen und Sumerischen Reiches – Nationalistische Bestrebungen und Weltherrschaftspläne Alexanders zur Gleichberechtigung Griechenlands /
Wirtschaft im Dienste Aufrüstung des Landes (Einführung eines autarken Systems)
Grenzdispute am Grenzfluss im Nordosten führen zu diplomatischen Streitigkeiten mit Sumerien und in den **Krieg.**

Sumerien kämpft auf der Seite Englands auf dem Westkontinent gegen Griechenland, auf dessen Seite Holland auf dem Westkontinent steht. Das Osmanische Reich im Süden Griechenlands bleibt zunächst neutral.

1996 – 2007 – Weltkrieg der Jahrtausendwende

Sturm der Griechen auf die sumerischen Städte am Ostufer des Flusses, Vorstoß bis zur Hauptstadt Ur, dann 2002 Eintritt der Osmanen in den Krieg, Eroberung Athens und Rückeroberung 2005

Frontzusammenbruch, Fall Spartas und Kapitulation Griechenlands 2007, Besetzung des Reiches und Sturz der Militärdiktatur

2008 – 1. Welttribunal der UNO in Athen: Verurteilung der Hauptkriegsverbrecher, Beginn der Provisionsregierung "Rufus" der Roten Partei in Athen

Gründung der linksextremen Organisation DIE GEMEINSAMEN unter den Prä-Kommunisten Klaus und Datus in Theben

2009 – Proklamation der Republik Griechenland, 1. Generalsekretär wird Senator Rufus – Aufhebung des Besatzungsstatuts und Einführung der wirtschaftlichen Unterstützung und des Aufbaus der Kapitalgesellschaften aus dem Ausland

2012 – Wirtschaftskrise und Aufstand der linken und rechten Kräfte

Unterdrückung des Aufstands und Einführung der Sozialgesetze 2010, sowie Entschuldungsprogramm der Landbauern

2019 – Tod Generalsekretär Rufus (nach Ermordung?) und Ernennung des 2. Generalsekretär Claudius (Rote Partei wird Einheitspartei Griechenlands) – Beginnende Stagnation der Wirtschaft und Vormachtstellung der Kapitalgesellschaften

26. Februar: Geburt Georgios Volgins in Theben

Rezession der Wirtschaft und faktische Ständegesellschaft

2035 – Wiedergründung der GEMEINSAMEN und Gründung der Kommunistischen Partei in Theben unter dem

Vorsitzenden Georgios Volgin, Beginn der Hetzkampagnen gegen die Demokratie und die Kapitalgesellschaften

2036 – **Krisenjahr der Republik**, Griechischer Bürgerkrieg zwischen Verus, Volgin und Claudius, UNO-Intervention

> 4. April 2037 – Kommunistische Revolution, Sturz der Athener Regierung und Claudius und Ernennung Volgins zum "3. Generalsekretär", Proklamation der GKR und Legalisierung der Revolution (viertel-demokratisches System)

2038 – 8-Jahres-Plan zum Industriestaat Griechenland und Beginn der früh-kommunistischen Zeit – Beginn der goldenen Jahre und Wirtschaftswunder – wohlwollende und tolerante Tyrannei

Einführung eines umfangreichen Sozialsystems (Krankenversicherung, Unfallversicherung, Rentenplusbetrag, Arbeitslosenversicherung im Falle einer Behinderung, Kindergeld, Arbeitsschutz, Familienversicherung, Parteischenkungsgelder, einheitliches Steuersystem, Studiosihilfsgeld, Subvention von Nahrungsmitteln und Medikamenten)

2050 – Georgios Volgin wird Generalsekretär der UNO, Plan der Einrichtung einer kommunistischen Weltregierung (Projekt "Roter Planet") – Totalitäre Parteidiktatur – Bau des antidemokratischen Grenzwalles am Grenzfluss

Beginn der hoch-kommunistischen Zeit – "Blütezeit" der GKR

Abschaffung des viertel-demokratischen Systems und der Blockparteien – Bildung einer außerparlamentarischen Opposition zur Wiederherstellung der Rechtsstaatlichkeit und Demokratie

KP hat weltweit 7,5 Millionen Mitglieder.
November 2060 – Bombenanschläge erschüttern Griechenland und töten über 1000 Griechen auf den zentralen Marktplätzen in den Städten

5. und 6. Dezember 2060 – Politischer Pogrom als Racheakt gegen die Opposition – Mehrere 1000 Menschen sterben, werden in den Selbstmord getrieben, erschossen, aus Fenstern geworfen, Vereine und Organisationen werden geplündert, enteignet und zerstört.

2070 – Entstehung der 2. Generation der GKR (schwindende Einheitsloyalität und zunehmende liberale Bestrebungen) – Projekt "Roter Planet" wird durch das Osmanische Reich in der UNO blockiert.

3. März 2075 – Athener Arbeiteraufstand gegen die Arbeitsbedingungen – Unterdrückung durch die Partei bei gleichzeitiger Arbeitsplatzverbesserung – Beginn der spät-kommunistischen Zeit und wirtschaftlichen Stagnation

2085 – Bildung eines reformkommunistischen Flügels in der KP und Spaltung der GKR (Dyarchie der 300 Tage) und Hinrichtung des Widerstandes nach Attentatsversuch gegen Volgin und Staatsstreich-Versuch einiger KP-Mitglieder, um die Regierung Volgins zu stürzen.

2092 – Goldkrise – wirtschaftliche Krise der GKR

2095 – Sturz Volgins als Generalsekretär der UNO und Wiederwahl Süleymans II.

2099 – Beginn des Volksaufstandes in der GKR und Anarchie (Eskalation und Zermürbung des kommunistischen Staates) aufgrund des Staatsbankrotts, der Parteidiktatur und Unterdrückung

2101 – Geheime Parteikonferenz in Athen zur Lösung des Aufstands – Einrichtung von Folterlagern als reine Vernichtungslager, die bis 2106 insgesamt 2 Millionen Menschen in den Tod führen – Gründung eines Ausschusses zur Wiederherstellung der öffentlichen Ordnung

2104 – Beginn des Verteidigungskrieges der GKR gegen das Osmanische und Sumerische Reich, die gegen die Terrorherrschaft als „Demokratischer Bund" vorgehen.

2105 Fall Athens und Thessalonikis

2106 Selbstmord Volgins und Gründung einer Provisionsregierung für Friedensverhandlungen unter dem (letzten) 4. Generalsekretär Maximus – Fall Korinths

2107 – Fall Thebens und Kapitulation und Annektierung der GKR, Verhaftung der KP-Führungsmitglieder, weltweites Verbot der KP und des Kommunismus

2108 – 2. Welttribunal der UNO in Athen – Aburteilung der griechischen Kriegs- und Menschheitsverbrecher, die Hälfte der Parteiführung der KP bekommt das Urteil „Tod durch den Strang.", 4 werden freigesprochen.

Wort zur Utopie-Hauptfigur

Georgios Volgin (geboren am 26. Februar 2019 in Theben, gestorben am 6. April 2106 durch Suizid)

war ein griechischer Politiker, Diktator und Staatstheoretiker. Seine politische Aktivität begann im Jahr 2035 durch den Wiederaufbau der linksextremen Organisation DIE GEMEINSAMEN und die Mobilisierung der linksradikalen Arbeiterschaft Griechenlands. Anfang 2036 entstand daraus die Kommunistische Partei, dessen Parteivorsitz er übernahm. Auf dem Höhepunkt der republikanischen Krise 2035-2037, wird durch die Kommunistische Revolution am 4. April 2037 ein neuer Staat aus der alten Republik geboren, nämlich die GKR (Griechische Kommunistische Republik), ein kommunistischer Staat der Postmoderne. Die Revolution wird quasi durch Verfassungsänderungen legalisiert, um seinen Machtausbau stetig voranzutreiben. Als Generalsekretär der GKR erschließt er sich die Diktatur. Durch gezielte Propaganda und „Verschönigung" erreicht er das Amt des Generalsekretärs der UNO im Jahr 2050. Dieses Amt hatte er bis 2095 inne und bis zu seinem Tode die Ämter des Generalsekretärs der GKR und des Parteivorsitzenden der KP. Seine Regierungszeit hat mehrere, unterschiedliche Facetten. Mithilfe seiner Helfer in der Partei, unter anderen Maximus (2020-2108) und Clemens (2018-2109), die Parteisekretäre, formte er seine eigene Tyrannei und die Parteidiktatur der KP.

Bis 2050 sorgten seine Großen Reformen und die Vierteldemokratie für einen sehr hohen Wohlstand und soziale Stabilität in Griechenland. Er setzte sich für die Unterschicht und das Bauerntum ein. Ab 2050 wurde der geformte Staat totalitär, der sämtliche Lebensbereiche erfasst, und tyrannisch von ihm regiert (gezielter Terror und Schrecken gegen Andersdenkende, selbst wenn sie passiv blieben). Andererseits wurde er bekannt durch seine eigenen legalen „Weltherrschaftspläne" (die als solche von außen gar nicht so wahrgenommen wurden), zur Einführung der kommunistischen Doktrin über ein UN-Mandat.

Politische Verfolgungen stehen im Zuge der totalitären Diktatur an der Tagesordnung, wobei eine in eine Schreckensnacht mit gewaltigen Verhaftungswellen gegen potenzielle Gegner (politischer Pogrom) am 5. und 6. Dezember 2060 mündet.

Im Vorfeld kam es am 29. November zu den schlimmsten Terroranschlägen, mit 1000 Toten und Verletzten, durch sieben in den Großstädten gleichzeitig gezündeten Autobomben während der Weihnachtsmarktzeit, in der griechischen Geschichte. Die Verfolgungen dienten der Ausschaltung des politischen Widerstandes.

Zum Ende der kommunistischen Zeit wurde der Staat von einer innerparteilichen Krise (Reformkommunismus, „Dyarchie der 300 Tage"), Volksaufständen und einem Staatsbankrott, ausgelöst durch die Goldkrise 2092 zunehmend bedroht und die organisierte „Operation Reinrot" gegen die Aufständischen kostet ca. 2 Millionen Menschen ihr Leben. Viele konnten, bevor sie gefasst wurden, in den Wirren des Krieges flüchten. Der Verteidigungskrieg des Kommunismus der GKR von 2104-2107 gegen den Demokratischen Bund, zerstörte die Republik letztendlich, trotz erbittertem Widerstand.

Ab 2105 zog sich Volgin größtenteils aus der Politik zurück. Durch die herannahende Front, einer schweren Lebenskrise, fortschreitender Krankheit und körperlicher

Schwäche nahm er sich das Leben in seinem Verwaltungsstand in Theben, seinem letzten Aufenthaltsort. Seine Rolle in der Weltgeschichte hat somit zwei Seiten einer Medaille. Und trotz alledem war er einer der mächtigsten Herrscher der Postmoderne und führte die letzte Diktatur, welche fast die gesamte Welt umspannt hätte, in der Fiktion zumindest. 2108 werden viele Vertreter der Regierung auf dem Athener Welttribunal der UNO wegen Kriegsverbrechen und Verbrechen gegen die Menschlichkeit verurteilt, die meisten zum Tode, unter anderem Maximus, der letzte Erbe Volgins, und Clemens, Chef der KommuSTASI.

Danach wird der Kommunismus weltweit verboten und die Demokratie weltweit eingeführt.

Die wichtigsten Nebenfiguren

Volgin hatte sehr viele Anhänger und Gegenspieler. Einige davon werden später Mitglieder seiner Regierung.

Maximus

ist der beste Freund Volgins, der spätere Außenminister und Minister für linke Aufklärung. Er wird 1. Parteisekretär und damit der Stellvertreter Volgins und der zweite Mann im späteren, kommunistischen Staat. 2108 wird er auf dem Athener Welttribunal der UNO zum Tode durch den Strang verurteilt, da er dem Ausschuss zur Wiederherstellung der öffentlichen Ordnung angehörte und diesen leitete.

Clemens

war Redakteur bei den Thebener Neuester Nachrichten, bis er auf Volgin 2035 aufmerksam wird. Er gilt als einer der fanatischen Anhänger Volgins und des Kommunismus. Er übernimmt später die Leitung der Parteipresse, dann der „Roten Augen" und dann das Ministerium für kommunistische Staatssicherheit und wird 2. Parteisekretär. 2108 wird er zum Tode durch den Strang verurteilt, da er Millionen von Menschen in die Lager verschleppen ließ.

Gaius

war Sozialist und gehörte dem linken Flügel der Roten Partei an, bis er von dieser verstoßen wird und Volgin beitritt und den Soziallistenpakt mit ihm schließt. Später wird er Vorsitzender der KBP (Kommunistische Bürgerpartei).

Cornelius Decimus

war Stabschef der republikanischen Truppen im Bürgerkrieg 2036 und einer der stärksten Widerständler gegen Volgin. 2037 wird er auf offener Straße erschossen, nachdem Thessaloniki fällt.

Generalsekretäre Claudius und Rufus

Die Generalsekretäre der Republik Griechenland regierten jeweils von 2009 bis 2019 und 2019 bis 2037. Sie waren die Vorsitzenden des Senates, des Parlaments, der Stadträte und die Einheit von Legislative und Exekutive. Rufus wird 2019 vermutlich ermordet, gilt als Gründervater der Republik Griechenland und versuchte durch eine gleichmäßige Wirtschafts- und Sozialpolitik das Land zu einen. Claudius näherte sich dagegen den Kapitalgesellschaften an und förderte den Föderalismus in zu hohem Maße. Claudius geht 2037 in das Exil.

Süleyman I.

war Sultan des Osmanischen Reiches und Initiator der „Operation Falke" als Teil der UNO-Intervention gegen Verus.

Stadtratsvorsitzender Julianus Magnus

stand dem Thebener Stadtrat vor und wollte mit den Kommunisten um eine Ratsbeteiligung verhandeln. Als es zum Bruch mit diesen kommt, wird er umgebracht.

Sarius Latus

war Vorsitzender der Senatskanzlei, wechselte auf die Seite der Kommunisten und verhandelte mit ihnen und einigen Kabinettsmitgliedern der Roten Partei um eine Regierungsbeteiligung Volgins.

Gaius Simplexus

war Vorsitzender des Schutzbundes der Privatwirtschaft und Teil der antikommunistischen Bewegung. 2037 wird er verhaftet, dann amnestiert, später wird er Vorsitzender der Griechischen Wirtschaftspartei und Vorsitzender der Sekretärskammer und damit Staatsoberhaupt.

Herius

gehörte dem rechten Flügel der Roten Partei an und wechselte dann auf die Seite der Verus-Nationalisten. 2036 erschießt er sich nach der Niederlage von Verus.

Verus

war einer der entschiedensten Gegner Volgins, des Kommunismus und Anführer der nationalistischen Bewegung Griechenlands. Nach dem Scheitern im Bürgerkrieg 2036 erhängt er sich in seinem Büro in Thessaloniki.

Teil 1
Anfänge einer Bewegung neuen Typs

1. Kindheit und Jugend Volgins

Georgios Volgin wurde am 26. Februar 2019 in Theben geboren und war das Kind einer armen griechischen Familie. Über seine Vergangenheit ist nicht allzu viel bekannt. Man weiß allerdings, dass er einen Charakter entwickelt hat, welcher später immer stärker wurde. Anfangs, besonders während seiner Schulzeit, war er verschlossen und sehr in sich bezogen.

Er zeigte nicht das typische soziale Verhalten eines Jugendlichen und vermied Freizeitaktivitäten. Oft saß er in einer Ecke, wo er Bücher über Politik und Geschichte studierte. Seine schulischen Leistungen waren anfangs nur befriedigend und weniger im guten Bereich. Oft hänselte man ihn, weil er sich nicht anpassen wollte. Er galt als frühreifer Überflieger, der mehr wollte, als ihm zuzutrauen war. Er wollte nicht unterschätzt werden und träumte von Macht und Einfluss.

Immer wenn auf dem Schulweg war, sah er das Leiden und die Armut vieler Menschen. Sie schliefen unter Brücken und Sozialheime waren nur privat organisiert. Man konnte sehen, dass der Weltkrieg der Jahrtausendwende (1996-2007) immer noch seine Spuren hinterlassen hatte. Zerstörte Wohnheime, welche nur teilweise repariert wurden, Landarmut, eine geringe Industrieproduktion von Fertigwaren, schlechte Ernten und eine hohe Arbeitslosigkeit.

Er meinte, dass dieses Land dringend Reformen bräuchte, die sozialdemokratische Regierung der Roten Partei unter Generalsekretär Claudius an allem Schuld sei und eine neue Zeit dabei ist anzubrechen. In politischen Diskussionen im schulischen Unterricht stellte man sein Redetalent fest und eine sehr gute Rhetorik. Durch die verschiedenen Studien der Demografie und der Politik dieses Staates, entwickelte er seine erste Staatstheorie im Geheimen (die Grundzüge des Volginismus).

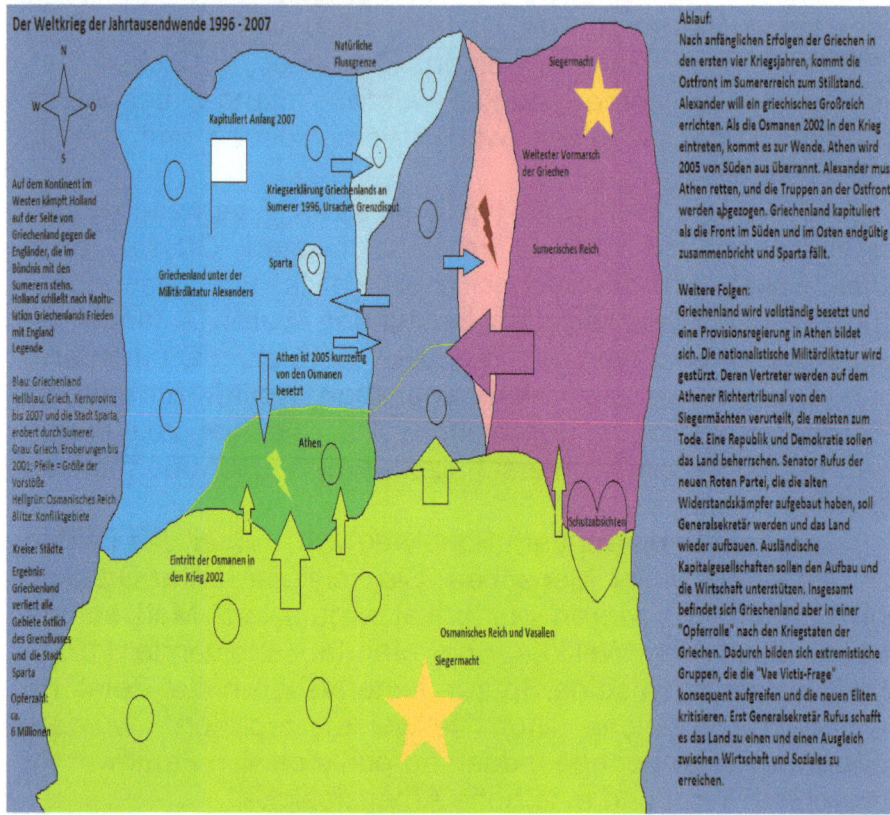

Die politische Situation Griechenlands vor, während und nach dem Weltkrieg der Jahrtausendwende 1996-2007 auf dem Ostkontinent.

Kritik übte er an der Oberschicht, welche nicht dazu bereit war, den ärmeren Schichten zu helfen. Mangelndes Bewusstsein zu einem Sozialstaat und die schrittweise Absetzung der Sozialgesetze von 2010, führten zur Spaltung der Gemüter in der Bevölkerung. Die Kapitalgesellschaften schienen immer mehr den Staat zu beherrschen und nicht umgekehrt. Aber wo bleibt das Wohlbefinden des Volkes? Das waren die grundsätzlichen Fragen und Thesen seines Volginismus.

Er sorgte sich um die Zukunft des griechischen Volkes, insbesondere der Landwirte, welche immer mehr Grund und Boden an die Kapitalgesellschaften verloren hatten. Manche wurden sogar von der Regierung selbst enteignet.

Generalsekretär Claudius regierte wenig menschenfreundlich und das Parlament ignorierte die Bittschriften[1] der ärmeren Bevölkerung weitestgehend. Hohe Steuern, Korruption, hohe Zinsen gegenüber Schuldnern durch die Banken, verstärkten den Unmut nur noch.

„Die Senatoren sind doch nur Marionetten ihrer eigenen bevorzugten Wirtschaftsform. Macht die Augen auf, ihr Politiker!" Georgios Volgin 2034.

---

1 Das Volk und die Stadträte besaßen ein allgemeines Veto- und Einspruchsrecht, sowie Bittrecht gegenüber der Regierung in Athen und der Gesetzgebung in diesem politischen System.

2. Bescheidene, politische Anfänge in Theben

Seine politische Karriere begann nach seiner Schulpflichtzeit Anfang 2035. Er verließ die Schule und zog von Zuhause aus, blieb aber mit seinen Eltern im Kontakt. Sein erstes Ziel war es, eine Arbeit und ein Heim zu finden, was aber nicht sehr einfach schien. Was seine weitere Bildung angeht, galt er als hochbegabter Autodidakt, der sich in seine Bücher zurückzog und hochintelligent Stoff aufnehmen und Assoziationsketten zu Bekanntem bilden, dadurch etwas verstehen konnte, um das Gelernte Anderen nahe zu bringen oder seine Staatstheorien zu entwickeln.

Viele Betriebe meldeten den Bankrott an und nur noch die Dienstleistungen boten Arbeit an. Er meldete sich bei einer Arbeitsvermittlung der Stadt und wurde auch einer Arbeit zugewiesen.

In Theben fand er eine kleine Kneipe am Stadtrand und war darauf fixiert, Kellner oder etwas in dieser Art zu werden. Man nahm ihn auf, weil er sich als ein fleißiger und zuverlässiger Mensch zeigte. An einem Abend im Februar 2035 hörte er an einem Stammtisch Gespräche über die Politik Griechenlands und Zukunft an. Als interessierter Mensch hörte er aufmerksam nach seiner jeweiligen Schicht den Gesprächen zu.

Die Gruppe bat ihn, sich zu setzen und zum ersten Mal traf er auf seinen späteren Vertrauten und Freund Maximus und dieser erzählte ihm von einer ehemaligen Organisation, welche nach Ende des Weltkrieges der Jahrtausendwende gegründet wurde, DIE GEMEINSAMEN.

Sie versuchte gegen die sozialen Missstände, die Inflation und die Regierung Rufus anzukämpfen. Auch die nach dem Krieg übrig gebliebenen Nationalisten versuchte man einzudämmen. Diese Gruppierung ging als erste Arbeiterbewegung der Welt in die Geschichte Griechenlands ein. Im Jahr 2008 wurde sie von den „Präkommunisten"[2] Klaus und Datus im vom Krieg teils verwüsteten Theben gegründet. Nach dem Untergang der nationalistischen Diktatur (1956-2007) und dem Ende des Weltkrieges der Jahrtausendwende (1996-2007), sollte die Arbeiterklasse die Macht bekommen und die Herrschaft der Oberen vorbei sein. 2009 wurde die Republik Griechenland gegründet und eine freiheitliche Verfassung aufgesetzt. Ab sofort regierten freie Marktwirtschaft und Demokratie in diesem Land. Generalsekretär Rufus übernahm die Macht mit seiner sozialdemokratischen und gemäßigt sozialistischen Roten Partei.

DIE GEMEINSAMEN sahen das als herben Niederschlag an, da der „Kapitalismus" gesiegt hatte und ihre Idee einer Diktatur des Arbeiters nun nicht mehr umsetzbar war. Die wirtschaftliche Lage in Griechenland besserte sich in der Folge der staatlichen Stabilität etwas, durch die Reformen von Rufus.

Die Regierung Rufus sah aber die Gefahr in dem linken, politischen Flügel des Landes für diese Stabilität. Die Arbeitslosigkeit war noch recht hoch. Das Land war teilweise in Schutt und Asche gelegt, durch die vielen Bombenangriffe. Private Besitztümer wurden zerstört und viele Landbesitzer waren dadurch hoch verschuldet. Die Regierung befürchtete ein Wachsen des linksradikalen Flügels aufgrund der sozialen

---

2 Dieser Begriff ist etwas schillernd. Es geht um eine Vorform des Kommunismus, des gemeinsamen Handelns für eine große Sache, hier der Arbeiterherrschaft und sozialen Gerechtigkeit in der Wirtschaft. Die Weiterentwicklung zum Staatseigentum, sowie die Idee „Jeder hilft Jedem-Bund zwischen Staat und Volk" und die klassenlose Gesellschaft sind Ideen Volgins (s. die Rote Liste).

Missstände. Dazu kam es aber nicht, denn Generalsekretär[3] Rufus brachte die Sozialgesetze 2010 durch das Parlament - sein größter innenpolitischer Erfolg. Die Gesetze sorgten für die Einrichtung eines Sozialstaates und die Entschuldung der Landbauern und der Mittelschicht. Das Problem dabei waren die zusätzlichen Staatsschulden und Griechenland war gezwungen, einen Kredit von der Weltbank aufzunehmen.

---

3 Die erste Demokratie in Griechenland war von Anfang an von „Kinderkrankheiten" geplagt. Das System war einfach: Traditionell blieben die hohen Stadträte und die Polis-Stadtstaaten formell bestehen. In der Zeit der Alexander-Herrschaft im vorherigen Jahrhundert wurde die nationale Einheit stärker betont und die Stadtstaaten hatten sich dem Zentrum Athens zu fügen. Nach dem Untergang der Militärdiktatur, gewannen diese Polis-Städte ihre Macht zurück. Der neue Senat bestand aus Abgeordneten, die von den Stadträten, die wiederum vom Polis-Volk gewählt wurden. Jeder Abgeordnete war einer Partei zugeordnet. Im Laufe der Zeit entwickelte sich eine Rote Partei und eine Wirtschaftspartei, die unterschiedliche Interessen verfolgten. Die Stadträte orientierten sich am Volk oder so sollte es zumindest sein. Nach dem Tod von Rufus 2019 und der Regierungsübernahme von Generalsekretär Claudius, wurden die Wahlen zum Senat ausgesetzt. Die Stadträte bestätigten quasi nur noch Einheitslisten, sodass sich die Regierung von Claudius über 15 Jahre nicht veränderte. Die Stadtratswahlen blieben zwar vom Volk bestimmt, aber über Einheitslisten fand keine richtige Demokratie statt. Gründe, warum es dazu kam, waren fehlendes Interesse für die Demokratie, Politikverdrossenheit, starker Einfluss der Kapitalgesellschaften in der Politik, sowie fehlende Kontrollorgane (wie eine Judikative). Die Verfassung von Rufus wurde mehr und mehr missbraucht, sodass ein gefährliches Vakuum, schon im Vorfeld, ohne die Beteiligung der Masse des Volkes, entstand. Wenn nun jemand kommt, der diese Probleme anspricht und das Volk zur Politik mobilisieren kann, ist das sehr gefährlich für die Freiheit, die die Rufussche Verfassung durch die Menschenrechte gewährleisten soll und gewährleistet hat. Rufus Ziel war eine stabile Demokratie und das nie wieder ein Weltkrieg ausbrechen soll. Er hatte Visionen für ein besseres Leben in Griechenland. Das sei ihm posthum hoch anzurechnen als Sozialdemokrat, der sich nach dem Weltkrieg durchsetzte und für seine Überzeugungen einstand und Risiken einging.

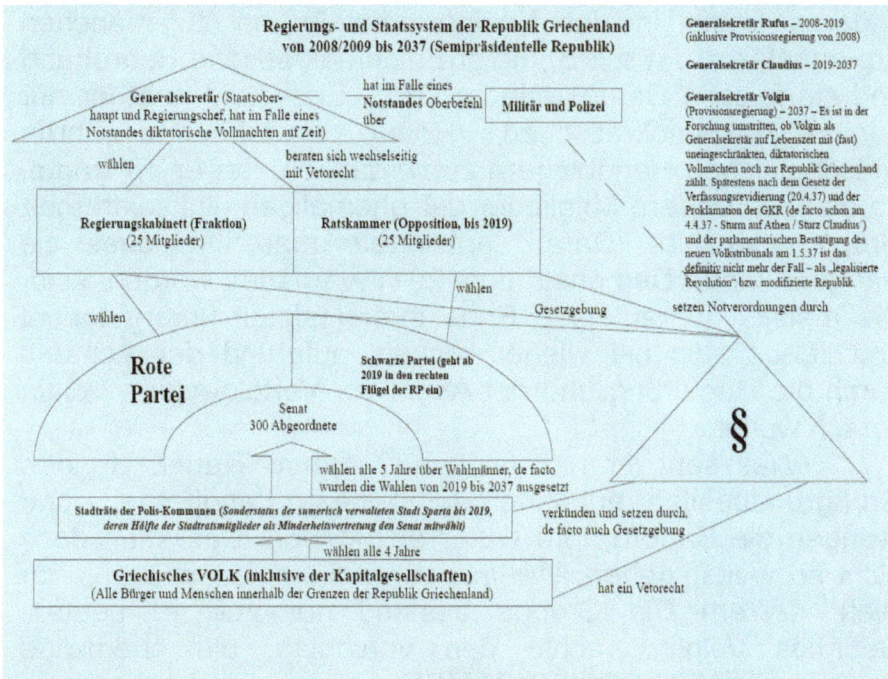

Das politische System der Republik Griechenland von 2009 bis 2037

Diese Geschichte erzählte man Georgios Volgin nicht in allen Einzelheiten, denn er wusste selber noch vieles aus dem Geschichtsunterricht in der Schule. Georgios Volgin wurde auf seine politische Gesinnung angesprochen, erhob sich dabei von seinem Platz und sagte: „Ich bin für die Vernichtung des Kapitalismus. Er hielt mit Gestik und Mimik eine Rede über seinen Volginismus an die kleine Gruppe von Jugendlichen am Biertisch. Davon war besonders Maximus fasziniert. Einen solchen Menschen mit Idealen und Visionen für einen besseren Staat hatte er noch nie gehört. Auch die anderen Leute in der Kneipe jubelten ihn zu manchen Argumenten zu, wie z.B. die sozialdemokratische Bedrohung und die falsche Demokratie im Land. Euer Leid habt ihr nur der sozialdemokratischen Roten Partei und ihren wirtschaftlichen Handlangern zu verdanken, rief er. Er fragte, ob es noch andere Mitglieder der ehemaligen, linksextremen Gruppierung gibt. Darauf antwortete man ihn, dass sie während einer Demonstration 2011 verhaftet worden sind. Die meisten waren nach Ende ihrer Haftzeit untergetaucht und ließen sich nie wieder blicken, aufgrund der Ächtung durch die Regierung und der Angst vor Verfolgungen. Volgin sprach weiter:

„Was seht ihr hier im Land? Armut, Trauer, Hunger, Großgrundbesitzer enteignen die kleineren Landbetriebe und zwingen die Bauern, ihre Güter abzugeben. Das kann doch nicht so weiter gehen. Wir müssen ankämpfen und uns zur Wehr setzen! Die Gruppe bestand nur aus 10 Leuten. Georgios Volgin machte den Vorschlag, die ehemalige Organisation der GEMEINSAMEN wiederzubeleben, sei sie auch noch so klein. Am Ende des Abends wurde festgelegt, dass nun wöchentliche Treffen stattfinden sollen und eine Gruppenkasse eingerichtet wird. Allerdings konnte sich Volgin nicht als Anführer durchsetzen, eher war er darauf bedacht, sich erst mal einen Namen zu machen, und dann die Gruppenleitung zu übernehmen. Die meisten Einwohner kannten ihn noch nicht. Er beschloss, sich selbst zurückzuhalten und später im richtigen Moment zuzuschlagen. Er bezeichnete seine Rede nur als Ausnahmefall seines Charakters. Da er sich nicht als Anführer aufstellen wollte, wurde ein anderes Mitglied Anführer, Nomus. Somit war am 11. Februar 2035 die Organisation DIE GEMEINSAMEN (inoffiziell) wiederbelebt worden. Nach Verfassungsrecht war Versammlungsfreiheit legitimiert. Zehn Mitglieder waren es, davon drei in der Führung, aber nicht Georgios Volgin. In seinem Sinn war die falsche Bescheidenheit nur eine Taktik, um sich erst mal Vertraute zu suchen und einen Namen zu bekommen. Sein Talent als Politiker hielt er zunächst größtenteils verborgen und baute es später nach und nach aus.

Maximus war etwas verwundert über die plötzliche Bescheidenheit. Volgin wollte sich nicht dazu äußern, behielt Maximus aber im Auge, weil er wusste, dass Maximus Intrigen und Strategien sofort erkannte. Georgios Volgin gab sich mit dem Amt des Kassenwartes zufrieden. In der kommenden Woche stellte die Gruppe das Programm auf. Dabei orientierte sie sich an den besagten Inhalten von Georgios Volgin.

Quelle: Das Parteiprogramm der GEMEINSAMEN: Die Rote Liste[4]

1. Enteignung der Großindustriellen, Kapitalgesellschaften und der Oberschicht
2. Überzeugungspolitik gegenüber dem Griechischen Volk, Aufhebung des Gewerkschaftsverbotes
3. Möglicher illegaler Putsch gegen die Regierung, genannt Sozialdemokratie
4. Antifaschismus und Antirassismus. Jeder kann sich für den Kommunismus einsetzen. Der Wille zählt, nicht das Aussehen!
5. Antikapitalismus - Verstaatlichung der Banken und Regulierung, Staatszinsen.
6. Klassenlose Gesellschaft. Auflösung der Schichten zu einer gemeinsamen Volksklasse unter einer Regierung der Unterschicht.
7. Landreformen, finanzielle Hilfsleistungen für Landwirte zum Aufbau eigener Betriebe, Umverteilung von Grund und Boden
8. Demilitarisierung, Abrüstung: Abschaffung der Wehrpflicht, dafür die Arbeitspflicht
9. Sozialgesetze von 2010 nach Vorbild von Generalsekretär Rufus wiedereinführen, aber weitgehend reformieren
10. Staatskorruption und Bindung der Staatsbeamten an die Kapitalgesellschaften beenden

---

4 Ich habe an einigen Stellen fiktive Quellen zusammengebaut, die die fiktive Geschichte erläutern sollen. Für eine historische Fiktion sind fiktive Quellen unerlässlich.

11. Subventionierung von Grundgütern und Energieversorgung, wie Kleidung, Häuser, Nahrung, Medizin, Strom, Wasser, Gas u.s.w - Stabile Preise, Auflösung der Monopole und der Marktwirtschaft.
12. Stützung des Rentensystems zur Rentengleichheit durch Renten-plus-Beträge, Emanzipation, Gleichstellung von Mann und Frau
13. Industrienation Griechenland durch 8 - Jahres Plan, Wohnungsbau, Gewerbeverstaatlichung

3. Der Weg zum Parteiredner

Georgios Volgin befand sich wochenlang im Hintergrund der kleinen Gruppe und beobachtete das System der Mitgliedergewinnung von Nomus. Er war innerlich zornig und enttäuscht darüber, weil sich Nomus nicht traute, den Einflusskreis außerhalb der Kneipe zu bringen. Als Kassenwart war er empört über die viel zu kleinen Einnahmen von den Mitgliedern. Wie soll man etwas verändern, wenn man keine Geldmittel hat? Georgios Volgin beschloss, ohne Kenntnis der linksextremen Gruppe, sich selbst Verbündete zu suchen. Auf dem Marktplatz in Theben, welcher gleichzeitig ein politisches Forum für Diskussionen war, hörte er sich Anfang März 2035 mehrmals Reden von anderen Politikern an.

Persönlich fand er sie lahm, geistlos, schwachsinnig und verträumt. Warum huldigen die etwas, was das Land mehr und mehr zerstört? Seine erste öffentliche Rede sollte irgendwann in die Geschichte eingehen, weil sie die Menschen wachrüttelte und ihrer Unmündigkeit befreite. Ohne zu wissen, dass diese Rede sein politisches Leben komplett verändern würde, trat er am 10. März 2035 unerwartet und als ungesehener Unbekannter auf dem Marktplatz auf. Seine Familie war weitgehend als Bauernfamilie und zurückgezogen angesehen. Hier ist der Anfang seiner Rede:

Quelle: Ein Ausschnitt aus der ersten Rede Volgins vom 10. März 2035

"Wendet euch zu mir ihr Arbeiter, Bauern und Werktätigen. Hört nicht auf die Redner des sozialdemokratischen Lagers. Sie versprechen Besserung und sozialen Frieden. Ich sehe nur heiße Luft. Hört nicht auf diese Lügner und ihre Falschheiten. Wir leben in keiner Demokratie, sondern in einer Gesellschaft, welche das Geld mehr achtet als die Menschlichkeit in jedem von uns. Bauern, Landwirte und ihre Kinder sitzen auf der Straße. Die Grundbesitzer rauben das Land und bezeichnen es als Schuldeintreibung. Welche Schuld? Den Wucherzins legen sie selber fest. Ihre Gier nach Land und Gut zerstört Existenzen und Korn. Wer soll diese Unsummen an hohen Nahrungspreisen bezahlen? Ein Brot kostet 19 griechische Denare, Fleisch bald das doppelte. Wohin soll das führen? Die hohen Preise legen die Monopole fest. Ja, die sind es, die euch zugrunde richten. Diese Kapitalgesellschaften sind damit gemeint. SIE kennen nur diese drei Dinge: Geld, Ausbeutung und Enteignung. Wollen wir es weiter zulassen? Wollt ihr weiter diesen Peinigern gehorchen? Die Republik und ihre Vertreter sind nur eine Marionette der Wirtschaft. Die helfen euch nicht. Ihr müsst selbst sagen: Es reicht! Das Maß ist endgültig voll!"[5]

---

5 An dieser Stelle muss gesagt werden, dass diese frühere politische Bewegung von einer bemerkenswerten, charismatischen Gestalt ist, die sich oft im Ton vergreift, Probleme dadurch zu sehr betont, aber dadurch auch schnell zu Einfluss kommt. Im späteren Teil des Buches, als die Regierung und die Republik auf die Bewegung aufmerksam werden, die Bewegung auf Widerstände stößt, sie allein es nicht schafft und die Hilfe der Republik braucht, und sie versuchen, sie zu integrieren und salonfähig zu machen, ändert sich der charismatische, vulgäre Ton mehr zu einem rationalen, aber höchst kritischen Ton, gegen den man fast nichts mehr einwenden kann. Ich

Nach seiner Rede, erstarrten die Menschen vor seinem Talent als brillanter Rhetoriker. Doch während seiner Rede war es die Besonderheit, dass sich sogar Leute vom sozialdemokratischen Lager zu ihm wendeten. Zum ersten Mal brachte jemand in kurzen und knappen Worten die Lage im Staat zu den Menschen. Georgios Volgin machte auf die Gruppierung DIE GEMEINSAMEN aufmerksam und man sich mal überlegen sollte, ob man ihr beitreten möchte. Von seinem eigenen Erfolg geblendet, entschied er solche Reden zukünftig öfter zu halten. Der Beifall hat sein Selbstbewusstsein derart gestärkt und er wusste nun, dass die Bevölkerung das Gleiche wollte wie er selbst. In der folgenden Woche am 15. März 2035 hielt er seine nächste Rede, ohne das Wissen der linksextremen[6] Gruppe, welche sich immer mehr wunderte, woher die neuen Mitglieder kamen.

Die Presse „Thebener neuste Nachrichten" wurde auf ihn bei der zweiten Rede aufmerksam. Man schoss ein Foto von ihm und er landete auf der letzten Seite der Zeitung. Der Journalist, mit dem er ein kleines Interview zu seinen politischen Ansichten führte, war ein gewisser Clemens, der auch Kontakte zur Regierung Athens besaß. „Er ist ein Visionär, aber einige nennen ihn auch einen kleinen Spinner. Das wird sich ändern, wenn die Leute erkennen, wie sehr Griechenland die Reformen braucht." Clemens Artikel am 17.

---

glaube, dass es Volgin gelungen ist, so zu sprechen und zu handeln, dass niemand mehr wirklich etwas dagegen tun konnte, weil es so anders und daher gefährlich war, aber er andererseits die Sprache der Regierenden verstand. Ich lasse die Quelle der Rede hier so stehen, weil sie ein Meilenstein in der Entwicklung der politischen Bewegung ist.

6   Die Begriffe, die ich hier anführe, sind ungefähre Entsprechungen zu den heutigen Einordnungen der politischen Richtungen in den verschiedenen politischen Spektren.

März 2035.

DIE GEMEINSAMEN erfuhren von den geheimen Reden. Die Gruppenführung war teilweise über das Verhalten von Volgin empört, aber Befürworter seiner Politik erkannten sein Talent.

Er hat uns nur was vorgemacht, um im Hintergrund zu operieren. Die Reden haben einen Mitgliederzuwachs von 300 Leuten in 2 Wochen verursacht. Die Gruppenführung verhandelte mit der Kneipe um mehr Platz und zeigte als Bezahlung die verdoppelten Gewinne aus der Mitgliederkasse vor. Nach seinen Erfolgen, wurde Georgios Volgin am 27. März 2035 zum Parteiredner erhoben. Im Hinterkopf hatte er nur den einen Gedanken: Nomus mit erfolgreicheren Ideen überrollen. In der nächsten Mitgliedsversammlung forderte er ein innovatives Vorgehen bezüglich der Publikation von Schriften und Plakaten. Das Programm muss nicht nur mündlich verbreitet werden, sondern auch schriftlich.

In einer weiteren Abstimmung wurden die Schriftmanuskripte, bezüglich des Programms, aufgestellt. Die Gruppenblätter wurden vom Propagandaredner persönlich verteilt. Clemens hatte Kontakte zum Chefredakteur der örtlichen Zeitung und überredete ihn dazu, eine Zeitungsseite mit den Neuigkeiten DER GEMEINSAMEN zu füllen. Innerhalb von zwei Tagen war das Blatt komplett ausverkauft. Georgios Volgin war davon beeindruckt. Seine nächste Idee war der Stadtspaziergang mit Arbeitergenossen. Persönliche Gespräche und Beratungen gehörten dazu. Die Menschen bekamen einen guten Eindruck von Georgios Volgin. Freundlichkeit, Einfühlsamkeit und Selbstlosigkeit zeichneten ihn aus. Sein Ziel war es, Verbündete zu suchen und diese zu überzeugen. Dieses Propagandavorgehen war so erfolgreich, dass DIE GEMEINSAMEN Ende Juni 2035 eine Mitgliederzahl von 5500 hatten.[7]

Georgios Volgin entschied von sich aus die Propagandamöglichkeiten[8] der Gruppe zu erweitern. Jetzt nicht nur in Theben, sondern auch in den Vororten. Seine Kampagne und Untersuchungen bezüglich des Landlebens machte ihn bei den Kleinbauern und Ladenbesitzern bekannt. „Unterstützt den kleinen Mann und seine Familie!" war der Leitspruch dieser Landbesuche. Am 14. Juli 2035 begann diese Bauernkampagne zum ländlichen Frieden, welche Folgendes einschloss: Unterstützung bei den täglichen Arbeiten auf dem Feld und dem Pflug, Hilfsbereitschaft und guten Willen verdeutlichen. Diskussion, Frage nach Besserung und Aufbegehren, Armentafeln und ehrenamtliche Sozialhilfe: Sozialprogramm und Hilfsdienst. Wir möchten die Not dieser gescheiterten Gesellschaft lindern. Ich wünschte, ich könnte mehr tun. Georgios Volgin. Die Geldmittel der Organisation waren nämlich noch stark begrenzt.

Durch diese Kampagne war Georgios Volgin endgültig der Leiter der Propagandaabteilung. In diesem Gebiet war er

---

7   Die Zahlen, die ich hier anführe, zeigen den bemerkenswerten und schnellen Aufstieg der Bewegung, der für manche Leser nicht so nachvollziehbar ist. Aber er ist auch notwendig, um zu verdeutlichen, dass viele Menschen mit Volgin übereinstimmen und nun die Basis für baldige, größere, politische Projekte geschaffen wird. Sie sind also auch eine Zahlenmetapher und sind wie die Quellen fiktiv. Und es ist schwierig, sich etwas vorzustellen, wenn es noch nicht eingetreten ist. Aber in den Jahren um die Weltwirtschaftskrise 1929 stieg die Popularität der Kommunisten in der Weimarer Republik ja auch sehr schnell an.

8   Den Begriff der Propaganda verwende ich hier eher als einen kritischen Begriff, da es sich bei Propaganda um bewusste Demagogie handelt, die dem eigentlichen Staat Schaden zufügt und Lügen verbreitet. Einiges von dem, was die Kommunisten behaupten, ist unwahr, anderes ist dagegen offensichtlich.

ungeschlagen und verstand es, seinen Volginismus unter die Leute zu bringen.

In der nächsten Mitgliedssitzung am 10. August 2035 schlug er Clemens als Pressechef der GEMEINSAMEN vor. Die rechte Hand in der Öffentlichkeitsarbeit Georgios Volgins. Die Führung stimmte diesem zu.

Des Weiteren wurde die Einrichtung eines Kontaktnetzwerkes mit vielen verschiedenen Spionen, Beobachtern und loyalen Gruppenanhängern beschlossen. Sie sollte die anderen, verdächtigen Mitglieder beschatten und Informationen bezüglich der Regierungssituation sammeln. Dazu gehören Beschlüsse des Senates, Berichte, Daten und Zahlenfakten der Industrien. Verdächtige Mitglieder waren z.B. solche, die nur Mitglied wurden, um mehr Informationen und Auffälligkeiten der GEMEINSAMEN an die sozialdemokratische Regierung zu senden. Aber auch indirekte Aufgaben, wie Erpressung von Illoyalen und Andersdenkenden standen an der Tagesordnung der Roten Augen.[9] „Es gibt für uns nur einen Weg und der ist das Programm. Wer anders denkt, hat hier nichts zu suchen!" Georgios Volgin während der Sitzung am 10. August 2035. Nach seiner Meinung, muss sich der Gedanke einer besseren Welt in jedem Kopf einprägen, um für alle etwas Gutes zu tun.

So kam es am Vormittag des 25. August 2035 zu einem Ereignis, welches gleichzeitig eine Überzeugungstaktik war und das wahre Gesicht der GEMEINSAMEN als linksradikale Organisation zeigte. Auf einem der

---

9 Schon sehr früh zeigt sich die Ambivalenz dieser Bewegung. Auf der einen Seite werden soziale Hilfsmaßnahmen vorangetrieben, um die Popularität der Bewegung zu erhöhen. Andererseits werden Menschen, die der Bewegung feindlich gesonnen sind, systematisch diskriminiert. Gerade das soll in diesem Buch kritisch gesehen werden.

Arbeiterspaziergänge lief Georgios Volgin eine ältere Dame über den Weg.

Er sah, dass sie schwer zu tragen hatte und eine Gehhilfe besaß. Im Moment als er an ihr vorbeiging, verlor die Dame ihren Halt. Georgios Volgin stützte sie am Arm und an der Schulter. Diese gute Tat war von der Bevölkerung nicht unbemerkt geblieben. Das Eis war gebrochen und man entfernte sich endgültig vom Vorurteil, dass diese „Bengelbande" nur Unruhe stiftet.

„Sie sind ein guter Mensch, Georgios Volgin. Ich habe Sie falsch eingeschätzt. Viele dachten, dass Sie nur sich selbst im Kopf haben. Ihr soziales Engagement für ein besseres soziales Leben in Theben motiviert uns, einen Neuanfang zu starten. Ich werde allen erzählen, wie Sie mir geholfen haben."

Im gleichen Moment, der aber unbemerkt blieb, wurden einige Demokraten des Stadtrates von Mitgliedern der linksradikalen Organisation nieder geprügelt und blutig zusammengeschlagen. Sie versuchten in einer Gasse einige Plakate und Programmblätter der GEMEINSAMEN von den Wänden zu reißen und wurden dabei erwischt.

Und die Menschen schauten nicht auf das, was im Hintergrund gegen Andersdenkende geschah, da sie selbst auch Angst davor hatten oder es nicht glauben wollten.

Sie schauten auf die guten Absichten von Georgios Volgin. Das machte ihn noch bekannter und durch einen Zeitungsartikel über seine guten Taten noch sympathischer für die aktiven Antidemokraten und Antikapitalisten, welche sich zu der Zeit noch in der Unterzahl in Griechenland befanden. Das Ziel Georgios Volgins war es, die neutralen und ärmeren Schichten in seine Fänge zu reißen.

Anfang November 2035 war die Mitgliederzahl in

Theben und Umgebung bei 23200 angelangt.

4. Auseinandersetzung zwischen der Gruppe Nomus und der Gruppe Volgin

Die Gruppe Nomus waren die Mitglieder, die mehr Nomus, dem Anführer der GEMEINSAMEN, als Georgios Volgin nahe standen. In der Gruppe bildete sich durch die Propagandaaktionen Volgins mit den Monaten ein gemäßigter Flügel, der die radikalen Methoden von Georgios Volgin nicht immer tolerierte. Das Wort Volginismus ekelte sie an und sie waren vom Neid zerfressen. Außerdem fühlten sie sich klein neben dem Propagandaredner. Sie wollten ihm den Erfolg nicht wirklich gönnen und die nächtlichen Schlägereien und Erpressungen im Hintergrund wollten sie auch nicht länger dulden.

In der nächsten Sitzung am 2. Januar 2036 sollte Georgios Volgin und sein Gefolge vorgeworfen werden, sie würden illegale Mittel benutzen, und das nötigenfalls der Regierung in Theben melden. Maximus, der eigentlich auf der Seite von Nomus war und sich im Gegensatz zu Clemens im Hintergrund aufhielt, warnte Georgios Volgin vor dem kommenden Unheil und dem möglichen Ende seiner politischen Laufbahn. Außerdem war er der Meinung, dass die Gruppe den Erfolg Georgios Volgin verdankt.

Der Propagandaredner fühlte sich geschmeichelt und schlug Maximus vor, sich auf die Seite der Radikalen zu stellen und die Weichei-Politik von Nomus zu ignorieren. „Maximus, du wirst nur auf meiner Seite erfolgreich sein und mächtig werden."

Der unsichere Maximus schlug ein und Georgios Volgin übergab ihm das Amt des Arbeitermagistraten, ohne Zustimmung der Führung. Damit bekam er die wesentlichen Verwaltungsaufgaben in die Hand. Dazu zählten Abrechnung,

Finanzwesen, Mitgliedsgeldeintreibung, Listenführung, Buchhaltung, 2. Kommando der Roten Augen, Spionageaufträge und Veranstaltungsmitorganisation.

Dieses Amt wurde von Georgios Volgin selbst eingeführt und sollte zwei Ämter, die von Nomus Anhängern besetzt waren, auflösen. Ein sogenanntes „Gegenamt" war seine Taktik.[10] Da Georgios Volgin 3/4 der Mitglieder in der Gruppe hinter sich hatte, weil diese ihn durch seine Reden und sein soziales Engagement kennengelernt haben, sollte es für ihn nicht schwer werden. Nomus zeigte sich fast nie in der Öffentlichkeit und war viel weniger bekannt als Georgios Volgin. Und genau das war seine Schwachstelle - seine Schüchternheit und seine Ideenlosigkeit. Nomus wusste erst nicht, was Volgin vorhatte. Hinterlistig sich schlecht machen, damit niemand sein Potenzial erkennt und dann zuschlagen. Die Leichtgläubigkeit und der Gedanke, man könne Georgios Volgin leicht kontrollieren und als normales Mitglied behandeln, waren die Fehler seinerseits. Georgios Volgin merkte das, als er die Aufgaben der Mitgliedergewinnung alleine übernahm. Von diesem Gegenamt sollten die Nomus Anhänger bis zur nächsten Sitzung nichts erfahren.

So gesehen waren drei Leute für die Verwaltungsarbeit zuständig. Maximus sollte sein Amt erst mal nicht ausführen, um keinen Verdacht zu erregen. In der Weihnachtswoche schworen die Anhänger der Roten Augen auf Treue zu ihrem Gründer Georgios Volgin. Clemens und die Pressegruppe

---

10 Auch hier zeigen sich die skrupellosen Taktiken Volgins, die so gefährlich für die Demokratie sind. Schon früh werden demokratisch gewählte Ämter durch Gegenämter ersetzt. Im späteren Verlauf werden ganze Regierungen durch vermeintlich illegale Gegen- und Abwahlen über die Bevölkerung abgewählt, dessen Wahl gar nicht vorgehen ist oder war, aber trotzdem durch die Stimme des Volkes legitimiert werden und die Demokratie gegen die Demokratie missbraucht wird.

hielten auch zu ihm. Die ahnungslosen Anhänger von Nomus, die selber dachten, Georgios Volgin wäre ahnungslos, würden eine böse Überraschung erleben. Aber der Propagandaredner wusste genau Bescheid von dem, was Nomus vorhatte. Am 28. Dezember 2035 lud Nomus Georgios Volgin zu einem Getränk in der Kneipe am Stadtrand ein. Es war nur eine Taktik, um sicherzustellen das Georgios Volgin nichts von seinem Plan erfährt. Man tat unwissend, unschuldig und sprach über private Angelegenheiten. Die letzte Hürde zum gruppeninternen Putsch. Um weiteren Zwischenfällen vorzubeugen, überzeugte Georgios Volgin seine Anhänger nicht anzugreifen, sondern abzuwarten bis Nomus die Nerven vor Empörung und Neid verliert.

„Wir wollen uns doch nicht mit der Polizei anlegen. Falls Nomus und seine Leute angreifen und wir uns aus der Not verteidigen, sind wir auf der sicheren Seite." argumentierte Volgin. Das fand sogleich Zustimmung bei den Radikalen, welche aber lieber die „Fäuste schwingen" wollten. Das Ziel: Die Widersacher und Gegner der linksradikalen Politik ausschalten und eine neue Führung unter Georgios Volgin einrichten.

5. Der Sitzungsstreich am 2. Januar 2036

In den Morgenstunden des 2. Januar 2036 um 7:00 Uhr bereitete Georgios Volgin die endgültige Phase vor. Die Anhänger sollten sich während der Sitzung in der Nähe der Kneipe am Stadtrand aufhalten und auf den richtigen Moment warten. „Ihr seid die Drohgebärde. Ich werde euch ein Signal geben, wenn ihr die Kneipe stürmen und Nomus Karriere beenden sollt. Falls seine Anhänger auftauchen, wartet bis sie zuschlagen und einer von euch soll gleichzeitig die Polizei rufen. In der Kneipe keine Gewalt, sondern nur die Erpressung, Nomus zum Rücktritt zu bewegen. Seine Leute sind in der Unterzahl. Das Volk steht hinter uns. Falls er sich weigert, soll er bedenken, in welcher Lage er steht und ich mich dann aus der Politik zurückziehe. Das meine ich natürlich nicht ernst mit dem Rücktritt, aber Nomus wird vom Volk verachtet werden, weil er mein Engagement raus geekelt und vielen Menschen den Hoffnungsschimmer genommen hat. So oder so wird sich für die Gruppe ein neuer Weg bahnen. Das Rad der Geschichte wird sich neu drehen." Ansprache Georgios Volgins an seine Anhänger am Morgen des 2. Januar 2036.

Der sich in Sicherheit wiegende Nomus war überzeugt davon, Georgios Volgin ruhig zu stellen, um eine Revolte zu vermeiden. Die utopischen Ideen Georgios Volgins sollten mit vernünftigen Ideen ersetzt werden, so seine Vorstellung.

Um 10:00 Uhr begann die Sitzung und Georgios Volgin, Maximus und einige seiner Anhänger begaben sich in die Kneipe am Stadtrand. Clemens begab sich mit Christoros, einem seiner Freunde, in die Nähe der Kneipe und wartete mit den Gefolgsleuten der Roten Augen auf den richtigen Moment. Georgios Volgin nahm eine Pfeife mit, um ein Signal zu geben. Die Sitzung wurde eröffnet und Nomus brachte als erster sein Anliegen vor. Sitzungen dieser Art wurden immer öffentlich ausgeführt. Sein Schuldvorwurf: „Georgios Volgin, Sie sind schuldig des radikalen Vorgehens, mehrerer Anstiftungen zu gewaltbereiten Aktionen, Erpressungen und Drohungen gegen Andersdenkende und teilweise sogar gegen Gruppenmitgliedern, Nötigung und Zwang zur Akzeptanz des Gruppenprogramms. Wir haben beschlossen, Sie aus der Gruppe zu entfernen, weil wir es nicht länger mit ansehen und dulden können."

Maximus sprach dagegen und beruhigte den empörten und Wut geladenen Georgios Volgin, bevor er die Beherrschung verlor. „Sie sind derjenige, der aus der Gruppe ausgeschlossen werden sollte. Was haben Sie je für die Menschen getan? Nichts, außer die Vorschläge von Georgios Volgin akzeptiert zu haben. Was er daraus macht, war seine Sache und es hat vielen Menschen sehr geholfen und ihnen neue Hoffnung gebracht. Sie haben doch der Gründung der Roten Augen zugestimmt." Georgios Volgin war erstaunt über den Auftritt von Maximus und war ganz seiner Meinung. Er fügte hinzu: „Das ist Gruppenhochverrat." Nomus ließ sich von den Anschuldigungen nicht behelligen. Als weitere Provokation gab Georgios Volgin bekannt, dass Maximus das Amt des Arbeitermagistraten übernommen hat. Die Anhänger von Nomus waren erst mal verwundert, bis sie erfahren haben, dass Maximus gleich zwei alte Ämter von Nomus Leuten einfach so übernommen hatte. Genau wie es Georgios Volgin geplant hatte, empörte sich der gemäßigte Flügel über die neue Ordnung. Nomus verlor die Nerven. Im gleichen Moment gab Georgios Volgin das Signal zur Stürmung der Kneipe. Der eine Pfiff, der alles verändern wird. Um 10:30 Uhr kamen 80 Mitglieder der Roten Augen in den

Innenraum. Clemens stellte sich an die Seite von Maximus und Volgin, um seine Loyalität zu zeigen. Nomus verstand die Welt nicht mehr, besonders weil Maximus sich auf die Seite der Radikalen gestellt hatte. Sein Plan ging nicht auf und aus Angst um sein Leben und einer drohenden Gewaltaktion zwischen Gemäßigten und Radikalen in der Gruppe, machte er Georgios Volgin öffentlich Zugeständnisse.

Man legte die Pistole an seinen Rücken und er hatte keine andere Wahl als nachzugeben. „Was wollen Sie damit erreichen, Herr Volgin?" „Nichts anderes, als die Gruppenleitung zu übernehmen und Ihre Anhänger sollen sich den Radikalen anschließen. Sie lassen sich nie wieder hier blicken und ziehen sich aus dem politischen Leben zurück. Ihre Anhänger sollen sich des Weiteren aus der Gruppenleitung entfernen und mein Kollegium akzeptieren." Nomus wusste, dass er einen großen Fehler begangen hat, weil er innerhalb der Gruppe die kleinere Gemeinschaft hinter sich hatte und Georgios Volgin, den bekannteren und beim Volk in Theben sehr beliebten Menschen, ausschalten wollte. Er hatte sich wahrhaftig geirrt. Außerdem war er stets darauf bedacht, möglichem Ärger aus dem Weg zu gehen, wenn auch in diesem Moment zu spät. Sein Verhalten und sein erhöhter Ehrgeiz, daran hatte er sich verschluckt.

Daraufhin jubelten die Anhänger der Roten Augen und alle anderen Anhänger von Georgios Volgin, welche sich in der Kneipe aufhielten. Dazu gehörten auch einfache Mitglieder, die die Leitung und die möglichen Veränderungen von Georgios Volgin herbeigesehnt haben. Um 11:10 Uhr verließ Georgios Volgin die Kneipe und lief auf den Marktplatz. Die neue Leitung wurde öffentlich bekannt gegeben. Ein Ausschnitt aus seiner Rede:

„NUN stehen wir am Beginn einer neuen Bewegung innerhalb Griechenlands. Anführer Nomus ist aus privaten Gründen zurückgetreten. Jetzt bin ich am Ruder und übernehme das Amt des Gruppenleiters. Ich werde mit meinen Anhängern in der Leitung die Interessen der Arbeiterbewegung alleine weiterführen. Wenn wir etwas verändern wollen, brauchen wir eine starke Hand."

Diese Neuigkeit schlug wie eine Bombe ein und viele waren überglücklich, dass sich nun endlich etwas bessern könnte, weil Georgios Volgin seine Taten volksnah ausgeführt und bewiesen hatte, was er kann. Die Entwicklung der Gruppe stand vor einem Neuanfang, weil Georgios Volgin seine Widersacher geschickt ausgeschaltet hatte.

Nomus selbst verließ das Land und ersuchte Asyl in den Nachbarländern.

6. Umgestaltung der Gruppe und neue politische Ausrichtung.

Nach der Ausschaltung und Integration der gemäßigten Gruppierung innerhalb der GEMEINSAMEN, strukturierte Georgios Volgin die Organisation umfassend um. Als erstes wurden am 10. Januar 2036 das Amt des Gruppenleiters und des Propagandaredners vereint, damit Georgios Volgin weiterhin die Propagandaleitung in der Hand hatte. Clemens wurde Leiter der Nebenorganisation Rote Augen und hatte den internen Sicherheitsapparat in die Verantwortung bekommen. Eine weitere Umgestaltung war der Wechsel der Leitzentrale und des Versammlungsortes von der Kneipe am Stadtrand in die Innenstadt. Per Beschluss wurden die Einnahmen in den Mitgliederkassen am 17. Januar 2036[11] dazu verwendet, ein 3-stöckiges leeres Wohngebäude zu mieten. Damit bekam die Organisation einen neuen Sitz und Georgios Volgin nannte es einen „Ort der roten Sonne". 2 Wochen später trat die Leitung zum ersten Mal in dem „Haus des glücklichen Arbeiters" zusammen. In einem weiteren Beschluss wurde eine Namensänderung der Gruppierung zur Sprache gebracht, da die Mitgliederzahl im Januar 2036 schon auf über 50000 gestiegen war. Das rasche Ansteigen folgte aus der Übernahme des gemäßigten Flügels und der Überzeugungskraft von Georgios Volgin auf seinen Veranstaltungen und seinen Reden. DIE GEMEINSAMEN wurden umbenannt in „Kommunistische Partei". Damit wurde die noch inoffizielle Organisation in ein offizielles

---

11 Zur Zeitrechnung: Der Planet, auf dem die Fiktion spielt und die Weltgeschichte entworfen wird, ist deutlich kleiner als die Erde. Die Erdrotation verläuft schneller, sodass ein Tag bei uns in dieser Welt ungefähr einem halben bis dreiviertel Tag entspricht.

Registrierungsgebühr der Stadtverwaltung Theben eingetragen. Georgios Volgin war nun der Parteivorsitzender. In seinen Augen war die Umgestaltung nur ein Vorgeplänkel auf das, was in seinem Plan noch kommen sollte. Am 5. Februar 2036 verkündet er in einer Rede die neue Ausrichtung der Partei:

Quelle: Aufruf gegen die Kapitalgesellschaften und Athener Regierung

1. *Politische Hetze gegen die Regierung, Demonstrationen gegen den falschen Sozialstaat*

2. *Verbreitung der volginischen, kommunistischen Theorien in ganz Griechenland*

3. *Keine Teilnahme an demokratischen Wahlen in Kommunen*

4. *Streiks, um die Kapitalgesellschaften weiter zu schwächen*

5. *Ideologiekrieg mit den Nationalisten und rechtsextremistischen Kreisen, Anti-Demokratie-Kapital-Bewegung*

6. *Massenbewegung, um die politische Macht zu bekommen*

Georgios Volgin griff jetzt spezielle Themen und Krisen in der Republik Griechenland in seinen Reden auf. Dazu gehörte z.B. die Ungerechtigkeit im Rentensystem. Das bedeutete, dass die Reichen und Wohlhabenden eine höhere Rente und eine bessere Altersversorgung bekamen. Für den Großteil der älteren Bevölkerung war dieses aber nur kaum oder gar nicht zu erreichen. Er forderte in seinen Reden Rentenplusbeträge für die ärmere Schicht, um die Ungerechtigkeiten dort wieder auszubügeln.

„Diese Menschen haben in ihrem Leben auch hart gearbeitet, vielleicht sogar noch mehr als diese verwöhnten Reichen. Wahrscheinlich bekommen diese auch noch Geld vom Staat zusätzlich, damit sie weiterhin in Saus und Braus leben können. Dazu zähle ich z.B. die Beamten, die ja auch mal ein bisschen kürzer ziehen können." Georgios Volgin in einer Rede am 20. Februar 2036.

„Die Marktwirtschaft beutet das Volk aus!" war eine weitere Hetzparole. Die Wirtschaft Griechenlands und der Staat selbst standen vor dem absoluten Bankrott. Durch jahrzehntelange Inflations- und Monopolpolitik von Generalsekretär Claudius als Nachtwächterstaat, haben die Monopole der Kapitalgesellschaften die Beschaffung von Grundnahrungsmitteln und Fertigwaren zur Aufgabe bekommen. Mit katastrophalen Auswirkungen: Instabile Preise, Gier nach Land und Gut, Enteignungen, Zwangsversteigerungen von wirtschaftlich schwächeren gestellten Unternehmern und Bauern. Außerdem war Griechenland durch mehrere Staatskredite aus dem Ausland hoch verschuldet, was der Finanzierung der Sozialgesetze von 2010 oder den Wiederaufbaukosten nach dem Krieg der Jahrtausendwende geschuldet war.[12]

---

12 Nach dem Weltkrieg der Jahrtausendwende entschieden die Siegermächte

Die industrielle und landwirtschaftliche Produktion war derart schwach, weil viele Rohstoffe zur Weiterverarbeitung nicht importiert werden konnten oder es zu Nachschubmangel aufgrund von Staatsschulden kam. Doch die Kapitalgesellschaften versuchten aus allem noch mehr Profit zu schlagen. Der Staat unter Generalsekretär Claudius tolerierte die Methoden der Kapitalgesellschaften und Privatbanken, da sie selbst von ihnen abhängig waren. Bauern und Kleinunternehmern wurden aus der Gesellschaft vertrieben. Ihre Güter geraubt und geplündert, damit die Kapitalgesellschaften ihre Verluste in der Wirtschaft senken konnten. Claudius setzte auch zunehmend die Sozialgesetze, welche Versicherungen und Stützungen des kleinen Bauern- und Bürgertums garantierten, durch verschiedene Beschlüsse und Gesetze ab. Dadurch hatte er die Staatsausgaben im Haushalt zwar gesenkt, aber der Unmut der Bevölkerung wuchs stetig an.

Die Zinsen konnten längst nicht mehr ausgeglichen werden. Generalsekretär Claudius kam auf die Idee die Geldmengen der Banken zu erhöhen, um die Schulden auszugleichen. Folge war eine Inflation mit gewaltigem Ausmaß. Das trieb die Preise nochmal in die Höhe. Dadurch dass viele Kleinunternehmen durch die Monopole geschluckt wurden, stieg die Arbeitslosigkeit steil in die Höhe und die Landarmut nahm durch die Enteignungsaktionen noch mehr zu. Es bildete sich somit eine immer stärkere Volksgruppe, die passiv antisozialdemokratisch und antikapitalistisch

---

„zugunsten" des Aufbaus von Griechenland, dass ihre und andere ausländische Kapitalgesellschaften den wirtschaftlichen Aufbau Griechenlands übernehmen sollen. Aber die Kosten, Gewinne und Ausgaben der Kapitalgesellschaften waren vom Staat weitestgehend abgekoppelt. Es gab keine Gewerbesteuer oder Mehrwertsteuern und somit keine Überwachungsinstanz bzw. zusätzliche Einnahmequelle.

gesinnt war. Und genau diese Gesinnung möchte Georgios Volgin ausnutzen zu seinem Zweck. Das Parteiprogramm sollte all diese Fehler der Gesellschaft beseitigen und einen besseren Staat formen.

Und gegen diese Entwicklungen wollte Georgios Volgin unbedingt ankämpfen. Auch wurde die Presse in ganz Griechenland auf die Entwicklung in Theben aufmerksam.

Die Regierung in Athen hielt das alles nur für einen vorübergehenden Spuk. Georgios Volgin stempelten sie als unreifen Politiker und Demagogen ab. Sie achteten nicht darauf, wie sich die Mitgliederzahlen dieser linksradikalen Organisation Anfang 2036 entwickelten.

„Wir brauchen keine Angst zu haben." Generalsekretär Claudius im Gespräch zu den Vorfällen dort. Eine ganz normale Jugendgruppe, die sich nur aus pubertären Gründen so aufregt. Das geht vorbei, glauben Sie mir."

Sie wussten zwar, dass sich daraus eine Partei gebildet hatte, aber sie hatten nicht genügend Fakten über diese Gruppierung. Außer dem Parteiprogramm, welches sie ja sowieso für utopisch hielten, war einfach zu wenig Material vorhanden. Das Desinteresse der Regierung war ein weiterer Punkt in der Taktik von Georgios Volgin. „Sollen sie uns weiterhin ignorieren, dann werden sie bald nichts mehr zum Schmunzeln haben." Auch war die sozialdemokratische Regierung konservativ ausgerichtet und wollte nichts mehr an der bestehenden Ordnung der Wirtschaft und der Verfassung ändern. Das legitimierte die Methoden der Kapitalgesellschaften weiterhin und die Regierung war sowieso der Meinung, dass die Kapitalgesellschaften die Herren der griechischen Wirtschaft sind. Da wollten sie sich nicht einmischen - ein böser Fehler. Die Duldung der Demokraten, das Land weiterhin auszubeuten und Gesetze zu beschließen, wie z. B. das Enteignungsgesetz von 2021, das in Zeiten der wirtschaftlichen Not erlaubte, die Güter der Bevölkerung der wirtschaftlichen Elite zu übertragen, kam hinzu.

Generalsekretär Rufus und seine Regierung (2009-2019) waren noch darauf ausgerichtet, eine freiheitliche, soziale und gerechte Verfassung aufzubauen. Ein Staat mit einer richtigen Demokratie. Rufus war auch Mitbegründer der Republik Griechenland und Vorsitzender der Provisionsregierung (2007-2008) nach dem Krieg der Jahrtausendwende. Ziel war die Aufhebung des Besatzungsstatuts der Osmanen und Sumerer und eine freiheitliche Verfassung. Rufus hatte schon gegen die Radikalen zu kämpfen gehabt, aber im Gegensatz zu Claudius unterschätzte er sie nicht. Georgios Volgin sah den Rufusschen Sozialstaat auch als Vorbild für seine Staatstheorien an und verurteilte Generalsekretär Claudius, diesen Sozialstaat immer mehr zerstört und den Menschen absichtlich Leid zugefügt zu haben. Die Menschen waren in den Augen der Kapitalgesellschaften sowieso zu schwach. Man machte sie lächerlich und schüchterte sie mit wirtschaftlichen und finanziellen Sanktionen ein. Die Unmündigkeit der Griechen sich gegen diese Entwicklungen zu wehren, das war der eigentliche Fehler.

7. Die Nationalisten Griechenlands

Die Wirtschaftskrise in den letzten Jahren von 2021-2036 förderte nicht daher nur den Mitgliederzuwachs der linken Kreise, sondern auch der ehemaligen Nationalisten Griechenlands, welche den Weltkrieg der Jahrtausendwende mit ausgelöst hatten und treu hinter der Militärdiktatur von Alexander (1956-2007) standen. Die nationalistisch ausgerichtete Partei wurde nach dem Ende des Krieges und der Niederlage Griechenlands verboten, sowie ihre gesamten Untergruppen. Die Regierung wurde für abgesetzt erklärt und die Vertreter dieser Regierung wurden, wegen Kriegsverbrechen und Verbrechen gegen den Frieden, auf dem Athener Richtertribunal der UNO (2008) zum Tode verurteilt.

Die wirtschaftlichen Probleme nach dem Krieg brachten den Gedanken des Nationalismus wieder unter die Menschen. Der Hass auf all das, was dafür gesorgt hat, dass Griechenland den Krieg verlor. Ausländerfeindlichkeit und Intoleranz bestimmten das Bild der Nationalisten. Sie wetterten gegen die Osmanen und Sumerern bis zu dem Tage, wo Generalsekretär Rufus verkündete, dass das Besatzungsstatut aufgehoben war. Die Sozialgesetze trugen auch dazu bei, dass sich eine Mehrzahl der Bevölkerung von den Extremisten fernhielt. In einer Demonstration von 2011 wurde die Nationale Front ausgeschaltet, sowie auch DIE GEMEINSAMEN. An einem einzigen Tag wurden die extremistischen Lager ausgeschaltet.

Erst mit dem Aufstand von 2012 gegen die katastrophale Wirtschaftslage, wurden die Extremisten wieder bekannter. Aber Generalsekretär Rufus unterdrückte sämtliche Neubildungen von extremistischen Kreisen, um die

Demokratie zu schützen und mit wirtschaftlichen Reformen nach dem Katastrophenjahr das Land wieder aufzubauen. Georgios Volgin wusste von den Gruppierungen und dachte gleich daran, dass sie gegen sein Parteiprogramm wettern würden. Er redete nämlich immer von Ausländerfreundlichkeit und Zusammenarbeit, aber auch von Nationalismus. Denn Georgios Volgin meinte zwar, dass jeder Zugang zum kommunistischen Paradies erhalten würde, aber sich auch eingliedern müsse. Wenn er das nämlich nicht tut und die kommunistischen Theorien von einer klassenlosen Gesellschaft nicht anerkennt, ist das nicht passend. Im Grundsatz war er für den Multikulti-Staat und die Zusammenarbeit aller Völker, um den Kommunismus noch schöner zu machen. Aber wer sich wehren sollte, hat keinen Platz in der klassenlosen Gesellschaft.[13]

Am 2. März 2036 handelte Georgios Volgin einen Vertrag mit der Stadtverwaltung und der kommunalen Regierung in Theben aus. Die KP würde sich aus der kommunalen Politik heraus halten, dafür müssten sie der Partei freies Geleit und Polizeiunabhängigkeit zusichern. Im Klartext bedeutet das für Georgios Volgin die Fortsetzung der Propaganda und der gewaltbereiten Aktionen, ohne die städtische Polizei fürchten zu müssen. Die Regierung in Theben schlug ein, weil sie glaubte, Georgios Volgin so aus der Politik und den großen Staatsmachenschaften heraus zu halten. Der Preis war allerdings die Legitimierung der Kriminalität der Partei. Dadurch das die Regierung in Theben

---

13 Das ist ein weiterer Hinweis auf die Ambivalenz der Kommunisten. Es ist ein Mischspiel zwischen Integration und Desintegration, die aber beide zur Integration führen sollen. Entscheidend ist auch, dass die Weltanschauung bzw. das Gesetz nicht von den Menschen oder von ihren Vertretern genutzt wird, um Recht zu sprechen. Sondern die Weltanschauung, das Gesetz wird durch den Menschen geschrieben und die Welt oder Griechenland so regiert.

noch demokratisch gesinnt war, wollte sie den möglichen Eintritt von Georgios Volgin und die Gefahr, die von ihm ausging, bannen.

Der 10. März 2036 war der Tag des Beginns des Ideologiekrieges, den Georgios Volgin angekündigt hatte. Während einer Rede von Georgios Volgin auf dem Marktplatz in Theben, stürmte eine Gruppe Nationalisten, aus Thessaloniki kommend, die Veranstaltung. Dabei trat zum ersten Mal der Gegenredner Iuculus Verus auf und auf dem Marktplatz bildeten sich zwei Fronten. Verus schrie: "Hört nicht auf diese utopischen und verrückten Redner. Sie versprechen viel, aber können sie das auch umsetzten? Ihr seid verträumte Kommunisten und Georgios Volgin ist der Verträumteste." Die Nationalisten unter Verus schleuderten Hetzblätter und ihr Programm in die Massen und schrien immer wieder: "Wir sind das einzig Wahre und nicht dieser rote Abschaum!" Georgios Volgin ließ sich aber zuerst nicht provozieren und redete weiter über die Situation in Griechenland. Erst als man ihn von seinem Podium und seinem Rednerpult schubste, wurde er zornig und verlor die Beherrschung. Er befahl Clemens eine Division aus den Roten Augen zu schicken, um die aufmüpfigen Nationalisten nieder zu prügeln. Die Fronten fielen aufeinander ein. Ihr wollt den Krieg gegen die Ausländer und ihre Heimat. Wir sind friedlich, lassen uns aber auch nichts alles gefallen. Gewaltsame Schlägereien auf dem Marktplatz und blutige Auseinandersetzungen zwischen den Roten Augen und den Verus-Nationalisten beherrschten das Bild in dem Augenblick. Am Ende dieses Tages gab es hunderte Verletzte auf beiden Seiten. Georgios Volgin sah die Gefahr, dass die Nationalisten es nochmal versuchen könnten. „Nun haben wir einen politischen Zweifrontenkrieg. Aber ich verspreche ihnen, der Kommunismus wird als Sieger hervorgehen. Wir müssen nur schnell handeln, bevor die Sache eskaliert. Was sollen die Menschen von uns denken? Eine blutrünstige und gewalttätige Partei. Nein, wir wollen eine möglichst friedliche Umwälzung der politischen Verhältnisse. Aber natürlich dürfen wir den Feinden unserer Bewegung nicht den freien Lauf lassen, sowie die treuen, demokratischen Anhängern dieser ignorieren. Ich konnte natürlich nicht zulassen, dass wir da auf dem Marktplatz einfach so zu sehen. Es tut mir leid, ich hatte die Beherrschung verloren, aber meine Wut war stärker." „Sie brauchen sich nicht zu entschuldigen, Herr Genosse Volgin." „Wir müssen einen guten Eindruck vermitteln. Wir setzen auf die Notwehr- und Gesprächstaktik. Das ist eine Taktik, die uns schon oft weiter geholfen hat. Wehrt euch nur, wenn ihr von den Antikommunisten angegriffen werdet und nicht mehr." Georgios Volgin in einem Gespräch mit der Parteiführung am 3. März 2036. Georgios Volgin war vom Charakter her mehr ein Choleriker, besonders dann wenn man ihn kritisierte oder er mitten in seinen Reden war und sich selbst elektrifizierte. Seine Entschuldigung war so gesehen nutzlos und unbedeutend, weil er niemals über seinen eigenen Schatten springen konnte, dennoch wollte er auf die Notwehr-Taktik setzen. Die Nationalisten zogen sich am Tag nach der Massenschlägerei nach Thessaloniki zurück und Verus entschied, sich aus den Angelegenheiten dort heraus zu halten und mehr Leute in seinem Areal für seine Bewegung zu gewinnen und erst dann zuzuschlagen.

8. Das Kompass-Konzept

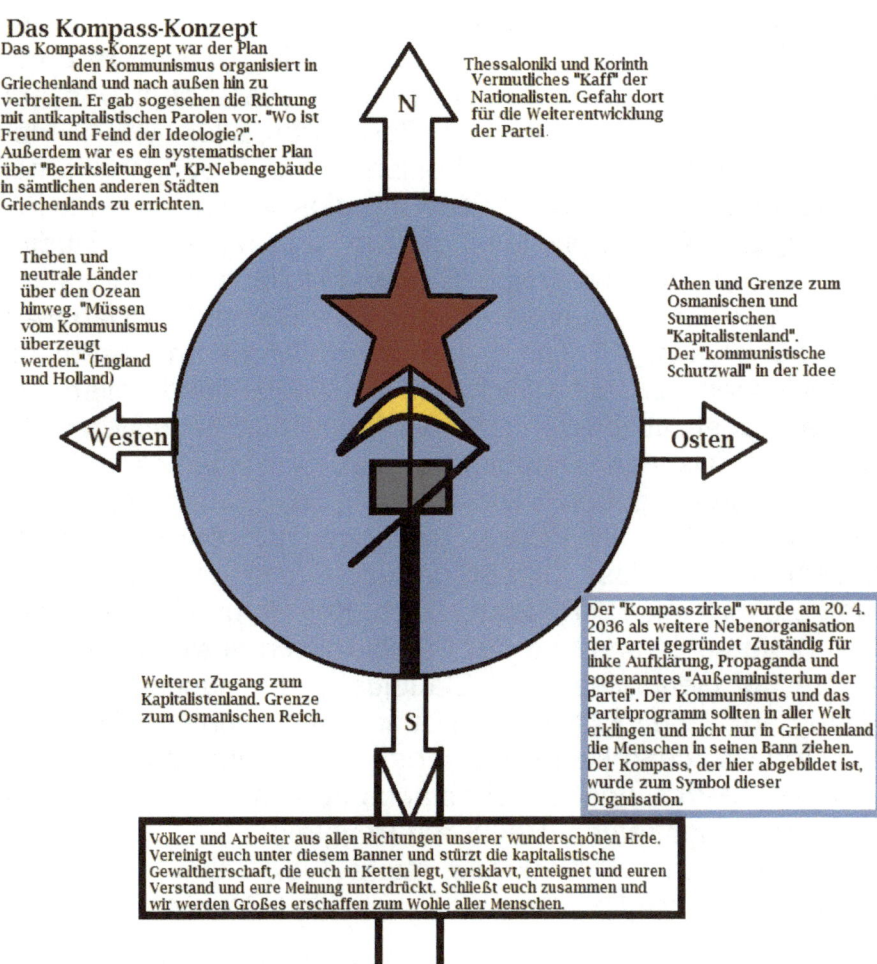

Das Kompass-Konzept

Das Kompass-Konzept war der Plan den Kommunismus organisiert in Griechenland und nach außen hin zu verbreiten. Er gab sogesehen die Richtung mit antikapitalistischen Parolen vor. "Wo ist Freund und Feind der Ideologie?". Außerdem war es ein systematischer Plan über "Bezirksleitungen", KP-Nebengebäude in sämtlichen anderen Städten Griechenlands zu errichten.

Thessaloniki und Korinth Vermutliches "Kaff" der Nationalisten. Gefahr dort für die Weiterentwicklung der Partei.

Theben und neutrale Länder über den Ozean hinweg. "Müssen vom Kommunismus überzeugt werden." (England und Holland)

Athen und Grenze zum Osmanischen und Summerischen "Kapitalistenland". Der "kommunistische Schutzwall" in der Idee

Westen

Osten

Der "Kompasszirkel" wurde am 20. 4. 2036 als weitere Nebenorganisation der Partei gegründet. Zuständig für linke Aufklärung, Propaganda und sogenanntes "Außenministerium der Partei". Der Kommunismus und das Parteiprogramm sollten in aller Welt erklingen und nicht nur in Griechenland die Menschen in seinen Bann ziehen. Der Kompass, der hier abgebildet ist, wurde zum Symbol dieser Organisation.

Weiterer Zugang zum Kapitalistenland. Grenze zum Osmanischen Reich.

Völker und Arbeiter aus allen Richtungen unserer wunderschönen Erde. Vereinigt euch unter diesem Banner und stürzt die kapitalistische Gewaltherrschaft, die euch in Ketten legt, versklavt, enteignet und euren Verstand und eure Meinung unterdrückt. Schließt euch zusammen und wir werden Großes erschaffen zum Wohle aller Menschen.

Um seinen Einfluss und die kommunistischen Theorien über eine klassenlose Gesellschaft weiter in Griechenland zu verbreiten, startete Volgin ein riesiges Programm mit politischen Reden, Demonstrationen, Streiks, Blattwellen, Veranstaltungen, Ideologielehrgängen und Seminaren (Plakate und Schriften in die Menge werfen und verteilen). Des Weiteren wurde am 15. März 2036 die Parteiarbeit durch eine Umstrukturierung der Organisation verändert. Von nun an sollten sich Teile von der Partei abspalten und in den anderen vier Städten Griechenlands die Propagandaarbeit aufnehmen. Aus der Sicht von Georgios Volgin sollten loyale Anhänger Parteibezirksleitungen in den anderen Städten gründen und außerhalb von Theben Mitglieder gewinnen, um den Druck auf die Nationalisten und die Demokraten langsam zu erhöhen. Das KP-Kompass-Konzept wurde an diesem Tag beschlossen. „Zu allen Richtung in Griechenland sollen sich unsere Ideen ausbreiten und die Menschen begeistern. Das wird der falschen Demokratie und Sozialdemokratie den nötigen Druck geben." Die Zentrale in Theben unterstand Georgios Volgin als Parteivorsitzenden persönlich. Der KP-Westbereich schloss Theben und die Ortsumgebung ein. KP-Ostbereich: Athen. KP-Nordbereich: Korinth und Thessaloniki. Die Staatsregierung und der demokratisch gesinnte Senat in Athen rief Generalsekretär Claudius in der nächsten Woche dazu auf, die Entwicklung und das Fortschreiten der Kommunistischen Partei in Theben nicht länger zu tolerieren. Aber die Verfassung Griechenlands sprach die klaren Worte: Versammlungsfreiheit, Recht auf Privateigentum, Bildung von Parteien.[14] Die Demokratie sieht vor, dass das Volk entscheidet, welche Vertreter an der Macht sind. Die

---

14 Hier an dieser Stelle zeigt sich, dass diese Freiheiten nicht allein positiv verstanden werden sollten, sondern auch negativ, das heißt einschränkend, in Hinblick auf die Freiheit von Anderen, die bewahrt werden soll. Negative Freiheit meint, dass sie nicht missbraucht werden darf, um die Freiheit der Anderen einzuschränken. Die Verfassung der Republik Griechenland unterschied nicht zwischen diesen beiden Seiten.

Parteigelder reichten aus, um dieses Programm durchzuführen. Die Regierung Athen spekulierte darauf, dass der Kommunismus allein in Theben zu Hause ist und es dabei auch bleibt. Sie meinten, dass das Projekt Volgins keinen Erfolg haben wird, weil die wirtschaftliche Lage in den anderen Städten nicht so schlimm war wie in Theben selbst. Sie hofften, dass Volgin sich daran verschlucken würde und der Einfluss der Partei nicht auf die anderen Städte übergeht. „Wir werden sie weiter in unsere Gesellschaft vordringen lassen. Am Ende werden sie selber an der Politik scheitern. Keine Sorge, wir bleiben an der Macht. Volgin wird bald an seinem Erfolg zugrunde gehen." Die Roten Augen haben Volgin Informationen über die Regierungspläne gegeben. „Das ist die Verschwörung, die ich prophezeit habe. Sie wollen uns hier nicht haben, aber das Volk von Theben steht hinter uns." Die Ausbreitung des Parteieinflusses wollte er aber nicht zurückziehen und geht damit einerseits ein großes Wagnis ein, aber auch ein mutiges Voranschreiten bezüglich der kommunistischen Arbeiterbewegung. Das Kompass-Konzept sollte in jedem Fall ausgeführt werden. Am 12. April 2036 wurde ein Sonderparteitag der KP in Theben abgehalten. Das Kompass-Konzept wurde vorgestellt, abgesegnet und Volgin erntete jubelnden Beifall bei seiner Parteitagsrede:

„Dieses Konzept wird den Geist des Kommunisten in alle Städte und Köpfe treiben. Die Regierung in Athen wird bald einsehen müssen, dass wir immer mächtiger werden. Nun nutzen wir unsere Intelligenz und unseren Verstand, damit das Konzept, wie eine Bombe in jeder Stadt einschlägt. Meinetwegen sollen sie uns weiter ignorieren, aber sie werden sehen, dass der Kommunismus irgendwann zuletzt lachen wird." Ausschnitt aus der Parteitagsrede Volgins.

Um die Idee vom Außenministerium der KP wahr zu machen, hatte Volgin vorgeschlagen, eine Nebenorganisation zu gründen, welche nicht nur die Idee der Bezirksleitungen in Griechenland umsetzen sollte, sondern auch außerhalb Griechenlands die Botschaft des Kommunismus verbreiten sollte.

Am 20. April 2036 bildete Volgin einen weiteren Arbeitsbereich in der Parteiführung. Drei Leute aus der Leitung bekamen die Aufgabe der Einrichtung der Bezirksleitungen, linker Aufklärung und Propaganda außerhalb Griechenlands. Im Übrigen wurde über den Namen dieser Organisation abgestimmt. Man einigte sich auf den Namen „Kompasszirkel".

Der Wahlspruch: „Völker und Arbeiter aus allen Richtungen unserer wunderschönen Erde! Vereinigt euch unter diesem Banner und stürzt die kapitalistische Gewaltherrschaft, die euch in Ketten legt, versklavt, enteignet und euren Verstand und eure Meinung unterdrückt! Schließt euch zusammen und wir werden Großes erschaffen zum Wohle aller Menschen!" Dieser Kompasszirkel war auch gleichzeitig die Grundlage für eine weitere Idee Volgins. Er erkannte, dass die UNO auf diesem Planeten mithilfe von strengen Resolutionen und Handelsembargos auch Druck auf die Nationen ausübt und ein mächtiger Machtapparat sei, welcher die Erde zu einer Einheit fügen könnte. In seiner Vorstellung, die er sich aber im Stillen überlegte, um nicht aufzufallen, war es die Idee den Kommunismus als neue globale Staatsform einzuführen und ein weltweites Staatseigentum.

Ein weiterer Grund für die Gründung des Kompasszirkels war es, die Völker der Erde mit Griechenland und seinen Kommunisten zu vereinen und eine globale

Regierung einzuführen. Das waren aber nur Überlegungen Volgins und er hielt sie selbst für übertrieben und größenwahnsinnig. Griechenland und sein Volk sollten vom Kommunismus, der gerechteren Staatsform, überzeugt werden. Der Kompasszirkel hatte auch zum Ziel bei den anderen Nationen, welche neutral waren, unabhängig von Osmanen und Sumerern, Vertrauen zu gewinnen. Sie sollten auf die Seite der Kommunisten gezogen werden.

Das waren England und Holland auf dem westlichen, zweiten Kontinent der Erde. Volgin hatte erst mal zum Ziel, die KP-Nebengebäude in den anderen 3 Städten Griechenlands zu bauen und das Parteiprogramm und seine Ideologie dort zu verbreiten. „Friedliche Methoden an die Allgemeinheit, damit wir nicht als gewalttätige Partei vom Volk abgestempelt werden. Wenn es um den Einzelnen geht, der sich wehrt und keinen Rückhalt hat, den bringen wir ihn heimlich zum Schweigen. Es geht darum, das Vertrauen Aller zu gewinnen. So etwas wie die Massenschlägerei gegen die Nationalisten darf es nicht mehr geben." Volgin in der Parteisitzung am 20. April 2036.

9. Der Soziallistenpakt

Um noch mehr Unterstützung zu bekommen und den linken Flügel Griechenlands zu verstärken, trat Volgin in Verhandlungen mit dem sozialistischen Flügel der Roten Partei. Die Rote Partei wurde als sozialdemokratische und gemäßigt sozialistische Partei 2007 von Senator Rufus gegründet.

Der Sozialismus war die am naheliegendste Ideologie neben dem Kommunismus. Nur hat sich der Kommunismus aus dem Sozialismus gebildet. Er sieht im Gegensatz zum Sozialismus eine radikale Umformung der Gesellschaft in eine klassenlose Gesellschaft vor, aber das sozialistische Programm hatte Ähnlichkeit mit dem Parteiprogramm der KP. Die Sozialisten wurden zunehmend nach der Amtszeit von Generalsekretär Rufus aus der politischen Mitwirkung ausgeschlossen.

Sie befürworteten die Sozialgesetze 2010 und waren dafür, sie wieder komplett zu erneuern. Eine zentrale Wirtschaft war auch ihr Vorstellungsbild, die Abkehr vom Nachtwächterstaat und der Monopolwirtschaft. Was sie eher bei den Kommunisten fürchteten, war ihr radikales Erscheinungsbild und die antidemokratischen Gedanken. Aber sie hatten allen Grund, sich für die Verdrängung aus der Politik an den sozialdemokratischen Flügel und Generalsekretär Claudius zu „rächen". Eine weitere Sache, welche durch die Einrichtung des Kompasszirkels geschah, war die Entstehung eines Parteiliedes und Revolutionsliedes. Maximus rief dazu: "Kämpfen wir so, dass die Völker auf Erden mutiger werden durch unsere Tat!"[15] Siegreich mit Volgin in jeder Stadt! Dies wurde um ein paar Strophen

---

15 Das Lied stammt von Ernst Busch.

ergänzt und am 26. April 2036 zum Revolutionslied erklärt. Die Verhandlungen zwischen dem Sozi-Führer Gaius und Volgin sahen gegenseitige Zusammenarbeit gegen den rechten und sozialdemokratischen Flügel in Griechenland vor. Die Sozialisten würden für ihre Demütigungen vom konservativen, marktwirtschaftlich ausgerichteten Generalsekretär Claudius Entschädigungen erhalten. Falls die KP irgendwann eine politische Macht in Griechenland einnehmen sollten, werden die Sozialisten an der Regierung beteiligt werden. In welcher Form, ob groß oder klein, hielt Volgin im Geheimen. "Der linke Flügel muss zusammenhalten, um den Kapitalismus zu stürzen." Volgin im Verhandlungsgespräch am 29. April 2036 in der Parteizentrale in Theben.

Der Soziallistenpakt war im Sinn von Volgin nur eine Täuschung, um die Sozialisten als „Zusatzfront" abzustempeln und sie in der falschen Hoffnung einer zukünftigen Regierungsbeteiligung zu lassen.

Somit waren die politischen Fronten in Griechenland klar aufgestellt. Auf der einen Seite die linksextreme KP und der sozialistische Flügel der Roten Partei. Auf der anderen Seite die Verus-Nationalisten und die Rechtskonservativen der Roten Partei. Damit war die Senatspartei innerlich zerrüttet. Nur die scheinbare „Mitte" unter Generalsekretär Claudius und sein Kabinett, hielten weiterhin den Kurs der Wirtschafts- und Staatspolitik Griechenlands. Generalsekretär Claudius: "Es kommt niemals dazu, dass wir diesen Leuten die Macht übergeben. Sie sind doch alle unfähig. Seien Sie unbesorgt, die Demokratie wird weiter bestehen, genauso wie die Wirtschaftsordnung." "Aber Herr Claudius, Sie müssen eingestehen, dass Volgin das Volk deswegen immer mehr auf seine Seite zieht, weil die soziale Stabilität immer mehr an

Halt verliert. Insgesamt kann man sagen, dass sich die politische Ausrichtung Aller immer mehr verpolt und zwar gegen uns. Selbst die Senatspartei ist gespalten." "Keine Sorge, die Kapitalgesellschaften stehen auf der Seite der Mitte und unseres Kabinetts." "Aber was ist mit dem Volk?" "Volk? Dafür haben wir kein Geld. Und das stimmt wirklich. Das liegt in der Verantwortung der Kapitalgesellschaften." "Dann sind wir auch keine Demokratie, weil wir nicht volksnah handeln, sondern unternehmerfreundlich." Wir tolerieren alles, was die Monopole tun. Wir sind dekadent geworden und haben nicht aufgepasst. Der Extremismus musste ja wieder kommen mit Personen, die Problemlösungen anstreben und volksnah handeln wollen. Wissen Sie, was kommen wird? Ein demokratiefeindliches System mit schlimmen Folgen für die freiheitliche Verfassung, welche wir nicht allzu sehr beachtet haben." Generalsekretär Claudius im Gespräch mit dem Berater Meridius für politische Entwicklungen am 29. April 2036.

Aber die Parteizerrüttung, das schwache Verständnis und die Nicht-Anerkennung der Demokratie, waren eine Gefahr, weil die verschiedenen Pole der Roten Partei nicht erkannten, dass die Extremisten, die immer stärker wurden, durch falsches Vorgehen der Mitte und Generalsekretär Claudius, sie nur für ihre Zwecke missbrauchen würden (Anmerkung des Verfassers).[16]

---

16 An manchen Stellen habe ich Anmerkungen schon zum Text und zum Inhalt verfasst. Sie sollen Anregungen geben, wie die zukünftige Entwicklung der Partei im Buch aussehen kann und der Leser sich vorstellen kann, ob die Partei siegreich ist oder nicht. Denn das lasse ich bis zum Schluss offen.

10. Das Wahlkomplott gegen Thebens Stadtrat

Zum Ende des Aprils 2036 war die KP mit 1 Million Mitgliedern und Sympathisanten, bestehend aus Radikalkommunisten und Einigen des linkssozialistischen Flügels der Roten Partei, eine nicht mehr zu unterschätzende Kraft in Griechenland. Allein in Theben hielten etwa 3/4 der Bevölkerung zur kommunistischen Ordnung und Parteiführung Volgins. Da Volgin sich nicht länger mit einer außerparlamentarischen Opposition zufrieden geben wollte, schlug er ein neues Konzept vor. „Wir sind zwar antidemokratisch gesinnt, aber warum sollten wir nicht Demokratie mit Demokratie bekämpfen?" Sein Plan: Die Kommunalverwaltung und den Stadtrat von Theben, welche proclaudianisch sind, demokratisch zum Rücktritt zwingen. Die nächsten Kommunalwahlen sollten (nach Plan) allerdings erst in 2 Jahren stattfinden, aber Volgin sieht eine vorgezogene Wahl als einzige Möglichkeit, um die Regenten friedlich und mit Volkes Stimme abzusetzen.

Wahlen in dieser Form waren eindeutig verfassungswidrig. Oder doch nicht? Bei der Überprüfung Volgins der gesetzlichen Grundlagen gab es im Abschnitt „Wahlen und Mitbestimmung des Volkes" in der Rufusschen Verfassung keinerlei Paragraphen, die eine vorgezogene Kommunalwahl verbieten oder zumindest blockieren. Das lag daran, dass zur Zeit der Verfassungsgebung nicht daran gedacht wurde, die Wahlgänge und deren Zeiten schärfer zu kontrollieren.

An das Vorhaben von Volgin hat man überhaupt keinen Gedanken verschwendet, weil die Situation bei der Gründung der Republik eine völlig andere und die Idee Volgins neuartig und jahrhundertelang unbekannt war. Die jetzige Situation konnte man sich zur Zeit der Verfassungsgebung überhaupt nicht vorstellen. Volgin wollte nicht länger mehr einfach nur reden und helfen, sondern auch Politik machen.

Deshalb erklärte er den Punkt 3 des „Aufrufes"[17] als null und nichtig, am 30. April 2036 vor der Parteiführung.

„Gesetzlich sind uns nicht die Hände gebunden, nun über vorgezogene Wahlen an die Macht zu kommen. Liebe Genossen, ich sehe Ihre schiefen Mundwinkel und Ihr Misstrauen, aber verstehen Sie es als die Chance die Demokratie nicht mehr passiv und in kleinen Schritten zu schädigen, sondern aktiv und von Theben aus anzugreifen. Generalsekretär Claudius würde somit seine Pro-Regenten in Thebens Stadtrat verlieren und wir hätten eine feste politische Basis, wenn wir die Verwaltung übernehmen. Athens Regierung müsste mit uns kooperieren und könnte uns nicht länger ignorieren. Wenn Thebens Exekutive kommunistisch ist, dann ist Schluss mit dem Außenparlamentarismus (bezogen auf Theben)." Volgin vor der Parteiführung am 30. April 2036.

Dieser Vorschlag wurde zwar erst stutzig betrachtet, aber als sie das Konzept verständlich erklärt bekommen haben, jubelten sie Volgin zu. Gleichzeitig sollte dies auch das Kompass-Konzept und den Kompasszirkel stützen. Die Roten Augen sollten vorerst als Wahlpropagandahelfer eingesetzt werden. Einige waren erstaunt über den plötzlichen Meinungswechsel von Volgin, aber insofern war es nur eine weitere politische Strategie, die Machthaber in Griechenland zu schwächen, zu demütigen und langsam „ausbluten" zu lassen. Sie sollten schon denken, dass es eine freche und hinterlistige Aktion ist.

---

17 S. Quelle oben.

Im Vordergrund sollte die Empörung der Machthaber stehen, aber auch ihre Unfähigkeit, etwas dagegen zu tun. Am 1. Mai 2036, dem Tag der Arbeit, wurde zusammen mit dem sozialistischen Flügel beschlossen, diese Wahl zu veranstalten und sie nach Möglichkeit mit in den Stadtrat einzubeziehen.

Die Idee der Zwangsabsetzung der Demokraten durch Demokratie und die daraus folgende Stadtratsbesetzung durch die KP und deren Anhänger, fanden wie erwartet sehr große Zustimmung. Am selben Tag wurde die Presse darüber informiert. Faktisch war die Zeitung „Thebener neuste Nachrichten" eine Parteizeitung geworden und überall wurde verkündet, dass Ratswahlen auf Geheiß der Kommunistischen Partei in Theben stattfinden werden.

Als die Nachricht im Noch-Stadtrat Theben ankam, wurde allgemein bekannt, dass nun der Zeitpunkt für den Abgrund der Demokratie hier in Theben gekommen sei.

„Es war klar, dass wir nicht lange die Stellung halten konnten. Seid es diesen Volgin gibt, bricht unsere Macht und Zustimmung vom Volk zunehmend weg.

Und das wird sein finaler Stoß gegen die Thebener Regierung: Diese Wahl, welche er plant. Was soll man tun? Ist er überhaupt noch zu stoppen? Aber wir sind auch schuldig, weil wir die Entwicklung dieser Partei und ihrer Organisationen geduldet haben. Bloß nicht einmischen, damit das Volk nicht gegen uns aufbegehrt. Nur Zugeständnisse. Generalsekretär Claudius hat Gefahren schon immer falsch eingeschätzt. Volgin muss aufgehalten werden, bevor ganz Griechenland von ihm infiziert wird! Keine Macht den Linksextremen!" Julianus Magnus, Stadtratsvorsitzender, verzweifelt über die Lage bei der Stadtratssitzung im Thebener Rathaus am 3. Mai 2036.

Die Einsicht kommt zu spät. Am Abend des 3. Mai 2036 wurde zugleich ein Pakt zwischen Volgin und dem Sozi-Flügel geschlossen. Eine angezettelte Verschwörung gegen die Machthaber in Theben. Wahlhelfer wurden ernannt und die nötigen Informationen an die Presse und den Druckereien gesandt. Des Weiteren wurden die Roten Augen darüber informiert, das Verhalten der Stadtverwaltung im Auge zu behalten und nach Möglichkeit eine rechtzeitige Warnung rauszugeben. Gaius schüttelte Volgin die Hand und versprach, seinen Flügel auf die Aufgabe vorzubereiten.

„Wir müssen uns vor den Nationalisten und den Rechtskonservativen der Roten Partei hüten. Gaius, Sie und ihr Flügel müssen sich endgültig von den Ketten der Roten Partei lösen. So können wir sie weiter schwächen. Sehen Sie endlich ein, dass die Rote Partei Sie nur „herumgeschubst" hat. Lösen Sie sich von der Vergangenheit und treten Sie der KP bei!" Volgin während der Verhandlungen am 3. Mai 2036 im Parteibüro in Theben.

11. Das Hilfegesuch des Rates scheitert

Der Ernst der Lage für die demokratische Staatsform, mehr oder weniger, verstärkte sich am 10. Mai 2036, als der Kompasszirkel die Etablierung eines Parteibüros in Korinth bekannt gab. Somit war der Westen Griechenlands von Kommunisten weitestgehend „besetzt". Der erste Teil des Kompasskonzepts Richtung Westen war erfüllt. Das war eine erfreuliche Nachricht für Volgin. „Nun werden auch andere von unseren Staatsideen erfahren."

Die Gesandtschaft wurde festgelegt und mit den nötigen Vollmachten in Finanzen und Verwaltung ausgestattet. „Überzeugen Sie die Menschen und führen Sie sie auf die rechte Bahn, damit wir den Sozialdemokraten ordentlich „einheizen"." Volgin zum neu ernannten Propagandaleiter Marcus Junius aus den Reihen des Kompasszirkels in Korinth am 11. Mai 2036. Auch wurde Gaius und sein Soziallistenflügel in die Partei integriert. Vor allen Dingen stand aber die geplante Stadtratswahl in Theben für Volgin. Die Thebener Regierung hatte ein Bittschreiben nach Athen geschickt. Generalsekretär Claudius sollte schnellstens von diesem Komplott erfahren:

Quelle: Das Bittschreiben des Thebener Stadtrates an Generalsekretär Claudius vom 13. Mai 2036

„An den Athener Senat, Zentrum der Demokratie und Hauptstadt Griechenlands. Meine sehr geehrten Damen und Herren, die Demokratie befindet sich an einem gefährlichen Punkt, einem Wendepunkt, hier in Theben.

Die Oppositionsbewegung unter Volgin und der KP gegen die bestehende Ordnung und den Machthabern wird nun immer radikaler. Eine Partei, die die Sozialdemokratie für immer auslöschen möchte und nichts Demokratisches zulässt. Die Menschen selber hier sind schon längst nicht mehr auf unserer Seite, seitdem es diese neuen Staatstheorien gibt. Volgin hat den Hass und den Unmut der Menschen bis zum Siedepunkt geschürt. Wir möchten sie keinesfalls anklagen, aber wir sollten bedenken, welche Art von Politik Sie in den letzten Jahrzehnten geführt haben.

Wir waren folgsam und erachteten diese Politik für richtig und menschenfreundlich. Nun sehen wir, dass sich ein schlechtes Resultat gezeigt hat. Dieser Demagoge stellt eine große Gefahr für die freiheitliche Verfassung und die Demokratie dar, welche Sie sehr missachtet haben. Volgins Komplott gegen Thebens Regierung ist nicht nur eine Gefahr für uns hier, sondern auch für ganz Griechenland. Das Volk wird uns weiterhin verachten, wenn Sie keine Politik in Sachen Menschenfreundlichkeit und soziale Stabilität führen. Die jetzige Politik ist keineswegs akzeptabel und wir werden auch nicht länger dahinter stehen. Wir sehen was hier geschieht und das sollten Sie auch sehen. Wir erbitten dringlichst das Ende der Ignoranz- und Dekadenz Politik und Hilfe gegen diese antidemokratische Bewegung.

Dieser junge Mann darf niemals eine politische Gewalt bekommen. Deshalb nochmals die Bitte, Gegenmaßnahmen einzuleiten von Seiten der Regierung. Die Unterschriften der Ratsmitglieder befinden sich unter diesem Abschnitt. Ich spreche mich im Namen aller pro-demokratischen und antikommunistischen Kräfte in Griechenland aus.

Der Thebener Stadtrat, Stadtratsvorsitzender Julianus Magnus Theben, den 13. Mai 2036

Volgin erfuhr zufällig von einem seiner Schergen und Informanten der Roten Augen über diesen Brief. Er wusste, dass diese Gegenmaßnahmen nie stattfinden dürfen, um seinen Plan auszuführen. Aus diesem Grund wurden am Abend gegen 20 Uhr des 13. Mai 2036 die Telegraphen- und Funkverbindungen außerhalb Thebens gekappt. „Telefone dürfen nicht mehr funktionieren, sonst haben wir ein Problem. Auch wissen wir nicht, wie die Regierung reagieren wird. Auf jeden Fall wird sie reagieren und das muss unterbunden werden."

Ein weiterer Befehl ging an die Häscher von Clemens der Roten Augen. Sämtliche Eingänge und Ausgänge der Stadt sollten unter Wachschutz gestellt und beobachtet werden. Schon am späten Abend wurde dem Stadtrat klar, dass sie von der Kommunikation nach Athen abgeschnitten sind. Mitgliedsverbände der KP blockierten die Straßen und schnitten Telefonleitungen und Telegraphenanlagen vom Kommunikationsnetz ab. Innerhalb einer Stunde war die ganze Stadt tot, im Sinne der Verständigungsmöglichkeiten nach außerhalb.

Volgins Plan war aufgegangen. Eine weitere Nachricht ging an die Presse. Sie sollten das Vorgehen Volgins bloß nicht in ganz Griechenland publizieren. „Niemand darf davon erfahren und wenn jemand was erfährt, dann werden wir ihm lehren!"

Nun sollte das kommunistisch gesinnte Volk von Theben von den Neuwahlen erfahren. Blitzschnell ging ein Auftrag an die Druckerei Campus von der Parteiführung. Der Auftrag: 10000 Plakate mit der Aufschrift: RATSWAHLEN! Dazu 1,5 Millionen Wahlzettel mit den Kandidaten der Parteiführung.

Den Demokraten im Thebener Stadtrat hat man die Teilnahme an der Wahl verweigert. Sie wurden über eine mögliche Kandidatenaufstellung ihrerseits überhaupt nicht informiert. Deswegen standen auf dem Wahlzettel nur die 8 Leute aus Parteiführung der KP, aber keinerlei Demokraten und Gegenkandidaten. Eine weitere Taktik Volgins. In seinen Augen sollte da nichts mehr schief gehen können.

Für den 14. Mai 2036 bereitete er in der Nacht noch eine Rede vor, um das Volk von Theben auf die Wahl einzustimmen und es endgültig gegen die Thebener Regierung aufzuhetzen und natürlich sollten sie für die KP stimmen. Die Wahlen sollten seinem Plan nach am 20. Mai 2036 stattfinden und zwar auf dem Marktplatz in Theben, vor dem Rathaus. Außerdem plante er einen Solidaritätsmarsch mit Fahnen und Hetzparolen auf der Straße am 14. Mai 2036. „Nun ist unsere Zeit gekommen. Die Demokratie hat hier ausgedient. Sie werden uns nicht länger ignorieren können. Entweder wir bekommen die politische Gewalt hier in Theben oder wir werden unser Mittel wahr machen. Und ich denke, sie werden auch nicht nachgeben, deswegen werden wir selbst ein bisschen nachhelfen. Das Volk will uns und dagegen können sie sich nicht stemmen. Die Volkslawine ist dabei loszubrechen und sich aus den Ketten der Unmündigkeit und der Enteignung zu befreien."

12. Ein Protestzug entwickelt sich zum Generalstreik

Um 9:00 Uhr morgens formierte sich vor dem Parteibüro in Theben eine Gruppe Parteimitglieder mit ca. 200 Leuten. Der angekündigte Protestmarsch der KP wurde, wie vereinbart mit einigen Sozialisten unter Gaius, versammelt.

Volgin sprach auf einer Holzkiste noch einige Worte an die Gruppe vor ihm:

„Wenn sich das Volk mit uns endgültig solidarisiert, dann sehe ich unseren Erfolg am Wahltage. Habt Mut und seid standhaft. Diese öffentliche Kundgebung soll unsere Programm und die Idee des Kommunismus nochmal darstellen. Nur dieses Mal marschieren wir Seite an Seite als Arbeitergenossen.

FÜR DIE SOLIDARITÄT, FÜR DEN SIEG DES KOMMUNISMUS HIER IN THEBEN! NUN FOLGT MIR, NEHMT DIE ROTEN FAHNEN UND DIE PLAKATE IN DIE LUFT."

Maximus fügte hinzu: „Ich werde mit Dir marschieren. Mit Euch allen! Gemeinsam werden wir das Netz der kapitalistischen Unterdrückung zerreißen." Der Zug sollte durch die ganze Stadt gehen und andere, auch Parteimitglieder und Sympathisanten, anlocken. Jeder sollte sich einreihen. „Es ist nur eine Demonstration gegen die Regierung hier, kein Putsch! Ich möchte nur unsere Macht und die Wahlen kundgeben. Sie sollen zur Einsicht kommen und sich von ihrem Hosenboden erheben!" Der Protestzug mischte den Alltag und die täglichen Arbeiten in der Stadt ordentlich auf. In jeder Gasse und in bald jedem Haus hörte man die Protestrufe der Demonstranten. „Gebt unser Landgut zurück! Weg mit dem Kapitalismus und der sich ihm beugenden Demokratie. Steht auf, folgt uns! Wucherzins und

Ungerechtigkeit ade! Wählt uns in der Stadtratswahl. Wir bringen euch das Glück. Arbeiter reihe dich ein zu trotzen dem Ausbeuter."

Und tatsächlich legte man, besonders im Industriegebiet, welches auch von dem Demonstrationszug durchstreift wurde, Hammer und Spaten nieder und schloss sich Volgin an. Die Arbeiter waren zwar schon größtenteils Parteimitglieder oder Sympathisanten, aber dieser eine Funke und die Idee Volgins den Kapitalgesellschaften noch mehr Schaden zuzufügen, beeindruckte sie zu sehr, dass sie den mutigen Protestparolen verfielen. Mut, Aufbegehren, Entschlossenheit und der Wille für eine bessere Welt, waren anziehende Kräfte des Protestzuges. Volgin, der mit Maximus Seit an Seit in vorderste Reihe marschierte, war von diesem regen Zulauf begeistert. Er konnte es selber kaum glauben. Noch weniger glaubte er, dass sich dieser Zug zu einem Generalstreik entwickelte, als er sah, dass viele Arbeiter aus Industrie und Landwirtschaft außerhalb und innerhalb der Stadt herankamen und ihre Arbeit niederlegten.

Volgin rief des Weiteren zu einem disziplinierten Marsch auf und forderte Gehorsam. Der Zug durchstreifte vom Parteigebäude aus die landwirtschaftlichen Gebiete außerhalb Thebens und die Industriegebiete. Überall legten die Menschen die Arbeit nieder, was aber eigentlich von Volgin nicht beabsichtigt war.

Es sollte nur eine Kundgebung für die baldigen Wahlen sein. Das Telefon- und Kommunikationsnetz war immer noch außer Betrieb. Die Industrie- und Großgrundbesitzer konnten keine Meldung rausgeben, um den Stadtrat darüber zu informieren. Sie waren hilflos diesem Streik ausgeliefert. „Thebener reiht euch ein! Wir sagen dem System den direkten Kampf an!" Gaius, der auch vorne neben Volgin marschierte, war restlos von einem baldigen Machtwechsel überzeugt. Er willigte während des Marsches in die Forderung Volgins ein, der KP beizutreten mitsamt seinem sozialistischen Flügel. „Ab heute sind wir nicht mehr Teil der Roten Partei, sondern der Kommunistischen Partei." Gaius während des Protestzuges.

Das war zu diesem Zeitpunkt ein inoffizieller Zusammenschluss. Der offizielle sollte später folgen. „KÄMPFEN WIR SO, DASS DIE VÖLKER AUF ERDEN MUTIGER WERDEN DURCH UNSERE TAT."

Dieser Spruch und die Melodie hallte durch die gesamte Stadt. Auf seinem Weg zum Verwaltungsgebäude und Rathaus schlossen sich immer mehr Menschen diesem Zug an. Die freie Universität „Sokratesschule" in Theben, an welcher der Zug auch vorbeimarschierte, brach kurzerhand die Vormittagslesungen ab. Studenten marschierten mit Volgin durch die Stadt. Sie blockierten den Verkehr und die Polizei wagte es nicht, einzugreifen und möglicherweise Gewalt anzurichten. Sie verhielten sich neutral gegen den Willen der Stadtverwaltung, die kurz nach 10 Uhr von diesem Marsch erfahren hat, von einem ihrer Informanten, die den Zugmarsch beobachteten „Ist das ein Putsch? Nein, das glaube ich nicht. Sie wollen nur auf sich aufmerksam machen. Das ist kein Putsch, das ist ein Generalstreik. Bald steht die ganze Stadt vor Wut still. Er treibt die Wut der Leute bis zum Siedepunkt. Kein Zweifel war es Volgins Idee, die Kapitalgesellschaften, welche die wirtschaftliche Macht in Theben besaßen, zu schwächen. Dazu gehörte der Stahlbau, die Lebensmittelindustrie und die Bauwirtschaft.

Neben den roten Fahnen und den roten Binden am Arm, führte der Kompasszirkel die Kompassstandarte in der vordersten Reihe. „Für die Solidarität. Steht auf und kämpft für eure Überzeugung. Geschunden und ausgeblutet! Es reicht jetzt!"

Die Melodie und die Parolen ertönten im Chor und entwickelten sich zum allgemeinen Ohrwurm. Eine unvergessliche Melodie, die die Herzen der Arbeiter elektrisierte. Eine öffentliche Kundgebung und Generalstreik zugleich.

Volgin sagte trotzdem zu sich selbst: „Ich glaube, ich bin missverstanden worden. Ich wollte nur zu einer Wahl aufrufen. Das sich das jetzt so entwickelt hat, konnte keiner ahnen. Vielleicht gehe ich schon zu weit, wenn ich die ganze Stadt mobilisiere. Glauben die etwa: Ich versuche zu putschen? Nein, auf keinen Fall, dafür ist es noch zu früh. Ich werde mit marschieren. Schließlich sehen sie in mir ein Vorbild und einen Retter der Arbeiterklasse und der Bauernschaft."

Der Protestzug erreichte gegen 10:30 Uhr den Marktplatz, welcher sich vor dem Rathaus befand. Aus den Fenstern der Stadtverwaltung schauten die verdutzten und beängstigten Stadtratsmitglieder. Volgin ergriff das Wort und beim Anblick der Massen auf dem Marktplatz packte ihn die Sucht nach mehr Erfolg und Macht.

Das Gefühl in der Mitte zu stehen und von allen gehört zu werden, lösten in seinem Kopf einen Ideenblitz aus. In seiner eigenen Wut über das System und seiner Überheblichkeit, nahm er vom Gemüsestand ein paar Tomaten und machte es allen vor.

„Werft ihnen das überteuerte Essen an den Kopf. Sie können es wieder haben. Wir wollen es nicht!"

Er schmiss mit Tomaten und Gemüse auf das Verwaltungsgebäude. In der Folgereaktion nahm sich jeder von den Marktständen und Läden das Essen und eröffneten das Feuer auf die Repräsentanten der Stadt Theben, die aus den Fenstern schauten. Jeder nahm sich irgendwas von den Ständen und scheute sich nicht auf das Gebäude zu zielen. Die Fenster wurden geschlossen und färbten sich. Dazwischen waren Äpfel, Bananen und Brote. Georgios Volgin rief vom Rednerpult, einer alten Holzkiste der Marktschreier, aus:

„Wir rufen euch auf, die richtige Richtung einzuschlagen. Ihr habt die Wahl. Die Kommunistische Partei möchte mit neuen Ratswahlen dafür sorgen, dass die runde Tafel der Demokraten dort oben sauber gemacht wird."

Georgios Volgin und seine Gefolgsleute verteilten Wahlpropagandazettel im Getümmel der protestierenden Lebensmittelschlacht auf dem Marktplatz. „Ich möchte auch nochmal bekanntgeben, dass diese Aktion nicht als Putsch geplant ist und war." Ohne Mikrofon war er aber im Getümmel kaum zu hören. Nur die nahe an ihm dran waren, konnten sein Wort und seine Stimme hören. „Hört mir zu! Am 20. März wollen wir hier unsere Wahlen abhalten." Unter dem ausgesetzten Druck und der verzweifelten Situation zwangen sie die Thebener Stadträte zum Handeln. „Wir müssen nachgeben. Wieso hilft uns niemand? Sind die dort in Athen zu dekadent und träge? Die eigene Partei läuft gegen uns!" Wahrlich war es eine düstere Lage für die Demokraten dort. Generalsekretär Claudius interessierte sich wenig für Thebens Angelegenheiten, eher machte er sich Sorgen, dass seine Partei immer mehr an eigenen Mitgliedern schwindet. Was er noch nicht wusste, war, das dies aus den Ereignissen Thebens resultierte. Niemand außerhalb Thebens wusste, was in dieser Stadt los ist. Clemens erhielt den Befehl von Georgios Volgin, die Polizei in Schach zu halten und das Polizeirevier zu belagern.

Es konnte also gar keine Hilfe seitens der Sicherheitskräfte kommen. Von ihrer Anzahl her waren sie den Kommunisten weit unterlegen. Hilflos abgeschnitten war Theben den Kommunisten und Volgin ausgeliefert. Gegen 14 Uhr beruhigte sich die Lage auf dem Marktplatz und der Stadtrat von Theben beschloss in einer Sondersitzung eine folgenreiche Entscheidung für die Demokratie. Damit sollte nicht einmal Volgin rechnen.

13. Zwischen Nachgeben und Hoffnung auf Rettung

Um eine Katastrophe des Friedens, diese kommunistische Wahl, einen gewaltbereiten Zug der Kommunisten und den gewaltigen Druck der Bevölkerung auf seine Kommunalregierung zu verhindern, gab Julianus Magnus in der Sondersitzung zum Nachmittag bekannt, mit Einverständnis des Stadtrates, die KP-Bewegung und Volgin in die Kommunalregierung einzubeziehen.

Eine halbe Stunde später um 15 Uhr schwang Magnus symbolisch eine weiße Flagge aus dem Fenster des Obergeschosses und rief zum Marktplatz runter: „Georgios Volgin, Sie haben gewonnen. Ihre KP soll von nun an an Regierung und Staatsgeschäft teilhaben."

Im Hinterkopf hatte Magnus den Gedanken, dass sie als Stadtrat weiterhin an der Spitze stehen, mit einigen Kommunisten im Kollegium. Wäre die Wahl veranstaltet worden, hätten sie überhaupt keinen Sitz und Machtanspruch mehr gehabt. Ein weiterer Gedanke war, diese Jugendlichen und Volgin besser zu kontrollieren, wenn man mit ihnen verhandelt und gemeinsam eine Regierung stellt. Außerdem wollte Magnus im Athener Senat Aufmerksamkeit schinden. Er wollte auf seine Probleme in Theben mit der KP-Bewegung aufmerksam machen. So gesehen war es auch eine Art Hilferuf, nicht länger von Athens Regierung im Stich gelassen und ignoriert zu werden.

„Demokraten müssen anderen Demokraten helfen. Es ist eine Schande, dass wir so jämmerlich von der Polizei und Generalsekretär Claudius mit der Bewerkstelligung der Linksextremen allein gelassen wurden. Unser Nachgeben soll nun endlich Abhilfe schaffen. Wann begreifen die endlich, in welcher ernsten Lage wir uns finden? Wir tragen keine

Waffen. Wir benutzen die Diplomatie als Waffe, wenn wir jetzt nicht schon mit unserem Nachgeben zu weit gegangen sind." Julianus Magnus.

Der Generalstreik sollte ein Ende finden und die Wirtschaft sich erholen, aus diesem einen Nicht-Arbeitstag. Volgin war wahrlich von dieser Reaktion des Stadtrates überrascht und bekam ein Schreiben mit der Einladung zu einem Treffen mit dem Stadtratsvorsitzenden.

Am Abend des 14. Mai 2036 lud man Volgin und Gaius zu einem Treffen mit Magnus in das Rathaus ein. Volgins Leibwache begleitete den Parteiführer. Ziel war es, das gemeinsame Kollegium abzusegnen und die KP mit einzubeziehen. Magnus hoffte auf eine gemäßigte Arbeit mit den Kommunisten und ihrer Partei. Auch war es Ziel, die Kommunisten zu beruhigen und ihnen Zugeständnisse seitens politischer Teilhabe zu machen. Das Treffen wurde nach der Begrüßung und einem Handschlag mit Volgin seitens Magnus mit den radikalen Forderungen des Parteivorsitzenden überschattet. Er forderte den Abzug der Kapitalgesellschaften aus der Kommune Theben, die Mehrheit im Kollegium, die Polizeigewalt, alleinige Gesetzgebung der KP, die Pressegewalt in Parteihand, die Legalisierung der Parteinebenorganisationen (Kompass und Rote Augen), eine Antihaltung der Demokraten gegen Generalsekretär Claudius und die Unabhängigkeit von Athens Senat und Regierung. „Falls Sie nicht akzeptieren sollten, würde es zur besagten Wahl kommen und dann hätten Sie überhaupt keine Macht mehr."

Die Demokraten standen vor der Wahl so gesehen zu kapitulieren oder ein wenig mehr Zeit zu gewinnen. Magnus zu diesem Gespräch: „Ich kann dieses Bedingungsblatt nicht akzeptieren und meine Kollegen auch nicht, mit dem schlechten Gewissen des Hochverrates gegenüber Athens Regierung. Sie sind wahnsinnig, Herr Volgin. Sie sind nur ein weiterer Emporkömmling. Wie können Sie es eigentlich wagen, solche Bedingungen zu stellen? Wofür halten Sie sich? Ich habe mich dazu entschlossen nachzugeben, aber nicht zu solchen Bedingungen seitens Ihrer Partei." „Ich sehe keine andere Möglichkeit. Entweder Sie arbeiten mit uns zusammen oder Sie werden es nicht lange mehr machen. Stellen Sie sich auf unsere Seite und Sie werden es nicht bereuen, sonst werden wir es auf die Parteiweise machen. Seien Sie nicht dumm. Für Generalsekretär Claudius waren Sie ja auch nur eine Marionette zur Erhaltung der falschen, demokratischen Ordnung. Ist es nicht so?"

Magnus brach innerlich zusammen und dachte kurz über die Worte Volgins nach. Er dachte daran, dass er selbst von Athen im Stich gelassen wurde. Aber seine demokratische Überzeugung zu der Verfassung, die er auch selbst gern reformieren würde, war zu stark. Er rief: „Niemals stelle ich mich gegen die Demokratie. Selbst wenn Generalsekretär Claudius ein schlechter Regent sei, er vertritt die freiheitliche Ordnung. Was Sie wollen, ist eine kommunistische Alleinherrschaft, Sie und Ihre Partei. Es reicht! Verlassen Sie sofort den Raum!"

In seinem Zornesausbruch dachte er nicht mehr daran, Volgin zu beruhigen. Die unverschämte und vorlaute Haltung des KP-Parteivorsitzenden erzürnte ihn allemal. Er wusste, dass Volgin jemanden gut um den Finger wickeln kann. Aber das er gleich Teil einer Verschwörung werden sollte. Nein. Für ihn war die Demokratie alles, auch wenn er die Regentschaft von Generalsekretär Claudius stark anzweifelte. Volgin war sehr erbost über dieses Treffen und wollte nun endgültig sein Wahlkomplott durchsetzen.

„Mit den Versteiften und Gehemmten kann man nicht reden. Typisch für diese Politiker!" Sein nächster Gedanke war, dass Julianus Magnus ihn bei diesem Wahlkomplott möglicherweise im Weg stehen könnte, Athen auf ihn hetzt oder sich sonst irgendwelche Partner zur Ausschaltung unserer Bewegung sucht. Er wird lästig und muss weg! Für immer! Der Kopf dieses Stadtrates." Volgin zu Clemens am 15. Mai 2036.

Magnus sah keine Hoffnung mehr und die anderen Stadtratsmitglieder waren empört über sein Verhalten gegenüber Volgin. „Nun sind wir verloren, Magnus. Haben Sie in diesem Moment nicht nachgedacht oder wie?" In jedem Fall war dieses Treffen zwischen Demokraten und Radikalen ein totaler Reinfall und würde das Feuer für die Demokratie weiter schüren. „Meine Herren, haben sie nicht gemerkt, was dieser Mann gefordert hat? Ich werde nicht in sein Messer laufen und Sie auch nicht. Das wäre Hochverrat gewesen." „Aber jetzt haben Sie die Situation nur noch verschlimmert. Die Kommunisten werden nicht lange fackeln, uns mit ihrer Weise auszuschalten." Julianus Magnus im Gespräch mit seinem Ratgeber. Volgin plante währenddessen den Aufbau eines Sozialkonzeptes in Korinth und Umgebung. Auf der anderen Seite überlegte er sich, wie man Magnus und seine Gefolgschaft im Stadtrat loswird, falls sie sich weigern nach der Wahl zurückzutreten. „Sie müssen schnell weg, bevor Athen irgendwas Genaueres von unserem Vorhaben spitz kriegt und den Ausnahmezustand verhängt."

14. Der Heimweg wird Magnus zum Verhängnis

Georgios Volgin zögerte nicht lang, den Stadtratsvorsitzenden noch länger laufen zu lassen und „je früher man diesen alten Störbock, der unsere Forderungen für überheblich und lächerlich fand, entfernt, desto besser für die Weiterentwicklung der Partei."

In einer geheimen Absprache mit Clemens sollte es zu einer Nacht- und Nebelaktion gegen Magnus kommen. Die Roten Augen hatten genügend seinen Tagesablauf nach seiner Arbeit studiert. Er hatte einen Leibwächter, mit dem er immer den Weg nach Hause antritt. „Niemand darf die Partei verdächtigen. Es muss wie ein Unfall aussehen." Georgios Volgin am 16. Mai 2036. 10 Leute wurden von Clemens beauftragt, den Wunsch Volgins zu erfüllen. Die Parteibinden und Ausweise wurden vorzeitig von den 10 Schergen abgegeben.

Aus Sicherheitsgründen natürlich auch. Der Plan war ziemlich einfach: Der Weg vom Rathaus über den Marktplatz zu seinem Haus führte neben einer kleinen Kneipenruine in einer meist verlassenen Nebenstraße. Die Roten Augen hatten herausgefunden, dass er dort immer lang geht und niemals einen Umweg macht. Die ideale Situation: Magnus geht an der Kneipe vorbei, die Schergen kommen scheinbar betrunken aus der Kneipe heraus und schleichen sich im Dunkeln von hinten an sie ran. So weit war das nun gedacht. Er sollte einer Bande unzurechnungsfähiger Leute zum Opfer fallen. Niemand würde die gutmütige und Hoffnung bringende Partei als Täter vermuten, außer vielleicht seine Kollegen im Stadtrat. Die würde man als verrückt abstempeln und verleugnen. Die Wahl wird ihr politisches Urteil werden und den Mut gegen die Kommunisten anzukämpfen. Es kam so, wie es kommen sollte: Skrupellos und doch trotzdem den Frieden predigen, so war Volgins Art. Nun machte er selbst nicht vor einem Gewaltverbrechen Halt, um an die Macht zu kommen. Gewalt muss im Hintergrund verbleiben. Niemals darf sie öffentlich ausgeführt werden." Magnus verließ zusammen mit seinem Leibwächter das Rathausgebäude und dachte immer noch an das Treffen mit Volgin, welches er so schnell nicht vergessen wird. Er dachte, dass man mit diesem Menschen niemals vernünftig reden könne. Georgios Volgin sei ein gefährlicher Emporkömmling für die Demokratie. Mit einem schlechten Gewissen und Misstrauen schlug er den Heimweg ein. Seine Schritte waren kurz und zeigten seine Angst. Sein ganzes Vertrauen lag bei seinem Leibwächter, dass er ihn schützen solle. Die Straßen von Theben waren in der Abendzeit zunehmend trostloser und einsamer geworden, wie schon immer. Die Straßenlaternen schienen auf den nervösen Magnus, der von sich glaubte, dass er möglicherweise zu hart gegenüber Volgin gewesen sei. Der Gedanke war, eine noch größere Gefahr für die Demokratie heraufbeschworen zu haben. In seinem Gesicht erkannte man Furcht, Schrecken, Verzweiflung, seine Enttäuschung über das Verhalten der Athener Regierung, die ihn nicht unterstützen will, solange sie nicht die Wahrheit erkennen und der Dekadenz entfliehen.

Sein Weg führte in die benannte und herausgefundene Straße, die in Richtung der Kneipenruine führt. Auf einmal gab es einen kleinen Knall, der durch die Straße hallte. Die Straßenbeleuchtung war ausgefallen und Magnus irrte nun im Dunkeln umher und sein Leibwächter verschwand einen Moment später in einer Ecke. Magnus konnte nur 3 Lichter aus der Ecke erkennen. In der Tat griffen 3 Unbekannte den Leibwächter von hinten an und erschlugen ihn mit einem

Holzstock. Vorher hielten sie seinen Mund zu, damit Magnus das Geschrei nicht hören sollte. Der Hinterkopf färbte sich voll Blut und als er schon tot war, schlugen sie weiter auf ihn ein, in den Bauch, in den Rücken, überall bis der ganze Körper in einer einzigen Blutlache lag. Das Kopfsteinpflaster wurde rot voll Blut und ein paar Sekunden später schleiften die drei Schergen die Leiche in die Straßenecke und packten sie in eine Mülltonne. Magnus rief verzweifelt nach seinem Leibwächter, aber er bekam keine Antwort mehr zu hören und verfiel in panische Angst. Er versuchte noch in Richtung der Hauptstraße hinter dem Marktplatz zu laufen, schrie um Hilfe. Von hinten packten ihn zwei Männer, stülpten ihm einen Beutel über den Kopf und traten ihm brutal in die Magenkuhle. „Wer sich uns in den Weg stellt... Mit freundlichen Grüßen, der Parteivorsitzende." „Der Parteivorsitzende??" Bevor er seinen Satz zu Ende sagen konnte, nahmen die Männer ein altes Stahlrohr von der Seite eines Gebäudes und schlugen Magnus auf den Kopf, so dass er bewusstlos zusammenfiel. Um sicher zu gehen, erwürgten sie Magnus mit dem Holzknüppel auf eine gnadenlose und brutale Weise. Magnus Leiche wurde genauso wie die des Leibwächter in die gleiche Mülltonne gestopft. Die Mülltonne wurde, um Spuren zu verwischen, mit den Holzknüppeln daraufhin verbrannt. Am Ende sollte es wie ein Selbstmordversuch von Magnus aussehen, der aus einem der Fenster sprang. So die Parteiidee. Die Leichen seien von Unbekannten nach Außerhalb weggeschleppt worden, um eine Verwesung innerhalb der Stadt zu vermeiden. Sein Leibwächter sei wegen Trunkenheit zusammengebrochen. Die perfekte Lügengeschichte für die Partei und Georgios Volgin. Nun stand ihm in Theben niemand mehr im Weg. Sie würden keinerlei Nachforschungen bezüglich Magnus Tod anstreben.

15. Der verrückte Mai endet mit einem Sieg der Kommunisten

Nach dem Tod von Magnus, der keine weiteren Ermittlungen nach sich zog, wurden die anderen Stadtratsmitglieder mit geheimen Morddrohungen seitens der KP zum Rücktritt gezwungen. Das geschah einen Tag später, als Clemens mit einer Gruppe Parteitreue das Rathaus am 17. Mai 2036 erneut umzingelte und niemand sich nach dem „Verschwinden" von Magnus mehr traute, irgendwas in Theben gegen die Kommunisten zu unternehmen. Der Mut der Demokraten war nun endgültig verblasst und sie wurden mitsamt ihren Familien nach Athen zurückgeschickt und aus der Stadt gejagt. Am gleichen Tag kam es zu Ausschreitungen auf letzte Loyale der Demokratie. Sie waren auch „verschwunden" im Sinne von Volgin, der nun keinerlei Furcht mehr hatte und niemanden fürchten müsse. Er sei jetzt „der Herr im Haus Theben" und kann hier von aus seine weiteren Pläne für eine kommunistische Herrschaft über Griechenland schmieden. Für ihn war Theben die Basis und Wurzel der roten Blume, welche nun weiter wachsen solle. Die Wahl, die er in seinen Reden und Blattschriften angekündigt hat, wollte er trotzdem nicht ausfallen lassen, der Zustimmung des Volkes wegen.

Die acht Stadtratsmitglieder, Gefolgsleute von Volgin, darunter Maximus, Clemens, Christoros und Gaius, dem Führer des sozialistischen Lagers, der Volgin in diesem „verrückten" Mai zur Seite gestanden hat, besonders beim Generalstreik gegen den Kapitalismus und der industriellen Ausbeutung, sollte nun den versprochenen Lohn der politischen Mitwirkung bekommen. Die Studentenkammer Thebens schloss sich Volgins Bewegung an, da die

Intellektuellen nun auch nicht mehr auf der Seite der Demokratie standen und somit den Kommunismus als beste Staatsform ansahen. Die Zweifel an der Marktwirtschaft und die katastrophale Lage des Bildungs- und Sozialsektors in Griechenland durch den Nachtwächterstaat und den Monopoleismus schürten den Hass. Die Intelligenz wurde durch den kommunistischen Traum Volgins geblendet und damit der Verstand der gebildeten Menschen dort in Theben.

Am Tag der Wahl, dem 20. Mai 2036, war die Partei umjubelt als der Erlöser von Ausbeutung und Demokratie. In seiner Rede rief Volgin das Volk zum Anti-Claudius-Prinzip auf. Theben sei nur der Anfang und ein Symbol für das, wofür wir bis zuletzt kämpfen und unser Leben einsetzen werden, so seine Worte. Nachdem Volgin allerlei Wahlreden über das Parteiprogramm und menschliche Zusammenarbeit gehalten hatte, kam es dann zur endgültigen Abstimmung über die Stadtratssitze. Im Übrigen lenkte Volgin geschickt von den Vorfällen zum „Verschwinden" seiner Vorgänger im Rat ab, indem er verschiedene Gerüchte mit der Parteifassung ergänzte und beendete.

Außerdem waren alle zu sehr von seinen Staatsplänen und seinem Charisma fasziniert, sodass niemand sich um die Angelegenheit von Magnus und seinem Kollegium kümmerte. Es war ihnen egal, was mit den schlechten Demokraten und Handlangern Athens passierte. Die Ignoranz resultierte aus dem geschmiedeten Hass auf die Demokratie und den Kapitalgesellschaften seitens der Partei. Ferner hatte Georgios Volgin an diesem Tag ein Abkommen mit dem Polizeipräsidenten Titus geschlossen, der sich nicht in den Verschwinden-Fall einmischen wollte. Er wusste selbst, dass die Partei nun die Oberhand in der Stadt hat und ging auf das Geschäft mit Georgios Volgin ein. Die

Parteinebenorganisation „Rote Augen" unter Clemens würde mit der öffentlichen Polizei Thebens verschmelzen, mit der Doppelspitze Clemens und Titus. „Sie können Ihre politische Macht und Ihren Posten behalten, wenn Sie sich der KP anschließen. Mit der Partei brauchen Sie niemanden zu fürchten." antwortete Volgin.

Die Polizei musste in der Hand der Kommunisten sein. Volgin war auch der Meinung, dass sie für spätere Zwecke sehr nützlich sei, mit ihrer Ausrüstung und den Schutztruppen. Nach Auszählung der Stimmzettel bekamen die 8 neuen Stadtratsmitglieder, nur KP-Parteimitglieder, die absolute Mehrheit und noch darüber hinaus. Über 90% der anwesenden Bevölkerung stimmte auf dem Marktplatz der neuen Kommunalregierung zu. Volgin wurde als neuer Stadtratsvorsitzender mit Beifall und Jubelrufen wie: „Siegreich mit Volgin in jeder Stadt Griechenlands!", „Sie wissen, wie man die Weichen zum Glück stellt!", „Lang lebe Volgin und die KP!" „Mit Volgin alle Waffen gegen Claudius!", „Vorwärts, auferstehen und leben! Nie wieder diese Schmach!" „Nieder mit Generalsekretär Claudius!" überschattet.

Die anderen Mitglieder wie Maximus, Clemens, Titus oder Christoros standen neben Volgin und ernteten denselben Beifall. Sie empfanden ein neues Gefühl der Macht und der Größe und sie genossen diesen Moment der Akzeptanz und der Freude der Menschen dort auf dem Marktplatz. Erhabenheit, Stärke und die Gier nach mehr Kontrolle waren die Resultate dieses Mais. Theben war in der Hand der Kommunisten und somit auch die kapitalistischen Unternehmen, welche nur von sich sagten: „Schnell weg hier!" Aber Volgin sollte ihnen zuvorkommen bei ihrer „Flucht". Der neue Stadtratsvorsitzende hatte nur eins zu fürchten: Die

Reaktion Athens auf diesen scheinbaren Umsturz. Volgin Wahlkomplott war zwar so nicht geplant, aber scheinbar doch legal, wenn man den Tod von Magnus außen vor lässt. Denn Ende Mai, am 25. Mai 2036, wurde die Regierung Claudius über die Vorfälle nach einer langen Nachrichtenwarteschleife nach Instandsetzung der Telegraphenleitungen in Kenntnis gesetzt.

16. Der Athener Regierung geht ein Licht auf!

Im Eiltempo lief der Kurier vom Telegraphenamt Athen in Richtung des Regierungsviertels. „Eine dringende Nachricht an die Senatsregierung! Jetzt muss alles sehr schnell gehen!" Der Kurier lief so schnell er konnte durch die Straßen Athens, Über den Marktplatz zum Senatsgebäude, in welchem momentan eine Parlamentssitzung stattfand. Die Senatoren dort diskutierten über ein neues Agrargesetz und die weitere Zusammenarbeit mit den Kapitalgesellschaften. Wie immer lobten sie die Arbeit der Kapitalgesellschaften, besonders Generalsekretär Claudius. Der rechte Flügel der Roten Partei hielt sich weiterhin verschwiegen und arbeitete im Hintergrund zusammen mit Verus, dem Nationalisten aus Theben. Noch würden sie keine ernsthaften Schritte gegen die konservative Mitte einschlagen. Stürmisch und den Wachleuten erklärend, sagte der Kurier zu ihnen, als er in das Gebäude wollte, dass es sich um eine dringende Nachricht aus Theben handelt. Es sei von äußerster Wichtigkeit. Die Wachposten an der Treppe zum Plenum ließen ihn durch und waren selbst neugierig, was dort passiert sei. Man hat in der Stadt Athen lange nichts mehr von der Situation in Theben gehört bezüglich Georgios Volgin und der KP. „Es sind keine guten Nachrichten. Wahrscheinlich ein schwarzer Tag für die Demokratie" meinte der Kurier im eiligen Schritt nach hinten rufend. Der völlig aufgebrachte und erschöpfte Bote riss die Türen zum Plenum auf, ohne aufgefordert zu werden. In der Hand hielt er das Bittschreiben von Magnus und einen Bericht mit Informationen zur politischen Lage dort. „THEBEN IST AN DIE KOMMUNISTEN GEFALLEN! Volgin hat sich zum neuen Stadtratsvorsitzenden erhoben, mitsamt einiger KP-Mitglieder im Kollegium.

Es soll eine Wahl gegeben haben, die die Neuzusammensetzung und die Absetzung unserer Pro-Regenten in der Kommunalverwaltung bestätigt hat. Georgios Volgin soll nicht gezögert haben mit den Demokraten dort kurzen Prozess gemacht zu haben!" Die Senatoren auf den Bänken waren geschockt von dieser Nachricht und es machte sich ein allgemeines Getuschel breit. Herius, der Vorsitzende des rechten Flügels, gab hinzu: „Nun ist es Zeit, eine antikommunistische Koalition zu bilden. Die Lage ist äußerst ernst. Iuculus Verus aus Thessaloniki wäre bereit, Volgin in die Schranken zu weisen.

Der rechte Flügel ist sich einig: Die Kommunisten müssen weg, auch ihre Sympathisanten. Wir haben die Roten schon lange genug unterschätzt. Es ist Zeit zuzuschlagen, nicht wahr meine Freunde?" Der rechte Flügel jubelte ihm zustimmend zu. „Es muss etwas geschehen, sonst sehe ich unsere Macht und die der Kapitalgesellschaften im Wanken. Volgin muss ausgeschaltet werden, bevor vielleicht ganz Griechenland von seinen Ideen infiziert wird." In Athen munkelte man schon, dass das die Parteinebenorganisation „Kompasszirkel" in Korinth mit einem Parteigebäude in das Auge gefasst hat.

In den Augen der Senatoren war es nicht zu verantworten, wenn eine weitere Stadt an die Kommunisten fallen könnte. Auf jeden Fall war die Aktion Volgins verfassungswidrig, aber trotzdem mit der Zustimmung der Thebaner gesegnet. Magnus war tot und sein Kollegium entmachtet. Das Bittschreiben an den Senat war niemals rechtzeitig angekommen. Erst jetzt, wo alles zu spät war. Im Brief war die Kritik von Magnus an die Regierung zu erkennen, aber die Senatoren der Mitte wollten nicht zugeben, dass sie eine schlechte Politik machten und nur dadurch Volgin einen so rasanten Aufstieg erreicht hätte.

Die allgemeine Unruhe im Plenum und der Vorschlag von Herius wurden vom Sitzungsleiter und Generalsekretär Claudius unterbrochen.

„Sind das nicht alles Provokationen? Ich glaube nicht, dass Volgin wirklich in der Lage ist, eine bessere Politik zu machen als wir. Er ist jung und unerfahren. Ich verbitte mir jegliche Kommentare im Plenum."

Herius rief hinzu: „Sie dürfen das nicht herunterspielen und verharmlosen. Es muss etwas unternommen werden. Wir können unseren Staat und unsere Macht nur schützen, wenn wir das Volk besser kontrollieren und gemeinsam gegen das rote Theben vorgehen. So etwas, was in den letzten Wochen dort geschehen ist, darf nicht wieder vorkommen. Die Zukunft muss gesichert werden. In diesem Moment könnten die Kommunisten ihre Pläne erweitern. Dieser kleine Kerl ist nach Macht aus und fähig die Menschen für seine Ideen zu bewegen. Seien wir nicht dumm. Diese Neuigkeiten sagen alles. Ihr Regierungsstil war auch letzten Endes der Auslöser für unsere Schwierigkeiten und ihre Ignoranz kommt noch hinzu, Generalsekretär Claudius. Gaius hat sich auch mit dem linken Flügel unserer Partei den Kommunisten dort angeschlossen. Wir sind keine Partei mehr, sondern nur noch ein zerrüttetes Puzzle verschiedener Neigungen und Meinungen. Nun sind meine Leute am Ende auch nur Ihre Puppen in einem riesigen politischen Puppentheater. Wenn Sie nichts unternehmen, so werden wir handeln und glauben Sie bloß nicht, dass ihre Regierung weiterhin so bestehen bleibt." Von diesen Äußerungen und den vulgären Ausschreitungen auf den Parlamentssitzen der rechten Seite wütend und cholerisch, beschloss Generalsekretär Claudius den sofortigen Verweis aus dem Senatsgebäude und das

Sitzungsende.

„Ich weiß, dass ich gut regieren kann. Wir können die es wagen, mir eine Standpauke zu halten? Sehen sie die Kommunisten als wirkliche Gefahr? Theben war schon immer wertlos. So kann es mir egal sein." Generalsekretär Claudius hatte einen typischen Charakter, Ratschläge und Kritik vollständig zu ignorieren. Aber jetzt regte sich auch in seinen eigenen Reihen der Unmut, aber niemand wollte aktiv etwas gegen seine Autorität unternehmen. Niemand hatte den wirklichen Mut, sich mit den Polizeikräften und dem republikanischen Militär anzulegen. Nach Sitzungsende traf sich der rechte Flügel zu einer Dringlichkeitssitzung in einem der Großräume des Senatsgebäudes. Herius sprach nun selbst davon, dass dieser „faule Esel" aus der Regierung raus muss und Volgin eine Gefahr ist, die man schnell unterdrücken muss.

Auch müsste das Verschwinden des Stadtrates in Theben geklärt werden, die Rettung der Unternehmer dort, sowie eine Verhinderung der Ausbreitung des Kommunismus in Korinth durch die KP-Nebengebäude der Gruppe „Kompass". Außerdem fürchtete man eine Unabhängigkeitserklärung Thebens zu einem kommunistischen Stadtstaat.

Aber man glaubte auch, dass Volgin bald selber die Basis an wirtschaftlichen Gütern, Nahrung und Bedarfsgütern wegfällt, wenn er einen Angriff gegen die „Anbieter", also die produzierenden Fabriken (Kapitalgesellschaften) startet. Er muss also verhandeln, sonst würde ihm ein Handelsembargo drohen und die produzierende Basis wegfallen und damit der Unmut der Bevölkerung wieder steigen.

Die Angelegenheit in Korinth wäre eine Aufgabe für die Verus-Nationalisten, welche sich in Thessaloniki ansässig gemacht haben und auch politische Sympathisanten um sich gesammelt zu haben. Denn nicht jeder wollte Volgin als Kommunist am Ruder sehen, besonders die Großgrundbesitzer und die reiche Oberschicht sahen ihn als Gefahr für ihr Privateigentum und Vermögen an. Und aus dieser Gruppe nahm sich Verus seine Mitglieder. Er versprach die Aufrechterhaltung ihres privaten Eigentums, ihrer Grundstücke, ihrer Geldanlagen und natürlich die Macht, welche sie als Kapitalgesellschafter über die Masse der Arbeitnehmer hatten. Volgin würde ihnen alles nehmen und der Unterschicht und seiner Partei überschreiben. Und dieser Meinung waren die Rechtskonservativen von Herius auch. Die gegenwärtige Ordnung sollte weiter bestehen und Georgios Volgin würde sie nur aufrütteln und ausschalten.

In Theben begann währenddessen die Umgestaltung der Stadtordnung. Aber auch Georgios Volgin erkannte das Problem der möglichen, autarken Wirtschaftspolitik und die Isolierung Thebens. Auch befand sich die Partei allmählich in einer finanziellen Krise durch die verkündeten Sozialprogramme und der Propagandakosten. Die Geldgeber fehlten und die Mitgliedsbeiträge waren nicht groß genug. Und jetzt noch die Verwaltung, die Ernährung der Bevölkerung und die Garantie der Sicherheit in Theben, kamen als Aufgabe dazu.

Volgin sah sich in einer Sackgasse. Er war sich auch darüber bewusst, dass Athen eine Nachricht erhalten haben muss. Ein solches Ereignis konnte er nicht verheimlichen. Die Angst vor einem Scheitern der Bewegung durch fehlende Unterstützung, Geldnot, Mobilisierung der Antikommunisten und zu viel Verantwortung bereitete Georgios Volgin Sorgen.

17. Die Absetzung der Unternehmensvorstände

Die letzte Maiwoche wurde zum Ende der Fabrikbesitzer, der Privatbankvorsitzenden und Gutsbesitzer, welche übermäßig viel Land besaßen. Infolge der massiven Streiks in den Betrieben und dem ausgesetzten Druck des kommunistischen Stadtrates, wurden die Vermögenswerte und das Landgut von der KP beschlagnahmt, ohne rechtliche Grundlage. Sie wurden wie Ausgestoßene behandelt und mussten die Stadt sofort verlassen.

Die Privatbanken wurden von KP-Leuten besetzt und zum „Thebener Rotbesitz" erklärt. Die Filialen der Staatsbank wurde geräumt und von den „Roten Augen" geplündert, unter dem Vorwand, es wäre ein Beschluss des Stadtrates und nötig, um den Haushalt der Stadt zu stützen. Die Landgüter und Bauernhöfe der abgezogenen Großgrundkapitalisten wurden zwischen den Nachbarhöfen, die viel weniger Land besaßen, aufgeteilt unter dem Augenmerk der KP, alles gerecht aufzuteilen und auszumessen.

Landvermesser zogen aus, um die Besitztümer neu zu verteilen. „Es gleicht einer Robin-Hold-Aufgabe!" war eine Bemerkung von Georgios Volgin. Die geringe Schwerindustrie in Theben wurde von den Belegschaften der Fabriken besetzt und man wartete auf Anweisungen des Stadtrates. Polizeipräsident Titus wurde beauftragt, die Polizeikontingente an die „Roten Augen" abzutreten und derer beizutreten.

Die letzte Maiwoche war teilweise von anarchischen Zuständen geprägt und Volgin versuchte nach dem Sturz der Demokraten und Vorstände, die innere Ordnung wiederherzustellen.

In der ersten Woche duldete er die Plünderung der Staatsbanken, um die Demokraten in Athen weiter zu schwächen, aber nun rief er wieder zur Disziplin und Ordnung auf.[18] „Wir sind keine Wilden. Wir wollen das Problem in seinen Grundfesten lösen und wir fangen damit in Theben an."Im Hinterkopf behielt er das Problem, dass es schwierig werden könnte, ohne produzierende Basis lange die Versorgung der Stadt aufrecht zu erhalten. Nun sind die leitenden Personen fort und verbannt, aber wer tritt die Nachfolge an? Ich stelle mir eine Welt vor ohne Gewalt, Hass und Zwietracht. Eine klassenlose Gesellschaft in Theben als Symbol dafür, dass es möglich ist. Die Reichen sind weg und wir sind auf dem besten Wege dorthin. Die Menschen aber müssen auch dafür kämpfen und sämtliche Widerstände vor sich aus dem Weg räumen!"

Die Oberschicht floh nach Athen, Thessaloniki oder Korinth. Sie mussten neben Vermögen und Haus, auch Privatbesitz zurücklassen, welcher in kollektiven Versammlungen auf dem Marktplatz verbrannt oder vom Volk an sich genommen wurde. („Brandschatznächte"). In einer Sitzung der Parteiführung und somit des Stadtrates wurde auf das Problem der „Wiederherstellung der produzierenden Basis" angesprochen. Man suchte eine Lösung und diskutierte die bevorstehende Zukunft der Partei. „Die Vorstände müssen ersetzt werden! Es führt kein Weg dran

---

18 Interessant ist, wie Volgin Gewalt und Ordnung zusammen denkt. Auf der einen Seite akzeptiert er sie, aber nur bis zu einem gewissen Punkt, um den Eindruck einer guten Ordnung zu machen und sich selbst als ein guter Regent darzustellen. Gerade das wird ihn später auch zu einem vernünftigen, klugen und gewissenhaften Regierungschef machen, aber gleichzeitig auch zu einem Diktator, der nicht davor zurückschreckt, Gewalt einzusetzen, um das Ziel der Ordnung und Vernunft zu erreichen und einen guten Eindruck bei den Mitregierenden und dem Volk zu hinterlassen.

vorbei! Wenn dieses Problem gelöst ist, muss die Weiterentwicklung der Partei in Beschlag genommen werden. Erst dann können wir weiterdenken und handeln." sprach Volgin.

Maximus hatte die Idee, dass die ehemaligen Arbeitnehmer, welche jetzt ohne wirkliche Führung sind, selbst einen Vorstand aufstellen, um das Zahnrad der Wirtschaft schnell wieder in Gang zu bringen. Aber es sollte nur noch für Theben allein produziert werden. Die Produktion sollte sich nur auf etwaige Grundgüter wie Nahrung, Wasser, Kleidung und Energie beschränken. Auf Luxusgüter und Zusatzwaren, wie Glas, Möbel, Leder, Pelz, Kaffee, Tee et. sollte verzichtet werden. Die Bevölkerung muss sich mit dem Bestehenden zufrieden geben und möglichst sparsam mit den Grundgütern umgehen.

Auf Kohle müsste man verzichten und im Winter mit Holz heizen. Doch der Sommer sollte noch keine Probleme bringen. Betriebsräte, gewählt von den Belegschaften, sollten die Leitung der Fabriken und Kraftwerke übernehmen.

Die Lebensmittelversorgung wird durch die Landgüter, Viehzüchter, Landwirte, Fischerei usw. gesichert. Die Landwirte dürfen ihr Privateigentum behalten, wenn sie weiterhin nur für die Stadt Theben produzieren und Güter bereitstellen. Um einem hohen Stromverbrauch entgegen zu wirken und verbleibende gelagerte Ressourcen (Kohlelager) rational zu verwenden, kam der Vorschlag, alle Kraftwerke nur zu bestimmten Zeiten ans Netz zu lassen und Bereiche der Stadt zu gewissen Zeitpunkten vom Netz zu trennen. Nur waren nur noch die Lebensmittelfabriken für Konserven, Verpackungen oder Abfallfabriken für Grundwasser und andere Getränke nützlich.

Ein weiterer Punkt war die Verwaltung der Wasserversorgungen, Kanalisationen, Stadtreinigungen und Kommunikationszentren. Auch hier sollten Betriebsräte die Leitung übernehmen. "Es bleibt kaum Zeit für größere Projekte. Wir müssen das Beste draus machen. Ich hätte nicht gedacht, dass eine solche Verwaltung so schwierig ist. Ich brauche erfahrene Leute, die sich mit dem Tagesgeschäft auskennen." Die Löhne für die Arbeitsaufwände sollten aus dem beschlagnahmten Vermögen bezahlt werden. Um dem Parteiprogramm seitens Subventionen und Steuervergünstigungen entgegen zu kommen, beschloss der Stadtrat die Preise für Grundgüter auf konstant niedrigem Niveau einzufrieren. Man führte zusätzlich eine "1-Denarabgabe" zur Stützung der Arbeiterbewegung pro Monat ein. Diese sollte von jedem Thebener Bürger und den Leuten aus den Ortschaften am Anfang des Monats bezahlt werden, um die Stadtkasse zu füllen. "Jeder muss anpacken. Jedes Geldstück hilft. Es ist nicht viel." Die Frage nur: "Wie lange halten wir durch? Irgendwann haben wir kein Geld mehr und kein Angebot, um die Nachfragelücke zu schließen. Es muss schnell eine andere Lösung her. Ich sehe sonst einen Bankrott voraus." Georgios Volgin am Ende der Sitzung. Er selbst, ohne Erfahrung in Wirtschaft und Marktwissenschaft, stand der rauen Realität gegenüber. Eine zentrale Wirtschaftsplanung, daran musste er sich selbst erst mal gewöhnen und Erfahrung sammeln. Die Ideale ganz Griechenland in ein kommunistisches Land zu verwandeln, standen im Vordergrund. Das Parteiprogramm war in Theben noch nicht komplett umzusetzen, sowie die Arbeitslosigkeit zu senken. Hatte er zu viel versprochen? Volgin hoffte zusehends auf den Erfolg des Kompasszirkels in Korinth. Nachrichten blieben aber schon seit längerer Zeit aus.

18. Der Kompass steht in Flammen

Die Ortsgruppe des Kompasszirkels, welche vor ein paar Monaten nach Korinth geschickt wurde, um dort Propaganda für die KP zu machen und die Bevölkerung zur kommunistischen Arbeiterbewegung heranzuziehen, wurde von einigen Vorfällen überschattet.

Die Antikommunisten (Verus-Nationalisten, Herius-Flügel, einige hohe Unternehmer und Offiziere), welche sich nach der Senatsversammlung und der Reformierung Volgins von Thebens Verwaltung zu einer „Dringlichkeitssitzung" in Thessaloniki getroffen hatten, haben den folgenden Beschluss verordnet: „Zur Aufrechterhaltung des Status Quo und der Macht der wirtschaftlichen Kräfte, sei schnellstens dafür zu sorgen, dass sämtliche Ideen, kommunistische Theorien und Vertreter und Sympathisanten dieser, von der Weltbühne verschwinden sollten bzw. zur alten Treue geführt werden sollen."

Man schaute dabei mit Argusaugen auf die Stadt Korinth, in welcher sich die Kommunisten langsam aber sicher ausbreiteten und der Kompasszirkel schon zu lange die politische Lage aufgewühlt hatte, aber nicht denselben Einfluss wie in Theben aufbrachte. Das Kompasskonzept sah schon eine Gefahr aus dem Norden Griechenlands voraus. Man wusste, dass die Nationalisten auf der Lauer lagen und es nicht ungefährlich war. Die Vertreter des Kompasszirkels dort gingen nur zögerlich mit den Propagandaaktionen um.
Finanziell war die Organisation dort im KP-Nebengebäude stark angelastet, weil Volgin keine weiteren Geldmittel nach der Etablierung des KP-Nebengebäudes zuließ. Er glaubte, dass genügend Mitglieder die finanzielle Basis sichern würden. In den Benachrichtigungen, welche aber stark

verzögert in Theben ankamen[19], versicherte man ihm, dass es keine Probleme gäbe. Er konnte es aber nicht überprüfen. Es fehlten die Mittel für eine Parteizeitung und groß angelegte Flugblattaktionen in Korinth.

Die Redekunst der Kompassleute ließ teilweise auch stark zu wünschen übrig. Sie konnten der Bevölkerung nicht wirklich klar machen, was sie denn dort nun sagten. Volgin hätte sich im besten Fall „kopieren" müssen, um an beiden Orten zu sein. Doch das ging nicht. Die Sozialprogramme der KP konnten auch nicht umgesetzt werden, wegen fehlender Bereitschaft zum ehrenamtlichen Handeln und Finanznot. Die wirtschaftliche Lage und auch die Kontrolle des Volkes von der Polizei war besser und gut strukturiert. Somit war Korinth längst nicht so genährt an Parteimitgliedern oder Befürwortern. Weder noch war es möglich eine flächendeckende Widerstandsbewegung gegen den Kapitalismus in Korinth aufzustellen.

Der fehlende Mut, die Unentschlossenheit und letztendlich die gute Überwachung der Stadt über die KP-Entwicklung in Korinth, waren die Probleme des Kompasszirkels. Ca. 10000 Mitglieder waren die Korinth vertreten. Die Antikommunisten planten die Ausschaltung des

---

19 Der technologische Fortschritt war in diesem fiktiven Griechenland längst nicht so ausgereift wie heute oder wie man es zu einer Zeit wie 2037 erwarten würde, da die Wissenschaft durch den Weltkrieg der Jahrtausendwende und der Sparpolitik der Republik Griechenland stark zurück gegangen war. Investitionen wurden im Militär getätigt. Die Kapitalgesellschaften waren für den technologischen Fortschritt zuständig. Die finanziellen Verluste und die Abhängigkeit des Staates von diesen, führte aber zu einer Missbegünstigung der Wissenschaft. Die Kommunikation lief über Telegraphenleitungen und Funk. Wenn das Netz an einer Stelle beschädigt wurde, musste man das nächste Amt aufsuchen, mithilfe von Boten, die die Nachricht dorthin trugen und weiterleiteten oder im schlimmsten Fall gleich ganz die Strecke bis zum Adressaten zurücklegen mussten.

KP-Nebengebäudes und stellten sich am 10. Juni 2036 in Korinth auf. Während in Theben die Umgestaltung, die Einführung und Wahlen der Betriebsräte in vollem Gange waren, wurde in der Nacht zum 12. Juni 2036 in das KP-Nebengebäude in Korinth, in einer „Nacht-und Nebelaktion", eingebrochen.

Das Gebäude war nicht bewacht und die Nachtquartiere, in welchen die Leitung des Kompasszirkels geschlafen hatte, wurden aufgeschreckt. Es waren einige Anhänger von Verus, welche den Auftrag bekommen hatten, die „Wurzel des kommunistischen Korinths zu verbrennen". Es kam am Vortage zu einer Absprache mit der Stadtverwaltung, die in die Pläne der Antikommunisten eingewiesen wurde und diesen Vorstoß dulden würde, weil es angeblich ein Befehl von Generalsekretär Claudius war.

Es war klar, dass Herius, als Vertreter der „Roten Partei", den Befehl ohne Vollmachten von Generalsekretär Claudius ausgesprochen hatte. Es ging ihm nur um sein Eigeninteresse und sein Machterhalt und die der Verus-Nationalisten, um ihnen zur Macht zu verhelfen. Sie fälschten die Unterschrift des Generalsekretärs und zeigten den Befehl vor und gaben an, dass sie jegliche Vollmachten zur Ausführung des Befehls hätten. In diesem Schreiben stand auch, dass die Leitung des Kompasszirkels verhaftet werden sollte. Als Rechtfertigung sollte Brandstiftung im Vordergrund stehen und der Versuch des „angeblichen" Hochverrates durch einen Putsch gegen die Athener Regierung, was nicht abwegig war. Nachdem die Nachtquartiere geräumt worden waren und die Schlägertrupps die Innenräume, mit ihrer einfachen Ausstattung, geplündert und verwüstet haben, zündeten zwei Fackelträger die Holzfassade an. Das Gebäude stand nach einigen Sekunden komplett in

Flammen, sowie auch die Kompassstandarte am Eingang. „Ah wie schön doch so eine erhellte Nacht! Euer Kompass steht in Flammen und jetzt seid ihr dran!" Eingeschüchtert, verängstigt und ohne Gegenwehr zeigten sich die Vorsteher des Kompasszirkels auf der Straße. Sie mussten mit ansehen, wie ihr Werk in Flammen aufging. Sie mussten das Gelächter des Schlägertrupps ertragen. „Aber warum?" dachten sie. „Wir haben doch nichts verbrochen." „Eure Anwesenheit ist euer Verbrechen!" waren die letzten Worte, bevor sie dann zum Rat der Stadt, wo die „Justiz" schon auf sie wartete, hin eskortiert wurden. Der Kompasszirkel in Korinth war gefallen. Ein herber Rückschlag für Volgin und der mögliche Untergang der kommunistischen Bewegung.

19. Der Kompass steht vor einem Prozess

Nach einer nächtlichen Angriffswelle gegen die KP-Nebengebäude, wurden die verantwortlichen Personen des Kompasszirkels verhaftet und der „Justiz" der Stadt übergeben. Die Gerichtsbeamten des Stadtrates wurden mit verschiedenen Geldsummen hoher Industrieller bestochen und sollten die Anklageblätter fingieren. Es ging ihnen dabei um ihre wirtschaftliche Zukunft und den Erhalt der Kapitalgesellschaften. Das Volk von Korinth reagierte darauf sehr bedacht und neutral, außer den Mitgliedern der Verus-Bewegung, welche dem Gerichtsprozess euphorisch entgegen jubelten, am 13. Juni 2036. Dieser Prozess wurde nicht innerhalb eines Gebäudes, dem Gerichtsgebäude, durchgeführt, sondern direkt auf dem politischen Forum in aller Öffentlichkeit.

Ohne Verteidiger wurden sie als Hochverräter vor dem Korinther Volk bloßgestellt. Die Mitglieder des Kompasszirkels in Korinth blieben verborgen, um nicht auch einem Prozess zum Opfer zu fallen. Der nächtliche Brand blieb nicht unbemerkt und eine Alarmschleife sorgte dafür, dass jeder schnell untertauchte und sich nach Theben absetzte, der „Heimat", jedenfalls der größte Teil der Mitgliederschaft. Man rief ihnen hinterher, dass sie „dumme, rote Schweine wären und sie einem Trottel", nämlich Volgin, folgen würden.

Verus nutzte seine Chance und wiegelte das Gerichtspublikum gegen das kommunistische Theben auf. Er sprach über das Parteiprogramm und ihrer falschen Versprechungen. „Volgin verspricht das Blaue vom Himmel und nichts anderes. Halten kann er nichts davon." Als Ergebnis dieses Prozesses wurden die Kompassleute zu

Gefängnisstrafen von 5 Jahren verurteilt, ein Verbot der KP innerhalb Korinths, die Beschlagnahmungen der Sachwerte und Gelder des Kompasszirkels in Korinth durchgesetzt und der griechischen Arbeiterbewegung damit ein schwerer Schlag zugefügt.

Die „rücksichtsvolle" Propagandapolitik außerhalb Thebens war damit gescheitert. Der eigentlich Plan war es in jeder Stadt einen KP-Sitz zu bauen und das Volk zu überzeugen. Damit war es jetzt vorbei. Und mitten in den Umformungen von Theben erhielt Volgin eine provozierende Nachricht, welche man auch als Warnung der Nationalisten aufführen könnte.

„Ihr „Zirkel" hat seine Rundung verloren, Volgin. Sie sollten es sich leicht machen und vor der Demokratie kapitulieren und Theben einer demokratischen (oder gleich uns) Kommunalregierung übergeben. Sie mögen Erfolg gehabt haben, aber wir werden dafür sorgen, dass Ihr Leben in diesem Staat immer schwieriger wird. Wir wären auch bereit, für ihren freiwilligen Rücktritt ihnen gegenüber erkenntlich zu sein." Das Telegramm aus Korinth. Volgin erhielt es zwei Tage später nach den Vorfällen dort und ahnte gleich, dass seine Kompasspläne gescheitert waren. Er hatte die Verus-Nationalisten wahrlich unterschätzt, in ihrem Machteinfluss. Was er auch nicht wusste war, dass die Verus-Nationalisten sich mit dem rechtskonservativen Flügel endgültig zusammen geschlossen hatten. Was er aber auch vermutete war, dass die Verus-Nationalisten möglicherweise selbst die Militärdiktatur vom damaligen Alexander wieder wollen. „Von der gesprochenen Demokratie in dem Brief war also nicht zu reden. Es war mehr eine autoritäre Regierung. Verus spielte somit auch nur mit der Republik, indem er Herius für seine Zwecke benutzte, jetzt oder erst später.

20. Die provozierende Idee

Die Umgestaltung in Theben war Ende Juli 2036 weitestgehend abgeschlossen: Betriebsräte ersetzen die alten Vorstände der Kleinindustrien und nahmen ihre Arbeit auf. Nach den vorgegebenen Wirtschaftskonzepten des Stadtrates, wurde die Produktion von Grundnahrungsmitteln und Bedarfsgütern eingeleitet. Wie angeordnet sollte die Priorität auf den Primärbedürfnissen liegen, weil Theben wirtschaftlich vom restlichen Griechenland abgeschottet war, aufgrund des Abzuges der kooperativen Kapitalgesellschaften. Theben war einer selbstständigen Wirtschaftsleitung unterstellt. Es sollte aber ein Spiel mit der Zeit werden. Irgendwann würden die Reserven an Kohle auch ausgehen, welche aber die einzig wichtige Ressource in dieser Situation schien, um Strom zu erzeugen und Wärme bereitzustellen, besonders angesichts des kommenden Winters. Die Moral in der Stadt durfte auf keinen Fall kippen. Falls es zu Mängeln an Rohstoffmengen kommen würde, stehe auch noch der Stadtwald zu verfügen. Die Bedürfnisse der Menschen sollten aber möglichst auf ein Minimum verkürzt werden, bis Volgin einen neuen Plan hat.

„Um das kommunistische Volk weiter zu ernähren, sei mehr Land und Boden vonnöten. Viele der Institutionen in Theben, wie Bildung, Gesundheit oder Infrastruktur müssten mit Reserven auskommen, von Geldmitteln."

Ende Juni 2036 plante der innere Kreis des Stadtrates (Volgin, Maximus, Clemens) ein vorerst streng geheimes Kommando, besonders im Bezug auf die Regierung in Athen. Es ging jetzt um das Thema der politischen Autonomie Thebens und das nicht mehr nur aus wirtschaftlicher Sicht. Eine unabhängige Stadtrepublik innerhalb des offiziellen

Gebietes der „Noch-Kommune" Theben. Faktisch war Theben noch Teil von Griechenland und abhängig von der Hauptregierung in Athen. Nun aber sollte es anders kommen und der Stadtrat Theben eine eigene Regierung stellen, um einerseits einen eigenen Staat zu gründen, in welchem der Kommunismus lebt und seinen Einfluss demonstriert und festigt und andererseits die Regierung von Claudius und andere dem Kommunismus feindlich gesinnte Gruppen zu provozieren. Diese Selbstständigkeit sollte den Mut der Arbeiter festigen und sie zu Größerem aufrufen. „Alles ist möglich, wenn man nur den Mut dazu hat!" Volgin sah diesen Plan auch als Konsequenz für das Scheitern des Kompasskonzeptes, dem rücksichtsvolleren Schleichweg an die Macht. Nun mussten andere Mittel her, um sich Gehör zu verschaffen. Maximus hatte nebenher noch einen anderen Vorschlag. Nach seiner Idee sollte der linke Flügel Griechenlands ein Bündnis mit der Mitte von Generalsekretär Claudius eingehen. Man könne die Abspaltung des rechtskonservativen Flügels unter Herius der Roten Partei dafür ausnutzen, dass Generalsekretär Claudius ein Exempel an Herius statuiert und gleichzeitig dann Verus ausschaltet. Es wäre nur wichtig, ihn zu überzeugen, dass es sich bei einer möglichen rechtsextremistischen Gefahr für die Demokratie, um eine viel schlimmere politische Wende handelt als bei uns. "Wir gehen davon aus, dass Verus Herius dazu benutzt, seine Macht weiter auszubauen und um die Mitgliederbasis der Rechten zu stärken. Wenn Claudius begreifen würde, dass Verus die Militärdiktatur anstrebe und einen neuen Krieg auf internationaler Ebene beginnen wolle, so vermuten wir, wird er zuhören müssen. Er ist gewissermaßen von der UNO-Friedenspolitik, welche es seit dem Ende des großen Krieges gibt, abhängig. Er muss etwas gegen die Rechten unternehmen, um nicht als Verfechter des Weltfriedens und Wegbereiter des Krieges dar zu stehen. Das sind zwar alles nur Vermutungen, aber nach all dem was in dem Parteiprogramm der Rechten steht, so ist die Gefahr dafür groß. Wenn wir Claudius in der Hand haben, als Rückendeckung vor rechten Angriffen auf die KP, so leben wir hier viel angenehmer. Theben soll aber weiter in unserer Hand liegen und wir werden versuchen, diese Vorfälle zu vertuschen und sie in ein anderes Licht zu rücken, die in letzter Zeit geschahen. Wenn es um das Außenpolitische geht, so habe ich gehört, dass Claudius weniger ignorant vorgeht. Einschmeicheln wäre auch noch eine Möglichkeit. Des Weiteren sei die Friedenspolitik der KP und der Antiimperialismus ideal für den Geschmack von Claudius. Aber das bedeutet nicht, dass wir diese Regierung für immer tolerieren. Das Parteiprogramm soll in einigen Punkten zurückgehalten werden, besonders bei der radikalen Enteignung. Wir kommen friedlich daher. Noch! Wenn Verus abgelenkt und seine Gruppierung in der Unterzahl ist, so haben wir eine größere Chance etwas zu unternehmen. Wenn die Zeit reif ist, so werden wir nicht zögern und keinen Hehl daraus machen alle Genossen zu mobilisieren und die rote Fahne auf das Senatsgebäude zu hissen." Maximus im Stadtratsgespräch. Der Vorschlag einer separaten kommunistischen Stadtrepublik würde dann in Betracht kommen, falls die von Maximus benannte Anti-Verus-Koalition scheitert oder erst gar nicht angenommen wird. Es sollte schwierig werden, Generalsekretär Claudius zu überzeugen, nach den Vorfällen mit der KP, von denen er gehört hatte. Maximus sollte am 5. Juli 2036 nach Athen als Sprecher des Stadtrates von Theben und der KP reisen, um mit Claudius zu verhandeln und die Situation zu erklären.

21. Maximus als KP-Sprecher wagt den Schritt nach Athen

Wie angekündigt, wurde Maximus am 5. Juli 2036 mit einem Gefolge von Mitgliedern der "Roten Augen" nach Athen von Volgin beordert, um ein Zweckbündnis mit der Mitte-Regierung von Claudius auszuhandeln. Der sozialistische Flügel der KP unter Gaius war auf der einen Seite empört, mit den Ideologiefeinden und den Demokraten möglicherweise zu paktieren. Es verstoße gegen Parteiprinzipien und Sozi-Führer Gaius wollte nicht wieder zu den alten Wurzeln zurück, nachdem er mit der "Roten Partei" im Athener Senat gebrochen hatte. Die Regierung Claudius wird niemals mit Extremisten paktieren war seine Meinung. Dafür haben wir zu viel gegen sie operiert. Andererseits wusste man, dass die Regierung Claudius die Aktionen der KP vehement ignorierte und erst die jeweiligen Flügel der Roten Partei sich zum Handeln bewegten.

Maximus würde eigentlich keine großen Probleme bekommen und Claudius würde es als Ausgleich für seinen Mitgliederverlust geben. Wenn er dann noch erfährt, dass Herius einen möglichen Putsch plant, zusammen mit Verus, dann wird er hellhörig. Er sei ein Mensch, der keine Ratschläge annimmt und seinen eigenen Kopf durchsetzen will, aber wenn es um Bündnisse irgendwelcher Art geht, da sei er naiv ohne Ende, so meinte man in der kommunistischen Parteiführung. Aber wie gesagt waren dort immer noch diese politischen Differenzen bezüglich der Ideologien. Die Antisozialdemokratie, die Antidemokratie und der Antikapitalismus würden gegen ein Bündnis sprechen. Denn das sei nicht im Willen von Generalsekretär Claudius.

Man könnte ihn natürlich auch davon überzeugen, dass die wirtschaftliche Elite Griechenlands seiner eigenen Macht nur im Weg steht und er viel mehr Macht haben könnte, wenn er sich gegen die Kapitalgesellschaften durchsetzt. Bei der Machtfrage hört der Verstand und die Vernunft meistens nämlich auf, besonders wenn es darum geht mehr davon zu haben und zu wollen. Selbst Claudius sei dafür anfällig genug. "

Georgios Volgin und die KP haben aber etwas ganz anderes im Sinn, als Generalsekretär Claudius zu mehr Macht zu verhelfen, ganz im Gegenteil. Sie wollen seine übrige Macht missbrauchen, die er über das Militär noch hat, um die Rechten, die wirtschaftlichen Eliten aufzuhalten und einzudämmen. Mehr Zeit gewinnen, um am Ende selbst einen Marsch auf Athen zu mehr Macht zu starten. Claudius ist nur eine Marionette der Kommunisten und politisches Missbrauchsopfer in den Augen der Roten, mehr nicht.

Maximus erreichte nach 3 Tagen die Stadt Athen, war ca. 90 km gereist auf der griechischen Hauptstraße Richtung Osten im Süden Griechenlands. Im Stadtgebiet von Theben wurde ihm noch zu gewunken, bekam ein paar Blumensträuße von den Bauern zugeworfen. In Athen sah es anders aus. Dort hielten ihn alle für einen normalen Bürger, der nichts Böses im Sinn habe. Viele waren zwar teilweise über die Situation in Theben informiert, aber konkret kannten sie die jeweiligen Personen im Umkreis von Volgin nicht. Vorbei an teilweise ruinierte und teilzerstörte Wohnhäuser in der Vorstadt, gelangte Maximus in das Zentrum, welches vor langer Zeit vom Weltkrieg der Jahrtausendwende erhalten blieb und nicht zerstört wurde. Aber wie schon immer sah man auch der Hauptstadt die ständige Armut auf der Straße an. Ganz anders die Leute der Oberschicht, welche Maximus auch auf der Straße gesehen hatte. Pompöse, auffällige Kleider zeugten von Dekadenz und Kapitalismus, dachte sich Maximus. Volgin sei im Recht war gleich seine Auffassung. Vorbei an prachtvollen Bauten im Zentrum, wie der Griechische Turm, die alten Königspaläste aus der Zeit des Königreiches Griechenlands, welche aber seit langer Zeit nur noch als Museum dienten, Statuen von den berühmten Staatsoberhäuptern, einiger Tempelanlagen und einen regelmäßigen Alltagsverkehr auf der Straße. Leute besuchten Cafés, zogen ihre Pferdekarren zu den jeweiligen Wochenmärkten mit den Gütern, die sie verkaufen wollten. Das waren aber nur die Menschen aus den "unteren Wirtschaftsschichten", der kleine unabhängige Mittelstand und die Landwirte. Die wirklich großen Eliten hatten kleine Lastwagen. Der kleine Autoverkehr auf der Straße war der Oberschicht vorbehalten. Alle anderen begnügten sich mit dem kleinen Straßenbahnnetz, dem einzigen in Griechenland überhaupt, Pferdekarren, als Fußgänger, Handwagen, Fahrrädern oder Rollern, wie bei den spielenden Kindern auf den Gehwegen. Dieser Unterschied zwischen Arm und Reich war nirgendwo stärker zu sehen als hier, dachte sich Maximus. Luxus und Geschmeide auf der einen Seite des Stadtbildes und Bescheidenheit und Einfachheit auf der anderen Seite. Er näherte sich mit kleinen Schritten dem Zentrum aller Zentren, die er jemals vor seinen Augen erblickt hatte. Ein riesiges architektonisches Geschoss bahnte sich meterweit in den blauen Himmel unter der Mittagssonne, das Senatsgebäude, Sitz des obersten Parlaments, der Leitung der Roten Partei, Haus des Generalsekretärs. Auf dem Gebäude stand geschrieben: "Alles dem Volke!", geprägt aus der Gründerzeit der Republik Griechenland. Maximus schmunzelte nicht umsonst darüber, wollte aber auch nicht auffallen mit seiner Kritik daran. "Alles dem Volke?! Pah! Was Generalsekretär Claudius hier veranstaltet hat, kann nicht dem Volke gewidmet worden sein!" war der stille Gedanke von Maximus. Aber er wusste auch, dass das einfache Volk von Athen politisch neutral oder ihm neutral gesonnen war, weil Generalsekretär Claudius anscheinend noch eine gewisse Kontrolle durch die republikanischen Kräfte über dieses Volk ausübte. Mit Theben war das hier keineswegs zu vergleichen. Über Volgin, dem Parteivorsitzenden der KP und Verkünder der neuen Weltordnung, hatte man bisweilen nur verschiedene Gerüchte gehört. Maximus strich als Unbekannter durch die Unmengen an Marktständen, Marktschreiern, Menschenmassen auf dem Marktplatz vor dem Regierungsgebäude. An mancher Stelle entdeckte er auch, wie in Theben schon, kleine politische Diskussionsforen.

Den meisten Menschen schienen aber diese Politikstreitigkeiten egal gewesen zu sein. Jeder ging eher seinem Tagewerk nach als sich damit zu beschäftigen. Die Presse verkündete keinerlei Ereignisse aus anderen Teilen Griechenlands, es blieb bei regionalen Neuigkeiten. Über die wirklichen, politischen Angelegenheiten wusste allein die Regierungspartei Bescheid. Von der Sonne geblendet, bestieg Maximus die große Marmortreppe, welche zu einem gigantischen Holztor führte, welches von 8 Säulen umgeben war. Der kleine Mann erreichte erschöpft die letzte Stufe und blickte voll Erstaunen auf diese Tür, welche sich gefühlt vielleicht 30 Meter nach oben schob. An der linken Seite war ein kleiner Schaukasten, den Maximus sofort begutachtete. Auf dem Plan stand die Mittagssitzung des Senates. Generalsekretär Claudius sollte also anwesend sein. Dann war dort ein kleines Wachhaus, in welchem ein Mann mit einer schicken Uniform stand. „Was möchten Sie hier? Sonst kommt hier kaum jemand rauf." „Ich bin im Auftrage des Stadtrates von Theben und der Kommunistischen Partei hier. Es handelt sich um eine diplomatische Angelegenheit zwischen Volgin und Generalsekretär Claudius. Ich, als Vertreter der KP und Mitglied derer Führung, wünsche sofort ein Gespräch mit dem Generalsekretär."

Der Mann begann erst mal zu lachen und Maximus zu verspotten. Erst als er begriff, dass es Neuigkeiten aus Theben gäbe, griff ihn wieder die Vernunft und die Höflichkeit. „Verzeihen Sie bitte, aber sagten Sie Theben? Wir haben nicht mehr allzu viel von der Lage dort erfahren. Uns war vor ein paar Wochen ein Brief geschickt worden, aus Theben. Die Dringlichkeitsbitte von Magnus, dem ehemaligen Statthalter dort, wenn die Informationsquelle nicht täuscht. Aber nun ja, Generalsekretär Claudius war ja sowieso der Meinung, dass dies alles nur ein Hirngespinst ist. So denke ich auch. Aber nun sind Sie ja hier. Dann haben wir die Sache wohl nicht ganz ernst genommen, auch als ein paar „Verrückte", angeblich aus Theben, bei uns eintraten." „Was waren das für Leute?" „Sie behaupteten, sie wären Mitglieder des Stadtrates dort und wurden irgendwie vertrieben. Aber was geht mich das schon an? Reden Sie lieber mit Generalsekretär Claudius. Ich werde sofort eine Durchsage an das Sekretariat machen."

Ein paar Minuten später durfte Maximus eintreten, denn die Sitzung wurde nach der Durchsage sofort abgebrochen. Ein kleines Gefolge folgte ihm. Es schien alles in heller Aufregung zu sein, über diesen ungewöhnlichen Gast von dieser ominösen Partei, über die man gerne mehr erfahren wolle.

22. Irrungen, Wirrungen, Erklärungen: Generalsekretär Claudius – im Kopf die reine Wahrheit oder ein bewusster Heuchler?

Während Maximus durch die langen und hohen Gänge marschierte in Richtung Sekretariat, fiel ihm auf, dass viele, die auf dem Gang standen, über ihn tuschelten. "Wer ist das wohl?", „Neues aus Theben?" waren die zwei häufigsten Bemerkungen. Seit dem Vorfall vor ein paar Wochen bei einer der letzten Sitzungen, als Herius mit seinem rechten Flügel die Sitzung verließ, machte es einige nervös, was nun kommen solle. Der Brief von Magnus wurde von vielen nicht ernst genommen, außer von Herius, dem Vorsitzenden der Rechtskonservativen, von dem man auch vermutete, dass er geheime Aktionen mit den Verus-Nationalisten plant. So wie in Theben, waren auch die Informationen aus Korinth und Thessaloniki sehr schwach gesät. Maximus sollte sie aber noch besser aufklären und Claudius ein für die KP-Entwicklung entscheidendes Angebot unterbreiten. Im Hinterkopf behielt er diesen einen hinterlistigen Gedanken, für dessen alleinige und spätere Ausführung er zu sorgen hatte. Generalsekretär Claudius erwartete mit Neugier diesen jungen Mann. Claudius wollte ein anderes Bild von Theben sehen, ein Bild von einem direkten Augenzeugen und nicht von diesen Spekulanten, auf welche er sowieso nie hörte. Maximus stand beim Sekretariat und wartete mit einem kleinen Hefter und Notizblock darauf hinein gelassen zu werden, nämlich in die Privaträume von Claudius und seinem Arbeitszimmer. „Der Herr Generalsekretär ist jetzt bereit für Sie. Gehen Sie ruhig rein. Er erwartet Sie sehnlichst." sprach die Sekretärin. Zwei Wachleute eilten zur Tür, um sie für Maximus zu öffnen. "Treten Sie ruhig näher" kam vom

Schreibtisch am Fenster eine Stimme. „Herr Generalsekretär"... entgegnete Maximus mit Respekt und einer leichten Verbeugung, denn er wusste wie man als Diplomat mit dem Verhandlungspartner umzugehen hatte. "Sie sind noch sehr jung. Wie alt sind Sie junger Mann?" „16." „Sie kommen mir viel reifer vor, als es ihr Alter rechtfertigt." Generalsekretär Claudius blieb höflich und begann neugierig, Fragen über Theben zu stellen. Es ging ihm darum, ob die ganzen Gerüchte und dieser Brief von Magnus der Wahrheit entsprechen. Hatte Volgin wirklich die Macht über Thebens Stadtrat übernommen und den alten zwangsweise abgesetzt? Maximus fügte hinzu: "Der Stadtrat von Theben, der direkt der Kommunistischen Partei unterstehe und Volgin als Parteivorsitzender, schickte mich als Sprecher der kommunalen Regierung nach Athen, um mit ihnen über ein Abkommen zu verhandeln. Ich denke das sollte ihre Fragen weitestgehend beantworten." "Dann stimmt es also." Sie wissen schon das das, was Ihre Anhänger getan haben unter Hochverrat fällt?"

"Es war so vom Volk gewollt. Wir wissen, dass Stadtratsvorsitzender Magnus ihre Befehle ausführte oder er hat es zumindest so behauptet." "Das kann nicht wahr sein. Ich habe den Städten immer eine Autonomie zugesprochen. Sie wurden eingesetzt, um nach eigenem Gewissen zu handeln. Es ist eine Lüge, dass ich jemals Befehle bezüglich der kommunalen Ebene ausgesprochen habe. Die Stadträte werden von den lokalen Kapitalgesellschaften gestützt. Es ist wahr, dieses Land ist ein nicht-geeintes Land, ein übertriebener Föderalismus. Aber zu diesem Zweck wurde die Verfassung geschaffen. Ich bin keine geeignete, starke Hand, dieses Land zu einen. Mein Machtbereich unterliegt Athen, aber trotzdem repräsentiere ich Gesamtgriechenland.

Es scheint, dass die kommunale Exekutive schon längst zu viel Macht besitzt, genauso wie die Kapitalgesellschaften. So hat die KP sicher ihren Dienst dazu beigetragen." Maximus wollte von all dem kein Wort glauben und er sah es auch in den Augen von Generalsekretär Claudius, dass er seine eigene Macht nur runter spielt und sich aus den Fängen der Kritik und Unzufriedenheit über die Republik nur retten wolle. „Der Senat stelle nur eine Scheinlegislative dar, der nur redet und diskutiert, aber keine wirklichen Gesetze mehr erlässt." „Außerdem ist der ehemalige linke Flügel ihrer Partei unserer Partei in Theben beigetreten." sprach Maximus. „Ja, es kam zu Auseinandersetzungen und Streitigkeiten, als wir über die Gerüchte aus Theben diskutierten. Wir wussten, dass Gaius irgendwo wieder einen Unterschlupf findet. Auch haben wir ein Problem mit der rechtskonservativen Parteifront unter Herius. Sie haben sich auch von uns abgespalten und schmieden anscheinend eigene Pläne in Korinth und Thessaloniki. Die Stadträte waren schon immer viel zu korrupt. Ich könnte mir vorstellen, dass Herius sie gegen mich aufwiegeln könnte. Er verhandelt nämlich nicht mit uns. Schließlich sei die KP in Theben für ihn eine ernsthafte Bedrohung, deswegen machte er auch den Vorschlag einer antikommunistischen Koalition mit seinem Verhandlungspartner Iuculus Verus, der für uns in den rechtsextremen Kreisen angesiedelt ist. Ob dem so ist, weiß ich nicht wirklich. Das können Sie mir ja erklären. Jedenfalls ist die Rote Partei nicht mehr das, was sie mal war. Hier herrscht keine Einigkeit mehr. Aber solange ich die Kontrolle über Athen und die Heeresführung in den Händen halte, wird nichts passieren. Noch sind die Stadträte der Athener Regierung formell unterstellt."

„Der neue Stadtrat hat die Fähigkeiten ein besseres Theben zu bauen und zu gestalten aber uns fehlt es an wirtschaftlicher Unterstützung. Die Parteipolitik unseres Vorsitzenden sorgte für die Ausschaltung der Kapitalgesellschaften und damit der produzierenden Basis. Inzwischen haben Betriebsräte aus direkten Arbeitnehmerkreisen und der Belegschaft der Fabriken die Vorstände übernommen, nachdem die Kapitalgesellschaften vertrieben wurden. Nun fehlt es uns mehr und mehr an Rohstoffen. Die Handelsbeziehungen wurden mit der Vertreibung der Kapitalgesellschaften gekappt. Das ganze Handelsnetz hängt an ihnen und nun können wir gerade so die Grundversorgung sicher stellen. Wir wissen nicht, wie es wirklich weiter gehen soll. Irgendwann wird das Blut in den Adern Thebens immer mehr zum Rinnsal, bis es ganz verschwindet und dann ist auch unsere Partei am Ende. Das Volk wird uns nicht mehr wohlgefällig sein. Noch kann Volgin die Versorgung über Rationalisierungsmaßnahmen aufrechterhalten. Aber die Zeit drängt. Die Partei selber befindet sich in einer finanziellen Notlage, die wir über eine Sonderabgabe von 1 Denare auszugleichen versuchen. Und aus diesem Grund bin ich im Auftrage der KP zu Ihnen gekommen. Es geht um die politische Situation gegenüber den Verus-Nationalisten. Wir glauben, dass sie auch eine Gefahr für ihre Regierung sind und natürlich für uns. Herius hat sich nicht umsonst mit Verus zusammen geschlossen. Er will die Kommunistische Partei mit allen Mitteln bekämpfen, da diese versucht die Kapitalgesellschaften in Griechenland endgültig auszuschalten und ein zentrales Wirtschaftssystem anstrebt, anders als im Falle des Privateigentums. Viele von Verus Leuten sind auch Befürworter der Wiedereinführung der Militärdiktatur. Man könnte nach ihrem Programm

meinen, dass sie einen weiteren Krieg gegen die äußeren Mächte führen wollen. Wir sind uns dessen sogar sicher. Herius unterstützt diese Mitglieder mithilfe einiger wirtschaftlicher Eliten und ihrer gut gestellten finanziellen Situation in Korinth und Thessaloniki. Herius scheint nur der Schlüssel zum Zweck zu sein und nach dem Brandanschlag auf unsere Nebenorganisation "Kompass" sind wir uns auch sicher, dass Verus keinen Hehl daraus macht, die KP auszuschalten. Wir möchten Sie warnen, dass Verus einen Staatsstreich plant, gegen Sie in Athen und das Land in eine autoritäre Diktatur verwandeln will. Die KP wünscht lediglich nur eine Beteiligung an der Regierung, Unterstützung, Zusammenarbeit und Schutz vor ihren Feinden. Es soll ein gemeinsamer Schutz sein, also das wir gegen unsere gemeinsamen Feinde ankämpfen. Falls es zu einer Regierungsbeteiligung der KP kommt und einen Teil des Kabinetts belegen könnten, so würden wir sicher einen Mittelweg in Sachen Wirtschaft finden. So hätten Sie wieder eine breitere Schicht von Bündnisleuten und Anhängern und wir einen besseren Schutz vor Angriffen seitens der Nationalisten. Verus stellt eine Gefahr für den Weltfrieden da und es wäre für Ihre Außenpolitik, insbesondere in der UNO, nicht sehr klug diese rechtsextremistischen Gruppierungen zu tolerieren. Wir befinden es sogar für möglich, dass Verus die Stadträte für sich gewinnt und eine Gegenregierung aufstellt."
„Verrat lauert an allen Seiten. Ich wusste es schon längst. Sie werden erst mal weiterhin die Stellung auf der kommunalen Ebene behalten, Maximus, mitsamt ihrer Partei. Ich sehe ihre Befürchtungen genauso und Griechenlands Ruf wird sicher geschadet und vor der UNO geschmäht, wenn ich den Nationalismus hier toleriere. Ich kann die Abgeordneten in der UNO-Vollversammlung nicht diesem Risiko aussetzen. Diese

Informationen müssen innerhalb Griechenlands verbleiben. Diese innenpolitische Angelegenheit ist zu delikat, als das sie das Ausland erfahren dürfe. Auch die Handlungen gegen diese innenpolitische Entwicklung müssen intern verbleiben." Die wahren Absichten der Kommunistischen Partei hielt Maximus verborgen. Aber das Verhalten von Generalsekretär Claudius hielt er für sonderbar. War es eine Ausrede gewesen? Hat er doch noch was im Hinterkopf oder entspricht all das, was er gesagt hat, der Wahrheit? Diese Fragen umkreisten die Gedanken von Maximus. Auch verbarg er innerlich Zweifel an der Propaganda gegen die claudische Regierung. Aber er wollte dennoch nicht von der Seite Volgins weichen. Er war hier um den Auftrag der Bildung eines Bündnisses hier auszuführen. „Nun? Sie hätten wieder eine breitere Basis von politischen Befürwortern und da ihre Regierung und Mitgliederbasis in der Minderheit sind, wäre es besser, wenn wir zusammenarbeiten gegen unseren nationalistischen Feind."

23. Der Würfel für die Republik fällt

Claudius lief nachdenklich durch den Raum und wog Bedenken und Vorteile ab. Dann kam seine Antwort: "Auf jeden Fall wird die KP ihre Stellung in Theben behalten. Aber wir werden Ihnen keine Regierungsbeteiligung in meinem Kabinett zu sichern. Nun zu dem anderen Punkt. Maximus, ich bin mit Ihnen einer Meinung, in der Angelegenheit mit den Nationalisten unter Verus. Sie stellen eine Gefahr für die Republik dar und ich sehe es auch als Möglichkeit nun mehr einen Exempel an den abtrünnigen Herius und seinen verbündeten Kapitalgesellschaften zu statuieren. Keine Frage, die Betriebsvorstände in Athen stehen auf meiner Seite, sowie die Armee. Es besteht natürlich die Gefahr, dass Verus die Regimenter in Korinth und Thessaloniki gegen die Stadträte aufhetzt. Nun da ich Theben wieder auf meiner Seite haben werde und das heißt, ich gehe auf ihr Angebot ein, werde ich bessere Chancen haben. Ich werde ihnen ein Soldatenregiment nach Theben entsenden, sodass Ihre Regierung dort besser geschützt ist. Des Weiteren werde ich die kommunalen Grenzen zu Korinth und Thessaloniki absichern und wir werden Ihnen eine Grundversorgung zusichern, damit das Volk von Theben das Nötigste an Nahrung, Kleidung und Kohle hat. Ein paar Spione werden die Situation in Korinth und Thessaloniki bewachen. Falls es zu einer Meuterei der Regimenter dort kommt oder Verus gegen die Stadträte gewaltsam vorgeht oder sie überzeugt mit ihnen gemeinsame Sache zu machen bezüglich einer Gegenregierung, so werden wir zuschlagen. Die KP ist so genug geschützt und Volgin soll im Falle dieser Entwicklung seine Kräfte auch mobilisieren und mit uns marschieren. Dann werden wir Griechenland politisch neu verteilen und die

Stadträte unter uns aufteilen. Darauf haben Sie mein Wort. Ich habe sie alle falsch eingeschätzt." "Oh ja, wir werden dann mobilisieren. Volgin wird es nicht erwarten können dann gegen die Feinde der KP zuzuschlagen. Dann ist es also beschlossen. Ich habe den Vertragsentwurf hier."

Mit einem Federstrich und einem Handschlag besiegelt Generalsekretär Claudius das Schicksal seiner Republik in dem Punkt, dass Volgin niemals vom Parteiprogramm abweichen würde. Dafür kannte Maximus ihn zu gut. Und der eigentliche Plan war es, dass Militär im Falle eines Putschversuches von Verus gegen die Stadträte im Norden abzulenken und eine Revolution der Masse des Volkes von Theben gegen die Athener Regierung zu starten, wenn die Zeit reif ist. Das war die Alternative zum gescheiterten Kompass-Konzept und ein rücksichtsvoller Weg als die Bildung einer kommunistischen Gegenregierung hier in Theben. Nach den wenigen Tagen des Aufenthaltes in Athen, kehrte Maximus mit seinem Gefolge am 15. Juli 2036 nach Theben zurück, wo er schon sehnlichst vom Stadtrat erwartet wurde. Volgin begrüßte ihn mit offenen Armen: "Wir sind schon gespannt, was du erreicht hast." Maximus machte sich Gedanken darüber, wie er es erklären solle, dass Generalsekretär Claudius nicht in allen Punkten so ist, wie die Parteipropaganda es darstellt und Volgin es teilweise in Hetzreden darlegt und und dargelegt hat. Sollte er es verheimlichen, was noch im Gespräch vorkam? Aber die Kommunisten sollten nicht glauben, dass Verus nicht davon Wind bekommen hat. Ein Agent in Athen erfuhr zufälligerweise aus diversen Gerüchten im Regierungsviertel von diesem Gespräch und lief in Windeseile Richtung Thessaloniki. Maximus gab öffentlich zusammen mit Volgin auf dem Marktplatz in Theben bekannt, dass Generalsekretär

Claudius der Anti-Verus-Koalition zugestimmt hat. Einige, die nicht in die Pläne der KP eingeweiht wurden, waren verwirrt, warum man mit dem "Ideologiefeind" paktiert, während wiederum andere den Sinn dieser Koalition verstanden. Volgin versuchte zu erklären, dass es sich hierbei um einen geheimen Plan handelt und man noch früh genug eingeweiht werden, wenn es der Zeitpunkt erlaubt.

"Meine lieben Freunde, diese Koalition ist unser vorzeitiger Schutz vor den Angriffen der Nationalisten. Außerdem bekommen wir wirtschaftliche Unterstützung. Ich sehe diesen Pakt auch als Möglichkeit unsere Propaganda auf Athen auszuweiten und die Athener Bevölkerung in Bereitschaft zu bringen. Maximus darauf: „Das wäre nicht im Sinne dieses Abkommens... Generalsekretär Claudius will Athen politisch in seiner Hand lassen. Zu deiner Idee darf es nicht kommen, sonst könnte Generalsekretär Claudius die Koalition auflösen lassen und dann haben wir keinen Schutz mehr und eine grundlegende Versorgung für die Stadt." Tatsächlich kam 5 Tage später ein Schutzregiment in Theben an, zusammen mit einigen Hilfsgütern für die Bevölkerung. Der Kommandant dieses Trupps, einem loyalen Führer der Armee, Cornelius Simplexus, sprach mit Volgin über die Aufnahmebedingungen und Unterkünfte für die Soldaten in Theben. Clemens stellte Unterkünfte der Roten Augen zu Verfügung und Titus, der Polizeipräsident, reservierte notwendige Rationen.

Maximus wollte seinen Verstand nicht gebrauchen und die Propaganda gegen Claudius nicht anzweifeln, um nicht zum Außenseiter der Partei zu werden und verspottet zu werden. Er behielt den größten Teil des Gesprächsprotokolls für sich und wollte es nicht drauf ankommen lassen.

24. Kritik und die schon angekündigte „Teilung Griechenlands"

Nicht alle in der Regierung waren der Koalition wohlgesonnen. Manch einer sagte, dass die Kommunisten sie nur ausnutzen wollen, als Bestandteil eines Planes. Manch einer erkannte die Gefahr, dass die Vertrauenswürdigkeit Volgins und des Stadtrates in Theben nicht so ist wie sie eigentlich sein sollte. Aber Claudius wies sie in einer weiteren Senatssitzung am 24. Juli in sein Vorhaben ein: "Ich sehe dies als Chance unsere Macht in den anderen Städten wieder zu stärken und mögliche Feinde gegen uns, wie Verus, auszuschalten. Ich sehe es sogar als Notwendigkeit an, dass sein Anhänger und Verräter Herius nicht ungeschoren davon kommen sollte. Die Kapitalgesellschaften von Athen, mit denen ich über die Situation gesprochen hatte, sind informiert und gedenken uns zu unterstützen, falls es zum endgültigen Bruch mit Herius und den Städten Korinth und Thessaloniki kommt. Noch sind unsere Stadträte dort an der Macht, aber nachdem ich erfahren habe, dass der Kompasszirkel dort aufgelöst wurde, ohne meine Vollmacht, zweifele ich langsam an der Loyalität der Stadtratsmitglieder. Mit Volgin und Gaius haben wir neue Verbündete. Ich sehe keine Gefahr kommen. Keine Angst meine lieben Freunde." Rede an die Regierung der Mitte am Abend des 24. Juli.

Die Unterstützungstrupps waren schon längst in Theben angekommen und Generalsekretär Claudius sah dieses Regiment als treu und ergeben an. Das gemeine Volk sollte von den inneren Abkommen erst mal nichts erfahren. Der Alltag sollte wie gewohnt ablaufen. Volgin sah dies ebenfalls so. Das Kabinett von Claudius sah mit Bedacht auf das, was Verus vielleicht als Gegenschlag planen könnte. Im schlimmsten Fall würde er die demokratischen Stadträte im Norden davon überzeugen, gemeinsame Sache gegen Athen zu machen, besonders jetzt wo ihre Todfeinde in der Koalition mit der Mitte stehen. Das hätte möglicherweise eine Gegenregierung zur Folge und eine erhöhte Gefahr eines Bürgerkrieges, falls es ihm gelingt die Bevölkerung dort zu mobilisieren. Aber Generalsekretär Claudius ließ nicht davon ab, die weitere Bedingung des Koalitionsvertrages zu erfüllen: Die Sicherung der kommunalen Grenzen im Norden und die Infiltrierung mithilfe von Spionen in Korinth und Thessaloniki. Frage war nur, ob man die Regimenter in der Nordhälfte des Landes abziehen sollte oder nicht. Und das bedeutete gleich wieder eine Frage: Sind die Regiments-Beauftragten und Offiziere treu gegenüber der Republik? Claudius hatte eine böse Vorahnung gegenüber dem. Er befürchtete eine Meuterei unter dem Einfluss von Verus.

Im absoluten Notfall würde er den Ausnahmezustand der Republik ausrufen, gegen die Feinde seiner Ordnung und Macht. Aber so weit wollte er es nicht kommen lassen. Man wollte noch warten. Es würde sich nur noch um Tage handeln, bis Verus vor Wut ungeduldig gegen Athen stürmt oder vielleicht auch nicht. Die Wahrscheinlichkeit war groß, dass er etwas Unvernünftiges an den Tag legt. "Wir werden vorbereitet sein, falls es passiert. Die Kommunisten wollen uns helfen." Generalsekretär Claudius zu seinem Berater Meridius. „Würde er doch nicht so naiv und leichtgläubig sein. In solchen Zeiten ist es besser, niemandem zu trauen." Viele sahen ihn als wunderlich und als Mann starker Meinungsschwankungen an. Ein verschlossenes Wesen, aber man bleibt ihm treu. Er hat eigene Pläne und nach den Ereignissen über die Parteiaufspaltung ist ihm jeder

Verbündeter recht. Was er vorher von den Kommunisten nicht geglaubt hat, glaubt er jetzt auch noch nicht. Er schaut nicht auf die Hintergründe der Ideologie der KP und wofür sie eigentlich gegründet wurde. Ein „naiver Narr" meinte man im Stillen. "Lass ihn bitte das Richtige tun. Es geht um unsere Zukunft in diesem Land. Wir wollen weiterleben und nicht zugrunde gehen." Sarius Latus, Chef der Senatskanzlei, der auch Kritik im Stillen übt und hofft, dass Generalsekretär Claudius nicht zu weit geht. Sarius Latus war seit Beginn der Ära Claudius Mitglied seines Kabinetts und hielt sich neutral gegenüber seinen Beschlüssen und Gesetzen.

Anfang August 2036 begann die Sicherung der kommunalen Grenzen im Norden. Das bedeutete eine verstärkte Überwachung der Grenze und Kontrolle von durchgehenden Personen. Ausweiskontrolle, Verhöre und Durchsuchung von Handelsgütern. Absperrungen wurden errichtet und das Gebiet mit Stacheldrähten umzäunt. Telegraphenleitungen wurden gekappt. Nahegelegene Dörfer wurden zwangsgeräumt und die Menschen in Notunterkünfte wie Zelte verfrachtet. Man ließ sie wissen, dass es eine vorübergehende Situation ist und man nichts befürchten bräuchte. Es diene der Sicherheit des Staates.

Die Dörfer und Bauernhöfe, die mehr auf der Seite der kommunalen Gebiete von Korinth und Thessaloniki waren, wurden umkreist, dadurch gingen die Stacheldrahtzäune teilweise nicht direkt an den festgelegten Grenzen entlang, um eine Aufregung der Bevölkerung zu vermeiden. In der Nacht vom 3. zum 4. August 2036 wurde in einer nächtlichen Aktion die Stufe 1 der Grenzsicherung abgeschlossen, auch auf der Seite von Thebens Umgebung. So kam es auch, dass Generalsekretär Claudius auch auf die Regimenter im Norden des Landes verzichtete, sowie die Stadträte im Stich zu lassen. "Ich habe keine andere Wahl. Entweder, oder. Das Risiko ist zu groß unsere Leute dort rauszuholen. Wir würden versagen." Generalsekretär Claudius in einer Presseerklärung am 5. August 2036. "Und was ist mit dem Volk?" "Die Regierung ist der Meinung, dass sie nicht mehr auf Seiten der Republik stehen und Verus ausgeliefert sind. Generalsekretär Claudius traut niemandem mehr außer den Kommunisten." "Aber warum?" "Sie haben ihm keinen wirklichen Schaden gebracht und nichts gegen ihn geplant." "Wie können Sie sich so sicher sein?" "Claudius weiß, was das Richtige ist." Gespräch zwischen Sarius Latus und einigen Leuten von der Presse in Athen am 5. August 2036. Die Stadträte hätten auch eine Lektion verdient, weil sie teilweise ohne Vollmachten und Zustimmung der Regierung in Athen in ihrem Gebiet handelten, mithilfe verschiedener Vorstände aus den Kapitalgesellschaften in diesem Gebiet.

Das was Volgin mit seiner Machtübernahme in Theben begonnen hatte, sollte nun von Claudius vervollständigt werden, der die Stadträte schon immer für korrupt und untreu hielt. Die Absicherung der Grenze schien allerdings zu weit gegangen zu sein. Es war völkerrechtlich nicht korrekt und niemand hatte das Recht ein Volk zu trennen, auch wenn es nur die erste Phase war. Die Auswirkungen würden früh genug kommen.

Die Ersten, die den Bau dieses Stacheldrahtes mitbekommen hatten, waren die Bewohner der kleinen Ortschaften entlang der kommunalen Grenzen. Es war eigentlich zur Normalität geworden, dass jeder über diese Linie auf der Karte marschieren konnte wie er wollte. Vorher gab es keine Einschränkungen im Leben der Menschen dort. Aber auf einmal sah man die Wirklichkeit wieder auf eine neue Weise. Vorher munkelte man schon über diese Anti-

Verus-Koalition und welche Folgen sie bringen könnte. Was man aber nicht wusste war, dass Generalsekretär Claudius so radikal vorgehen würde. Sei es überhaupt korrekt das zu tun? Wieso hat er das getan? Glaubt er etwa, alle hier im Norden der Republik wären Anhänger von Verus? "Wir wollen doch nur leben! Auf einmal ist eine innere Grenze entstanden. Mag sein, dass sie nur dem Schutz dient, aber es ist durch die Überwachung der Grenze auch ein Einschnitt in unsere persönliche Freiheit. Bitte lasst uns hier nicht im Stich!" Dadurch das die Kommunikation in Grenznähe vollständig abgeschnitten war, wurde von der Poststation an der Hauptstraße zwischen Athen und Thessaloniki ein Brief an den Stadtrat in Thessaloniki so schnell wie möglich abgeschickt. Ein Botenjunge machte sich sofort auf dem Weg, um Verus die wahrscheinlich für ihn erschreckende Meldung zu überbringen. Die Bevölkerung wurde insofern nicht beunruhigt, dass es sich bei der Abgrenzung nicht um eine vollständige Absicherung handelte. Es ging nur darum, Grenzpassierende aus dem Norden zu überwachen und sie möglicherweise festzusetzen, falls sie verdächtig auffielen. Dies war aber nur die Stufe 1. Falls es zu der gefürchteten Stadtratsübernahme kommt, wird Stufe 2 eingeleitet. Dann würde es sich nicht mehr nur um eine Einschränkung handeln, sondern um eine vollständige Abriegelung.

In Theben war es schon lange klar, dass Generalsekretär Claudius dies tun würde. Es war auch im Vertrag der Koalition festgeschrieben. Volgin zeigte sich erleichtert und konnte erst mal durch den zusätzlichen Schutz aufatmen, nachdem sein Kompass-Konzept gescheitert war. Der Kompass blieb aber als Nebenorganisation vorhanden, wenn auch vorläufig ohne einen Stützpunkt außerhalb Thebens. Daher war der Kompass „deaktiviert", war aber dafür zuständig die Popularität von Volgin zusätzlich in Theben aufrecht zu erhalten und die gerechte Verteilung der Hilfsgüter aus Athen zu verwalten.

Immer noch rätselte Volgin wie Verus reagieren könnte. Im schlimmsten Fall käme es zur Eskalation und somit zu einem Bürgerkrieg. Da könnte nicht mal dieser Stacheldraht helfen, meinte er in einer öffentlichen Rede am 6. August 2036. Verus wird von den abtrünnigen Kapitalgesellschaften von Herius unterstützt, finanziell und republikverächtlich. "Manchmal frage ich mich auch, ob Herius eine Marionette ist, die das Geld klimpern lässt. Wir haben es geschafft die Kapitalgesellschaften aus Theben zu vertreiben. Wir wollen es aber für ganz Griechenland! Das ist mein oberstes Ziel, von dem ich nicht abweichen werde. Zusammen mit der Arbeiterschaft von Theben wird es uns gelingen die Schlingen der kalten und schweren Ketten aller Griechen zu schmelzen. Unsere entflammten, roten Herzen werden dies Werk vollenden, meine Freunde. Doch noch ist nicht die Zeit. Bleibt ruhig! Geduld.....Geduld! Niemand darf Verdacht schöpfen." Volgin in einer Geheimrede mit einigen Genossen im engeren Kreise des Rathauses.

Die schon gebildeten Betriebsräte sollten zu einer weiteren Nebenorganisation zusammengefasst werden. Dies sollte die erste, neue Gewerkschaft seit Beginn der Ära Claudius sein. Während der ersten Augustwoche beschloss die Parteiführung der KP, zusammen mit den Vorsitzenden der Betriebsräte, den gemeinsamen Zusammenschluss und den Beitritt als Nebenorganisation der KP. Diese Organisation bekam den Namen "Werkschwadron Hammer und Sichel". Sie würden die Arbeiter in Theben und ihre Interessen vertreten, während die KP die Richtlinien vorgibt, ganz an der Spitze Volgin. So war es nun auch möglich erste

Produktionspläne aufzustellen mit den Betriebsräten. Eine geordnete Produktion nach Maßstab und Norm der Partei. "Nur allein wir, die Arbeiterschaft von Theben und die KP, wissen, was Gerechtigkeit bedeutet. Die Produktion muss das Selbige erfahren, damit die Arbeiterschaft eine Konsumbasis errichtet, die alle Menschen von A-Z unterstützt und neue Hoffnung gibt." Man versuchte nun die Industrie von Theben in kleinen Schritten wiederaufzubauen, je nachdem wie der Nachschub an Rohstoffen funktioniert. Somit würde die Arbeitslosigkeit gelöst werden und die Stadtverwaltung hätte auch die Möglichkeit Defizite in ihrem Haushalt wieder auszugleichen durch den Verkauf von Fertigwaren und der Bereitstellung eines größeren Angebotes. "Die vielen Ideen, die ich habe, lassen sich erst umsetzen, wenn wir alles in der Hand haben. Deswegen müssen wir solange ausharren und die Produktion langsam wieder anlaufen lassen, bis die Zeit reif ist.

25. Verus schürt die Konsequenzen

Die Nachricht vom Bau des Stacheldrahtes erreichte Thessaloniki am siebenten Tage des August 2036 und der Botenjunge übergab dem Sekretariat des Stadtrates die Nachricht. In Korinth und Thessaloniki hatten sich vorher schon Gerüchte breit gemacht, doch nun kam endgültig die Bestätigung, dass Generalsekretär Claudius die kommunalen Grenzen zu Theben und Athen dicht gemacht hatte und die Passiermöglichkeiten eingeschränkt hat. Man befürchtete sogar noch eine stärkere Absicherung. Als Verus die Nachricht durch die Hand gleitet und sie aufmerksam lies, wurde er vom Zorn erfüllt und sagte zu sich: „Die Kommunisten von Theben machen anscheinend gemeinsame Sache mit Claudius. Haben sich einen Schutzpatron gesucht, nachdem ich ihren Kompass in Korinth niedergebrannt hatte. Aber das sie so weit gehen und eine Koalition gegen mich bilden, hätte ich nicht gedacht. Ich lasse mich hier nicht festsetzen und aushungern." Verus war nun besessen von dem Gedanken zurückzuschlagen und die Konsequenzen zu ziehen. Die Stadträte von Korinth und Thessaloniki plante er in die Gewalt zu nehmen und ein weiteres Exempel an diesen übrigen pro-claudischen Kräften und Volgin in Theben zu statuieren. "Sie mögen mir teilweise geholfen haben und meinen Einfluss hier akzeptiert haben, aber es wird mir nichts ausmachen, die Stadträte mit meinen Anhängern endgültig zu besetzen. Ich glaube auch, dass es eine friedliche Lösung gibt. Ich muss diese Kräfte einfach überzeugen. Sie fühlen sich von Claudius und der Regierung in Athen sicher im Stich gelassen. Und dieser Volgin ... der kommt auch noch dran." Allerdings waren viele Volksvertreter beunruhigt über die Lage, die Generalsekretär Claudius ausgerufen hatte und auch bitter enttäuscht. Verus glaubte dies zu seinem Zweck ausnutzen zu können, sowie auch der immer stärker werdende Unmut der Bevölkerung gegenüber Claudius. Diese Blockade müsste sofort aufgehoben werden, bevor sie sich noch weiter ausbaut. Völkerrechtlich war dieser Schritt ein Stich in die menschliche Zivilisation von Griechenland.

Niemand dürfte dies tolerieren, besonders die Menschen im Norden des Landes. Sie sind zu weit gegangen da in Athen. Dieser Auffassungen war Verus und bereitete den Gegenschlag vor. Seine Gefolgsleute warnten ihn am selben Tag vor einer Eskalation. "Dieses Problem muss anders gelöst werden, sonst wird die Wut beider Seiten in Eskalation übergehen. Bitte sei vernünftig Verus!" "Nein! Generalsekretär Claudius wird schon bald zu spüren bekommen, dass er zu weit gegangen ist. Ich lasse mir das nicht gefallen. Niemals! Dieser Volgin ist mir auch ein Dorn im Auge. Aber das waren die Kommunisten ja schon immer. Auch in ferner Vergangenheit."[20] Allmählich wurde Verus klar, dass man das Volk aufhetzen und zum Kämpfen bewegen müsse. Er verfasste einige Hetzreden und gab seinen politischen Anhängern den Auftrag, Unruhe in kleineren Orten zu stiften, um so die Bevölkerung von einem Gegenschlag zu überzeugen. Die Stadträte müssten sofort überzeugt werden, gegen Claudius zu operieren und diejenigen, die das möglicherweise nicht wollen, sollen „stillgelegt" werden. Und so sollte es dann in den nächsten Tagen auch geschehen, während die Stadträte selbst darüber nachdachten, ob Generalsekretär Claudius noch ein Mann von Ehre wäre. Verus sah nun seine Chance die Stadträte von Korinth und

---

20 Damit sind die Auseinandersetzungen zwischen Nationalisten und den Prä-Kommunisten um das Jahr 2012 zur Zeit der Wirtschaftskrise gemeint.

Thessaloniki in seine Hand zu bekommen. Es kam zu mehreren Geheimgesprächen mit den Vorsitzenden der Stadträte, welche alle einer Meinung waren. Generalsekretär Claudius und Volgin dürfen nicht so einfach damit durchkommen. Es müsste beendet werden, bevor es noch schlimmer werden würde. Die gefürchtete Stufe 2 wollte man unbedingt vermeiden. Verus setzte sich durch und forderte die Stadtoberen auf, das Volk zu mobilisieren und diesen Stacheldraht niederzureißen. Im schlimmsten Fall hätte Claudius vor, Verus zum Nachgeben zu bewegen und dann würde es zur kommunalen Aufteilung kommen zwischen Kommunisten und der Athener Regierung.

"Wir werden niemals nachgeben. Ich sehe es auch als Möglichkeit, uns eigenständig wieder zur absoluten Macht über Griechenland zu bewegen. Wir wissen alle, dass dieses „System" nicht funktioniert. Es war das Eingangsportal für eine zu große Dezentralisierung. Auch Volgin hat sich dies zu Nutze gemacht und überzeugte Claudius neu zu denken und seinen Einfluss wieder zu stärken. Nun will er das auch tun. Soll aber nicht glauben, dass er nicht auf Widerstand trifft. Wir nutzen des Volkes Wut hier im Norden aus, von ganz Griechenland abgespalten zu sein oder das es vielleicht dazu kommen wird. Denken Sie nach! Hat Sie Generalsekretär Claudius in Kenntnis gesetzt?! "Nein, er ließ uns allein hier oben!" "Dann folgt uns gegen diese Ungerechtigkeit und dieser menschlichen Untat! Wir werden kämpfen!" „Aber doch kein Bürgerkrieg?!" "Das Recht muss erkämpft werden." war Verus letztes Wort dazu.

26. Die Stadträte und die Kasernenmeuterei

Die Stadträte von Thessaloniki entschieden sich dazu, diese Untat und die Trennung von Griechenland aufzuheben mit allen Mitteln, die dazu nötig wären. "Claudius hat uns alle, wie eine heiße Kartoffel fallen gelassen. Er wusste es und wollte es auch so. Nun verpassen wir ihnen einen Denkzettel. Bürgerkrieg hin oder her!" Verus sah den Schlüssel des Erfolgs in den Regimentern, die im Norden Griechenlands stationiert waren. Sie waren nun auch abgespalten. Generalsekretär Claudius hatte dies vor dem Bau der verstärkten Grenze nicht beachtet und viele der Soldaten und der Stabsführung von dieser Grenzsicherung wurden überrascht, wenn auch erst Stufe 1. Dann Mitte August, dem 16. Tage, kommt es zur Wende im Kasernenblock westlich von Thessaloniki. Die Athener Regierung entschied, als eine Art Taktik, die Soldzahlungen zum Ende des Monats für die Soldaten einzustellen. Dadurch sinkt zwar die Moral und die Zufriedenheit der Regimenter. Aber das war auch der Sinn der Sache. Verus sollte die Nordarmee durch ihre Unzufriedenheit mit der Heeresleitung in Athen, übernehmen, um noch selbstbewusster einen möglichen Gegenschlag auszuüben. Dazu kam es dann auch. Der Unmut zwischen den Soldaten wuchs und die Moral fiel rasch. Einzig der Stabsleiter des 4. Regiments und Kasernenoberst Decimus sagte, dass das Geld nicht allein die Basis der Moral ist, sondern der Wille der Nation zu dienen und sie zu beschützen.

Man sollte die Chance nutzen sich Verus zu widersetzen, bevor er gegen Claudius einschreitet. „Ich bin nicht der Meinung, dass Claudius uns im Stich lässt. Ich werde mich nie den Verlockungen von Verus ergeben, dass er uns allen beweisen möchte, dass man für sein Recht kämpfen muss. Es mag ungerecht sein, was Athen entschieden hat, aber ich werde trotzdem nie Hochverrat an Claudius üben." Es war für ihn nicht möglich, die Soldaten zu überzeugen. Verus kündigte am 20. August an, dass sich alle Regimenter im Norden zur Mobilisierung bereit machen sollen. Die Bevölkerung sah das genau so in ihrer Wut darüber abgeschnitten zu sein oder zu werden. Im Ankündigungsblatt der Stadträte waren die Stabsleute der Regimenter angewiesen sich dem Befehl derer zu unterstellen, das Oberkommando in Athen nicht länger zu beachten und es zu ignorieren. Mit schrecklichen Folgen.

Der 25. Tag wurde zum Tag der Soldatenmeuterei. In den Morgenstunden stürmten 3 Brigaden unter aufgewiegelten Offizieren das Gebäude der Kasernenleitung. Decimus wurde vor die Wahl gestellt, sich entweder den Stadträten anzuschließen oder die Leitung den Offizieren zu übergeben. Er saß an seinem Schreibtisch und sagte, dass er es niemals verantworten könne, Hochverrat zu üben. "Ich bitte Sie. Seien Sie doch vernünftig. Es macht doch keinen Sinn. Das wird ihr Ende sein, wenn Sie jetzt gegen den Staat aufstehen....". Aber er wurde unterbrochen mit den Worten: "Verus ist der Weg in die bessere Zukunft. Eine Welt mit Kommunisten und Sozialdemokraten ist für uns nicht zumutbar. Den Kommunisten geht es auch darum, eine Nation mit einem kleineren Heer zu schaffen. Unsere Existenz ist in Gefahr! Wir wollen das nicht und Verus verspricht die Rettung. Es geht auch um unser Recht und wenn wir darum kämpfen müssen, dann soll es so sein." Decimus hielt inne und ergriff nicht weiter das Wort.

In Gedanken war es ihm ein Gräuel, dass er sie nicht beruhigen konnte und möglicherweise gewaltbereite Zustände auf die Nation zu kommen.

"Eine Armee sollte nicht politisch sein und die Menschen schützen und nicht gegen die Menschen im eigenen Volk eingesetzt werden. Verus...Verus...Verus. Wirst du das etwa das Gegenteil tun wollen, nur um Rache zu üben und selbst Macht zu bekommen?" Decimus verließ die Anlage und machte sich auf den Weg zur Grenze im Süden und hoffte Zutritt zu bekommen. Wenn er seine Loyalität zu Claudius beteuert, könnte es ihm gelingen, aufgenommen zu werden und die Gunst des Generalsekretärs wieder zu erlangen? Diese Frage ging ihm immer wieder durch den Kopf auf seinem Weg durch die Landschaft in Richtung Süden. Er durchquerte kleinere Ortschaften, wo die Bewohner, wie er sah, sehr wütend, verärgert, aber auch traurig darüber waren, dass sie sich nun nicht mehr frei nach Athen begeben konnten. Was viele aber nicht wussten, aber auch zu viel Angst hatten sich dem Stacheldraht zu nähern und möglicherweise erschossen zu werden, war, dass es sich nur um eine eingeschränkte Grenze handelt. Niemand sollte erschossen werden. Das war ein bloßes Gerücht, welches sich durch die Aktivisten unter Verus seit dem Bau dieses Stacheldrahtes hielt.

Diese Angst davor, aber auch der Wille diese Angst verschwinden zu lassen, waren die allgemeine Motivationen unter den Menschen. Decimus wollte dies alles noch nicht so recht wahr nehmen. Er wusste zwar, dass die Kommunisten in Theben die Macht in den Händen hielten, aber nicht das solche engen Beziehungen mit Claudius geführt werden. Es machte einfach keinen Sinn. Das Parteiprogramm der KP, darüber wussten viele Bescheid. Und Decimus sah den Plan hinter der ganzen Sache. Die Verhältnisse, die die Stadträte geschaffen hatten, waren oftmals nicht menschenfreundlich. Anfänglich dachte man, dass die Stadträte auf Befehl von Claudius handelten und Vollmachten von ihm bekamen. So konnte man alle Schuld, die auch durch die verschiedenen Wirtschaftsorientierten der Stadträte mit den Kapitalgesellschaften entstand, allein auf Claudius schieben. Doch er ist eigentlich unschuldig für das, was außerhalb seiner verwalteten Stadt Athen geschah. Die Stadträte hatten zu viel Macht bekommen und Volgin war der Auffassung, dass man Claudius jegliche Schuld unterschieben kann, zu Unrecht, wie es sich herausstellte. Welche Pläne die Extremisten haben, war Cornelius nicht klar. Das ist wohl Bestandteil des inneren Machtzirkels.

"Dem griechischen Staat den Rücken kehren? Niemals!" war für ihn das oberste Prinzip. "Und wenn Claudius den Kommunisten in Theben vertraut, wird das schon seinen Grund haben. Seine Schritte näherten sich der östlichen Passierstelle an der Hauptstraße zwischen Thessaloniki und Athen. Er durfte passieren, nachdem er von den Grenzbeamten kontrolliert worden war. Er stellte sich als der Stabsleiter des 4. Regiments vor und man salutierte sofort vor ihm. Er erklärte die Situation, wie er es erlebt hatte und das Athen sofort davon erfahren müsse. Daher nahm er es selbst in die Hand und fuhr auf der Stelle nach Athen. Generalsekretär Claudius soll nun wissen, was zu tun ist. Die erwähnten Spione im Norden waren nicht in der Lage Meldungen herauszugeben. Verus hatte vieles durch Geheimverhandlungen geregelt und Informationen waren hinter Schloss und Riegel. Die Verbindungen in den Süden waren größtenteils gekappt worden und so war keine direkte Kommunikation möglich. Decimus war nun zur Grenze gelangt und hat dort seine Meldung abgegeben, welche er jetzt nach Athen weitergeben sollte.

27. Die Ruhe vor dem Sturm

Nun drohte bald das Schlimmste, was diesem Land passieren könnte: Ein Bürgerkrieg, der die politischen Verhältnisse regulieren und ins Gleichgewicht bringen sollte. Musste es wirklich dazu kommen? Volgin war von einem gewaltbereiten Handeln durch die Masse gegen die Masse schon immer nicht sehr beeindruckt. Hatte auch Angst, dass Theben, welches er allmählich wieder aufstehen ließ, der Gewalt der Nationalisten frontal ausgesetzt wird. Dafür wurde der Zaun errichtet, um Verus in Zaun zu halten, aber es war klar, dass er sich das nicht gefallen lassen würde. Jeder hatte eine böse Vorahnung und es sollte nun sehr wahrscheinlich dazu kommen.

Decimus erreichte Athen und war sofort zum Regierungsviertel gelaufen, um die neue Situation zu erklären und die Gunst des Generalsekretärs wieder zu erhalten, falls sie denn überhaupt jemals weg war. Am Senatsgebäude eilig angelangt, ging er durch das Gebäude, wie es Maximus schon mal getan hatte, und wurde vom Sekretariat empfangen. "Herr Generalsekretär, Stabsleiter Decimus des 4. Regiments der Nordarmee wünscht eine Audienz! Er hat dringende Nachrichten zu melden!" sprach der Sekretär, als er die Tür des Arbeitszimmers öffnete. "Stabsleiter? Ah gut! Endlich mal eine Nachricht. Hereinlassen!" kam laut aus der Tür heraus. Decimus überstieg die Türschwelle und ging auf Claudius zu. "Ich freue mich, Sie zu sehen. Ich erinnere mich. Der Kommandant der Kaserne von Thessaloniki. Was haben Sie mir zu sagen?" "Ja, wie Sie wissen, Herr Generalsekretär Claudius, haben Sie die Soldzahlungen im Norden eingestellt. Die Soldaten unter mir waren darüber nicht sehr erfreut. Sie haben gemeutert. Verus und seine unterstehenden Stadträte haben die Kontrolle über die Armee größtenteils übernommen. Die Offiziere zwangen mich dazu, mit ihnen gemeinsame Sache zu machen oder zu gehen. Ich entschied mich für Letzteres und ging fort in Richtung der Grenze im Süden, um von dort weiter nach Athen geschickt zu werden."

Dieser Schlag traf Claudius scheinbar schwer. Es war alles so geplant in der Anti-Verus-Koalition. Doch diesem Gefühl folgte ein wutentbrannter und zornerfüllter Wille Claudius. "Ich werde nicht zulassen, dass er die Grenze mit seinen Männern stürmt und wir hier unvorbereitet da stehen. Wir werden die Stufe 2 der Grenzsicherung einleiten und Regimenter im Grenzbereich stationieren, vor und hinter der Grenze. Die Dörfer in der Nähe sollen zwangsgeräumt werden, um die Zivilbevölkerung von unserer Seite aus, aus der Spannungszone zu befreien. Bei Widerstand der Bevölkerung auf Seiten der nördlichen Grenzen, sofort Schießbefehl. Entweder sie schlagen sich auf meine Seite oder bleiben ruhig. Dann soll ihnen nichts geschehen. Die Republik befindet sich in großer Gefahr. Athen und der Süden ist das letzte Bollwerk gegen die abtrünnigen und nationalistischen Stadträte unter Verus und Herius. Ich werde Ordnung schaffen und die zentrale Gewalt des Senates in Athen über ganz Griechenland wiederherstellen. Die Stadträte im Norden werden für ihren Verrat teuer bezahlen und wenn wir ihre komplette Versorgung ausschalten müssten, ich werde meinen Willen bekommen. Ein Angriff auf die Grenze und der Ausnahmezustand wird für 6 Monate verhängt, sodass ich die Gewalten in die Hand bekomme. Im schlimmsten Fall wäre sogar das Kriegsrecht in Griechenland möglich. „.....Herius.....Sie werden es bereuen damals mit ihrem Flügel den Senat verlassen zu haben! Nun zu Ihnen

Decimus. Sie haben der Republik und dem Senat einen großen Dienst erwiesen. Ich ernenne sie hiermit zum Stabschef des Athener Regiments. Rücken Sie bis zur Grenze vor und bleiben Sie auf Beobachtungsposten. Besetzen Sie alle Wach- und Beobachtungstürme und bauen Sie Steinmauern. Das sind ihre Befehle." Cornelius Decimus rief zufrieden und treu: „Ich werde der Republik und dem griechischen Vaterland dienen, bis zum Schluss!" "Und noch etwas. Übermitteln Sie sofort eine Nachricht an Volgin!" Nun war es nur noch eine Frage der Zeit bis die großen, politischen Gewalten Griechenlands aufeinandertreffen. Das Gleichgewicht müsste wiederhergestellt werden, um die Schwächen der Republik zu beseitigen. Eine zentrale Gewalt muss die Waage ins Lot bringen. Aber es drohte ein Bürgerkrieg der Ideologien und der scheinbaren Mitte Griechenlands mit all seinen schlimmen Folgen.

Teil 2

Der griechische Bürgerkrieg 2036

28. Räumung durch Gewalt

Decimus, der die Grenze am 2. September mit seinem Regiment erreichte, war mit der Aufgabe die Grenze endgültig abzusichern überfordert und auch nicht ganz einverstanden mit der Zwangsräumung. Die schon errichteten Wachtürme wurden besetzt und das Tor bei der Hauptstraße befestigt.

Der Stacheldraht wurde innerhalb weniger Stunden im Nordosten in der Nacht zum 3. September um drei Reihen erweitert und Zäune mit Begrenzungen aus Stein in den Boden gerammt. Stufe 2 der Grenzsicherung begann wie man überall sehen konnte. Insgesamt 4 Trupps waren entlang der Grenze damit beschäftigt alles zu verriegeln. Das was Verus der Bevölkerung angekündigt hatte, war nun wahr geworden. Und die Truppen trafen auf unerwarteten Widerstand, als der Befehl zur Besetzung des unmittelbaren Grenzgebietes hinter der Grenze kam. Besonders die Ortschaft Marathon begrüßte die Manöver nicht sehr und als man den Leuten und dem Ältesten befahl das Dorf sofort zu räumen, verweigerten sie dies.

Ihr Unmut war schon groß genug, dass sie sich nicht mehr sicher zur Grenze nähern können. Die Offiziere machten dem Dorfältesten ein Angebot: "Wenn ihr das Dorf räumt, bekommt ihr Rückendeckung und werdet in eine neue Wohnsiedlung in Athen gebracht. Überlegt es euch, sonst werden wir zwangsräumen müssen. Es geht nur um die Sicherheit." "Ja, wir wissen was ihr von Sicherheit versteht. Ein Volk zu trennen...Verus hat uns schon die Augen geöffnet. Wir gehen hier nicht weg. Generalsekretär Claudius ist nichts weiter als ein Armleuchter und Tyrann. Widerstand gegen ihn zu leisten, das haben Verus und seine Anhänger uns hier gepredigt! Wir lehnen geschlossen ab und nun geht wieder zu euren Befehlshabern!" "Das wird euer Untergang sein. Generalsekretär Claudius wird entscheiden." Der Trupp zog sich aus Marathon zum Tor an der Hauptstraße zurück und berichtete die Situation. "Die Grenze wird gesetzt, lautet unser Befehl und trotzdem gefällt mir das nicht." war die Auffassung von Decimus, der sich dem Befehl von Claudius aber verpflichtet hatte. Bei Widerstand der Bevölkerung sofort schießen, war der Zusatzbefehl. Der Wall war gesetzt und im Nordosten am 5. September fertiggestellt worden. Die Angelegenheiten im Dorf sollten so schnell wie möglich geregelt und nicht länger geduldet werden. Dieser Befehl, den Claudius ausgesprochen hatte, war nicht eindeutig genug und Decimus entschied das Dorf mit Waffengewalt zu räumen. Ob das dem Willen von Claudius entspricht? Ohne Skrupel wurde die Zwangsräumung des Dorfes am Abend des 6. September als Befehl herausgegeben. Doch nicht der Sicherheit wegen, sondern um einen Krieg zu provozieren. 200 Soldaten stürmten die Häuser und trieben alles, was lebt nach draußen. Sie gaben einen Warnschuss ab, um die Menschen zur Vernunft zu bringen lieber zu gehorchen und keinen Widerstand zu leisten. Der Dorfälteste gab dem Druck nach und redete den Menschen ins Gewissen, dass es so besser ist als für immer in Gefahr hier zu leben. Er hatte die Drohungen vorher nicht wahrgenommen und musste für seinen Starrsinn bezahlen. Decimus wollte noch mehr. Er ordnete an, das Dorf auszuplündern und es niederzubrennen, wozu es dann auch kam. In dieser Nacht brannte das Dorf lichterloh, nachdem die Trupps, alles, was, sie finden konnten in ihren Besitz überging.

Die Menschen sahen die Flammen, während sie von den bewaffneten Soldaten in Schach gehalten wurden. Viele weinten, konnten es gar nicht fassen, was Generalsekretär Claudius für ein Mensch sein müsse. Er hatte sich vor einiger Zeit noch nicht um die Angelegenheiten der Kommunen eingemischt. Seine Absichten waren verdeckt und nicht von den Bewohnern durchschaubar. Sie sollten es überhaupt niemals erfahren. Die Befehle wurden ausgeführt, das Dorf vernichtet und dem Erdboden gleichgemacht mit einer zerstörerischen Wut. Das blieb aber nicht ohne Konsequenzen auf das Prestige von Claudius in GANZ Griechenland. Denn diese Politik hat nicht nur ihre Befürworter.

29.Die Nachricht erreicht Theben

Am nächsten Tag läuteten in Theben die Alarmglocken beim Stadtrat und der Partei. Der Bau der Stufe 2 war von den Thebanern mit beobachtet worden, von dem Umgang mit den Grenzdörfern im Osten wusste man nichts. Es kam alles sehr überraschend, genauso wie der Befehl von Claudius. Niemand von den Kommunisten wollte bloße Gewalt gegen Zivilisten. Volgin hat sich in Generalsekretär Claudius getäuscht. "Sollten wir ihn wirklich zur Gewalt animiert haben? Gegen die Verus-Extremisten ist dies schon eine richtige Entscheidung gewesen, aber gegen die Zivilbevölkerung? Sie tragen doch keine Schuld, unsere Landsleute und Arbeitergenossen. Und den sollen wir unterstützen? Niemals!" Volgin schlug vor, einen möglichen Bürgerkrieg sofort zu boykottieren. Die Kommunisten wollten nur den Schutz an der Grenze vor Verus-Überfällen, nicht einen gewaltbereiten Bürgerkrieg. In einer Rede vor dem Forum schafft es Volgin die Masse gegen Claudius erneut aufzuhetzen. "Diese Sache geht zu weit. Zeigt dies nicht den gewaltbereiten Imperialismusgedanken des Athener Regimes, meine lieben Genossen? Haben wir es uns nicht zur Aufgabe gemacht diesen Willen zu bekämpfen und ein friedliches und rücksichtsvolles Griechenland aufzubauen? Die Feinde dieser Idee müssen ausgeschaltet werden. Die Zivilbevölkerung im Norden sehen wir, die Partei und das Volk von Theben, nicht als Schuldige an. Sie sind von Verus verführt worden. Man muss sie wieder auf den rechten Pfad bringen, aber ohne Gewalt. Ich werde nicht eher ruhen, bis ich unsere Ziele erreicht habe. Ein Krieg wäre das Schlimmste was diesem Land passieren könne. Es entspricht nicht unserem politischen Stil." Volgin am 8. September 2036.

Er rief zum Boykott dieses Paragraphen im Vertrag mit Claudius auf und hoffte darauf, dass nicht alle in der Athener Regierung dieser Politik der Provokation zustimmen. Sie sollen das Menschliche erkennen und bewusst nach diesem handeln. Volgin sah dies auch als Möglichkeit Zwietracht gegen Generalsekretär Claudius zu schüren, wenn sich seine Anhänger von ihm abwenden. Am selben Tag trifft sich die Kompass-Gruppe zu einer Versammlung, in der darüber beraten wurde, wie man die Gefangenen in Korinth herausholen könnte. Die Kompassleitung war nach dem Gebäudebrand verhaftet worden und in das Stadtgefängnis verschleppt worden. Den Menschen in den Grenzdörfern müsste geholfen und sie von Volgins Theorien überzeugt werden und natürlich muss Widerstand gegen Verus und jetzt auch endgültig gegen Claudius geleistet werden.

Volgin rief trotzdem erst mal zur Vernunft auf und das man nichts überstürzen sollte, in politischen Aktivitäten außerhalb Thebens. Die politische Macht der KP müsste aber trotzdem in ganz Griechenland hergestellt werden, um das friedliche Gleichgewicht der politischen Massenbewegungen wiederherzustellen. Dazu müsste ein Extremismus und die Mitte weg. Für Volgin stand fest, dass dieser eine Extremismus der sein muss, der von Verus und Herius ausgeht. Es dauerte nicht lange und Verus erfuhr von den Ereignissen des Dorfes Marathon. Wie sollte seine Entscheidung am 10. September 2036 aussehen? Eine friedliche Lösung oder ein Kampf des rechten Nordens gegen den links -mitte orientierten Süden? In Theben befürchtete die KP das Schlimmste und bangte, um den Schutz Thebens und dem Volk der Arbeiter.

30. Die Himmel als Pforte zur Hölle

Es flogen 5000 Granaten innerhalb von 20 Minuten auf das Grenzgebiet im Nordosten von Norden her - Frühe Morgenstunden am 11. September 2036. In einem hohen Bogen flogen sie vor und hinter die Grenze. Die Lagerwachen der Militärcamps des 1. Regiments wurden vollkommen überrascht. Das Lager brannte lichterloh. Die Versuche die Flammen zu löschen, schlugen fehl und die Regimenter hinter der Grenze zogen sich zurück. Sie hatten ihre Ausrüstung größtenteils zurückgelassen und liefen noch mit Nachthemden heraus und holten Wassereimer zum Löschen. Es hatte aber keinen Zweck.

Die Stabsleitung und Decimus konnten es nicht fassen. Sie sahen ein, dass das nun der große Krieg sei, innerhalb Griechenlands. Überall gab es Explosionen. Die Nachtwachen verließen ihre Stellungen. Der Strom fiel aus und aufgebrachte Soldaten kamen zur Hauptfestung an der Hauptstraße. Man sah die Flammen hinter der Grenze aufsteigen. Der Himmel brannte, als wäre er die Pforte zur Hölle selbst und nur der Anfang von allem. Verus ist auf die Provokation eingegangen, nachdem er entschieden hatte, wie man auf den Angriff auf das Dorf Marathon reagieren solle. Ein Großteil der Truppenzelte brannte ab und der Grenzzaun wurden an mehreren Stellen stark beschädigt. Die hinteren Wachstellungen und Stützpunkte mussten sofort evakuiert werden. Decimus gab bekannt, sich hinter den Zaun vorerst zurückzuziehen. Nach den 20 Minuten des Schreckens beruhigte sich die Lage und das Donnergeheul hörte endlich auf. Aber das Geschrei der Verwundeten erklang und erfüllte die Atmosphäre. Sofort wurde Athen per Telegraph alarmiert. Decimus sagte noch: "Vielleicht sind wir zu weit gegangen. Der Pfeil ist zurückgeschossen worden, den wir abfeuerten. Verus dagegen war von den Rückzugmaßnahmen erfreut und freute sich über seine süße Rache. Es sei die Gelegenheit, die Macht in Griechenland zu ergreifen. "Wenn Volgin und Claudius vom Nationalismus und dem Nationalstolz fortgespült werden, so wird Griechenland neu erstrahlen, so wie es damals der glorreiche Alexander getan hatte, nachdem er die Zeit der Könige beendete. Lasst es uns ihm gleichtun." Die Stadträte waren auf Verus und seine Anhänger fixiert. Sie hatten nicht den Mut etwas gegen diese Politik zu sagen. Sie haben ihm ja auch zugestimmt. Nun überlegten sie wieder, ob das das richtige Handeln sei. Verus meinte dazu nur: "Ich werde euch schon den richtigen Weg weisen. Habt keine Angst! In Korinth und Thessaloniki mischten sich die Gemüter. Es gab welche, die diesen Kampf gegen das Mitte-Links Bündnis befürworteten, andere aber machten sich Sorgen über die möglichen, gewaltbereiten Ausmaße und manche wollten sich sogleich gegen Verus stellen, sich aber vor seinen Schergen fürchteten.

Der Großteil des Volkes im Norden sah aber die Hoffnung in den Augen von Verus, der die schlechte Politik in Wirtschaft und Soziales ausmerzen könnte. Die Zeitung der Nationalisten propagierte für den Krieg und er sei das Mittel zur Ausrottung des Feindes, nämlich der Roten. Alle die, die mit ihnen paktieren, haben hier auch nichts mehr zu suchen. Die Athener Regierung und Thebens Stadtrat müssen weg. Verus wollte keinen Hehl daraus machen den Süden zu überrennen. Der Gegenschlag an der kommunalen Grenze war nur der Anfang. Die Athener Regierung erfuhr am 13. September 2036 von diesem Ereignis und Generalsekretär Claudius sah nun den Augenblick gekommen, den Notstand auszurufen und die Verfassung sofort auf befristete Zeit aufzuheben und die Armee Ordnung schaffen zu lassen. So würde der Bürgerkrieg einen legalen, wenn auch strittigen Vorwand haben.

Die freiheitliche Ordnung befinde sich in großer Gefahr und durch die Aussetzung der Verfassung, würde der Senat sein Mitspracherecht und seine Gesetzgebungsgewalt verlieren. In einer Sondersitzung des Senates am 14. Tage des Septembers, die durch die fehlende Anwesenheit der Flügel unrechtmäßig war, beschlossen die Regierungsfraktion und die Ministerialabgeordneten den neuen Verfassungsentwurf. Generalsekretär Claudius wird somit mit diktatorischen Vollmachten ausgestattet und kann nun frei ohne Einschränkung regieren. Die Presse wird überwacht werden. Sie soll für den Krieg propagieren. Seine fragwürdigen Mittel der Provokation und die Leiden der Zivilbevölkerung wurden dabei vertuscht und nicht angesprochen Die Verfassungsänderung soll für maximal 6 Monate gelten. Sie gilt als ungültig, sobald die Notstandslage vorbei ist, also Verus aufgibt. Claudius gab Anweisungen an die Kapitalgesellschaften Athens, ihn finanziell zu unterstützen und ihren Beitrag zur Sicherheit Griechenlands zu leisten. Sie nahmen dies an, sprachen ihn aber auf die Kommunisten in Theben an. "Werden Sie das Privateigentum an Produktionsmitteln schützen, Herr Generalsekretär? Werden die Roten ruhig bleiben?" "Ja ich denke, dass man sie kontrollieren kann. Volgin scheint keine Gefahr zu sein. Eher ist es Verus. Er wird uns unterstützen und er hat sein Kreuzzugsprogramm schon längst vergessen. Sein Augenmerk liegt auf der Verwaltung der Stadt Thebens. Sein Hass richtet sich auch gegen die Rechtsextremisten, aber doch nicht gegen uns." Generalsekretär Claudius im Gespräch mit der Kapitalleitung. Die Menschen in Athen waren allesamt beunruhigt. Auch die, die sich vorher neutral zur Politik verhielten, wollten den Reden der Regierungsvertreter auf dem Marktplatz zuhören. Man machte den Menschen klar, dass die Verfassungsänderung notwendig sei und jeder nun etwas stärker in seinem Handeln beobachtet wird, zum Schutz und zur Erhaltung der Gesamtrepublik Griechenlands. Gleichzeitig wurden die Verteidigungskräfte der Stadt Athen gelockert und weitere Divisionen in das Grenzgebiet verlagert. Decimus hatte auch Unterstützung und mehr sanitäre Hilfe aus Athen gefordert, weil er auf einen solchen Gegenschlag nicht wirklich vorbereitet war. Die Rechte des Einzelnen wurden vorläufig in den Hintergrund gesetzt. "Alle Unterstützung und Kraft des Volkes der Republik und der Aufrechterhaltung der Athener Regierung!", hieß es. Doch wollten viele nicht diesen gewaltbereiten Weg gehen und schlossen sich aus der Gesellschaft aus, nachdem sie von den Plänen der Regierung hörten.

31. Senator Latus und sein Widerstand

Sarius Latus war mit dieser Verfassungsänderung überhaupt nicht einverstanden und sah sie nicht als Schutz der freiheitlichen Ordnung an, sondern als Weg in die Diktatur. "Wer will hier schon noch eine Republik? Niemand scheint das System wirklich zu verstehen." Generalsekretär Claudius Ziel wird es sein, den Zentralismus wiederherzustellen, den er selbst verursacht hatte. Nach seiner Meinung schüre es nur weiter die legale Gewalt und es sei der direkte Pfad in die Tyrannei. Daher sagte er dem Athener Regime ab und verlangte am 16. September von Claudius, dass er ihn seines Amtes und seines Abgeordnetenmandates entheben soll. Er könne es nicht länger mit ansehen, was er tue und was er zustimmen soll.

Claudius erkannte seinen Widerstandsgedanken und es kam ihm so recht, ihn seiner Ämter zu entheben. Sarius Latus räumte seinen Platz mit einem letzten Handschlag: "Glauben Sie damit Erfolg zu haben?" Er ging glücklich und mit einem Grinsen aus den Räumen des Senatsgebäudes. "Er soll sich noch wundern! Der Widerstand wird kommen." Latus wusste selbst nicht mehr, ob eine reine Republik wirklich richtig wäre. Es müsste eine freiheitliche Verfassung geben, aber auch einen Mann, der die Verhältnisse der sozialen Unter- und Mittelschichten erheblich verbessern und Griechenland politisch auf einen neuen Kurs bringen müsse. Ein Mann, der die Regierungsgeschicke auf sich vereinigt, aber die Verfassung und die Menschenrechte respektiert. Wie sollte das funktionieren? Und dann dachte er an Volgin und das Parteiprogramm der KP. Er hoffte in Theben aufgenommen zu werden und Volgin die Situation zu erklären, dass er derselben Meinung wie er ist.

Also begab er sich am 18. September mit ein paar Gefolgsleuten und auch einigen ehemaligen Angestellten der Senatskanzlei, die ihm treu ergeben waren und von Claudius auch die Entlassung forderten, nach Theben. Es geschah aber noch etwas an diesem Tage.

Die Gefangenen des Kompasszirkels in Korinth wurden standrechtlich erschossen. Verus wollte eine mögliche Geiselerpressung nicht durchziehen und ging den skrupellosen Weg, auch um den Druck weiter zu schüren, den Thebener Stadtrat weiter zu provozieren und ein Exempel zugunsten seines ideologischen Weges des Antikommunismus zu statuieren. Die Kompassleitung in Theben war eigentlich darauf bedacht die Mitglieder dort heraus zu holen und in Sicherheit zu bringen - eine herbe Niederlage. Die Nachricht trifft zusammen mit Senator Latus in Theben am 20. September 2036 ein.

Währenddessen formierten sich die Truppen von Decimus unter dem Befehl von Generalsekretär Claudius in geballter Form im Nordosten und kleinerer Regimenter entlang des Grenzzauns Richtung Westen bis zum Ozean. Alles war für den Gegenschlag vorbereitet und Claudius begann, an der UNO-Zentrale in der Hauptstadt des Nachbarreichs der Osmanen zu kabeln und Hilfe anzufordern. Es sollte in baldiger Zeit eine Sondersitzung des UNO-Weltrates einberufen werden.

Die Nachricht, die Theben vom Kompasszirkel erhielt, erschütterte alle. Viele weinten und trauerten, um ihre Genossen, die nun nie wieder zurückkehren werden. Volgin wollte es nicht wahrhaben und rief in traurige Wut: "Unsere Genossen. Eiskalt niedergeschossen. Politisch engagierte Menschen, die ihr Leben für den Aufbau der neuen gerechten Ordnung gaben. Nein...warum nur? Wieso haben wir nicht vorher eingegriffen? Wenn wir es getan hätten, hätten wir noch mehr Leben riskiert. Verus ist zu weit gegangen, wie schon so oft. Aber diesmal..." Auf dem Forumsplatz hielt er eine Trauerveranstaltung ab und verlangte eine Schweigeminute für die gefallenen Arbeitergenossen, die geschunden und großen Qualen ausgesetzt waren. "Auf diesem Platz waren sie schon mal und haben uns massiv attackiert. Sie haben für unser Fortkommen gelitten und wir sollten tiefste Dankbarkeit für diese Arbeiterheldentat empfinden." Trotzdem empfand Volgin dieses Gefühl des schlechten Gewissens, nicht rechtzeitig etwas unternommen zu haben und den Kompasszirkel in Theben nicht ausreichend unterstützt zu haben.

Die Trauerfeier ging zu Ende und die Masse löste sich auf. Gegen den Abend klopfte Sarius Latus am Portal des Thebener Rathauses und bat die Wache darum Volgin zu informieren, dass er eine Audienz wünsche. "Sarius Latus, ehemaliger Chef der Senatskanzlei. Ich bin her gekommen, um den Weg der Roten zu gehen. Claudius eingefädelter Bürgerkrieg schockiert mich und ich möchte mich nicht länger seiner Politik unterwerfen. Meine Gefolgsleute hier haben ihm auch den Rücken zugekehrt. Wir möchten den richtigen Weg gehen. Es gibt noch mehr Neuigkeiten, aber die muss Volgin persönlich erfahren. Öffnet uns bitte die Pforte!" Sofort öffnete sich die große Holztür und Latus trat mit seinen Mitläufern ein. Man bat sie, sich zum Vorraum des Sitzungssaals zu begeben. "Volgin wird gleich kommen. Er ist bereits informiert und froh über die gute Nachricht." wurde ihnen gesagt. Sie gingen den Korridor entlang bis zum Vorraum. Maximus, Clemens und Gaius begaben sich auch in den Saal. Die Parteiführung und der Stadtrat konnten nicht in dieser kurzen Zeit einberufen werden. Es wird daher zu Einzelgesprächen kommen. Dann öffnete sich die Tür zum Sitzungssaal und Sarius blickte auf den großen Eichentisch, an deren Ende die "großen Vier" saßen und mit einem verzerrten Lächeln auf die Neuankömmlinge schauten.

32. Das Manuskript der Geheimverfassung

Man bat sie sich zu setzen und Volgin gab von sich als Erster: "Sie sind also der ehemalige Chef der Senatskanzlei und damit eine hohes Mitglied der Regierung gewesen, nicht wahr? Wir sind hocherfreut hier in Theben und lässt uns ein wenig über die traurigen Nachrichten hinwegsehen. Also was haben Sie uns zu sagen?" Latus war sofort mit erhobener Stimme dabei: "Generalsekretär Claudius hat per Senatsbeschluss auf befristete Zeit die Verfassung außer Kraft gesetzt und sich selbst mit diktatorischen Vollmachten ausgestattet. Er glaubt so, eine bessere Kontrolle über das Volk und den Konflikt mit Verus ausüben zu können. Außerdem hat Verus einen direkten Angriff auf die Grenze verübt. Das diente ihm als Vorwand. Ich verweigerte meinem Gehorsam und zeigte meinen Widerwillen gegenüber dieser Politik. Die meisten Menschen sind auch gegen diese Verfassungsänderung. In Claudius Kabinett wächst der Unmut, trotzdem folgen sie ihm noch. Wir glauben, dass sie alle im Hinterkopf behalten, wer für die jetzigen Verhältnisse in Griechenland verantwortlich ist. Doch niemand traut sich etwas dagegen zu sagen, aus Angst vor Verus und der Armee, die Claudius unterstellt ist. Ich habe nein gesagt und bin hergekommen, um mich auf ihre Seite zu stellen. Ich habe erkannt, nach langjähriger, stiller Kritik am Athener Regime, dass der Kommunismus der friedliche Weg aus dieser Staatskrise ist. Ich möchte Sie bei ihrer Arbeit und Regierung hier in Theben unterstützen und möglicherweise eine Lösung mit Ihnen finden, wie man das Athener Regime unter Claudius loswerden könnte." "Deren Meinung waren wir schon immer. Es ist unser Parteiprogramm. Jetzt können wir es etwas handfester gestalten. Mich ängstigen diese diktatorischen Vollmachten. Er könnte Einfluss auf unsere kommunale Regierung nehmen." Maximus gestand Fehler ein: "Ich glaube, wir haben einen schlafenden, blinden Maulwurf geweckt, der nun wieder stärker auf die Macht schaut. Schuld ist dieser Pakt mit Claudius. Wir denken auch, dass er sich nicht mehr lange an deren Bestimmungen halten wird. Insbesondere dann, wenn Verus weg ist und unseren Anteil an der kommunalen Regierung verweigert, den wir vereinbart hatten. Wir sind gegen diesen Krieg. Wir wollten zwar eine Provokation gegen Verus und auch den Schutz vor ihm, aber niemals auf Kosten der Zivilbevölkerung, unserer Arbeitergenossen. Wir haben auch eine Schuld in uns." "Das ist wahr. Doch so haben wir eine Schutzgarantie. Die Frage ist nur, wie lange die noch hält. Deswegen müssen wir handeln, aber erst nachdem Claudius Verus aus dem Weg geräumt hat." Volgin in der Antwort darauf.

Sarius Latus schlug im Falle des Falls der Ära-Claudius die Bildung einer Nachfolgeregierung unter den Kommunisten vor. Aber: "Die kommunistische Revolution soll vom Volk ausgehen, das wir ansprechen. Es soll möglichst ein Umsturz der jetzigen Republik sein, nicht einfach nur eine Nachfolgeregierung des Athener Regimes. Alle müssen zustimmen." "Ich denke, dass eine Revolution vom gesamten Volk unmöglich ist, da Verus auch genug Anhänger auf seiner Seite hat, die ihm folgen. Wir müssen die Verfassung so aufstellen, dass erst mal alle politischen Richtungen, auch die von Verus, in dieser Republik ein Mitspracherecht haben. Wie groß dieses ist, soll in die Hände der herrschenden Partei gestellt werden. Dieses System der Volldemokratie unter der Roten Partei ist seit Generalsekretär Rufus gar keine Demokratie mehr." "Deswegen ist die KP auch antidemokratisch ausgerichtet. Das heißt natürlich nicht, dass man die Demokratie nicht zum Erhalt und zur Stärkung der Macht benutzen kann. Das Vertrauen der unsicheren Menschen muss langsam erschlichen werden und wenn es Jahre dauert." Sarius aber darauf: "Wäre das nicht wieder autoritär?" "Ja, aber nur so können wir den Zustand des Staates verbessern. Man muss durchgreifen. Das Parteiprogramm der KP ist die Basis dafür." "Meinen Sie etwa, dass die KP die politische Kraft ist, die die Verhältnisse verbessern könnte?" "Ja, Senator Latus. Ich meine es nicht nur, ich weiß es. Dafür habe ich diese Ideen zu Beginn meines politischen Aufstieges entwickelt. Die Menschen in Theben vertrauen mir voll und ganz. Und das Programm wurde auch teilweise hier schon umgesetzt. Nun sehe ich aber die Gefahr, dass Claudius in seinem Machtwahn, alles zerstören könnte. Die Verfassungsänderung darf sich nicht auf Theben auswirken. Unsere angestrebte Revolution braucht aber fähige, politische Männer. Ich habe da an Sie gedacht. Nach der Ära-Claudius wird eine neue Zeit anbrechen und die alte Verfassung MUSS revidiert werden zugunsten unserer Macht, die aber nicht vollkommen sein soll. Die Regierung soll Grundrechte und Menschenrechte schützen und mit ihnen in eine Einheit treten." Latus hatte Volgin falsch eingeschätzt und glaubte, dass nun alles besser werden wird. Zusammen änderten sie innerhalb von Tagen mit Absprachen der Parteiführung und dem Stadtrat die alte Rufusssche Verfassung. Ihre Grundpfeiler, die Rufus aufgestellt hatte, sollten erhalten bleiben. An vielen Stellen wurde sie ergänzt und umgeschrieben, sodass sie erst mal auf dem Papier entstand, als eine Art „Vorsorge", wenn der Umsturz kommt und die Zeit dafür reif ist und die „Revolution" in eine legale Richtung zu lenken, auch angesichts der Blicke auf den Staat aus dem Ausland und der UNO und überhaupt zum Wohlwollen der Außenpolitik. Es durfte nicht der Eindruck entstehen, dass Griechenland einen weiteren Weltkrieg auslösen würde, wie vor 40 Jahren.

Quelle: *Die wichtigsten Punkte der Verfassungsrevision im Falle der Regierungsübernahme durch die Kommunistische Partei*

Die wichtigsten Punkte der Änderung:

1. Der GANZE Machtanspruch soll keiner alleinigen Partei zugeschrieben sein. Parteien der verschiedenen, politischen Richtungen sollen erlaubt und geduldet werden. Sie sollen dabei als Blockparteien und Massenorganisationen dienen. Die Parteien werden vom Volk frei gewählt und ihre Vertreter in ein Parlament geschickt. Die Blockparteien sollen in ihrem "kleinen" Machtbereich möglichst unabhängig von der "Großpartei" sein.

2. Der GRÖßTE, aber nicht der GANZE Machtanspruch, soll in den Händen der für das Volk am besten geeigneten Partei liegen. Also die, die den meisten Rückhalt in der Gesellschaft hat. Die Leitung der jeweiligen Partei soll die Ministerien übernehmen und der Regierungschef, Parteichef zugleich sein (Parteikabinettsprinzip). Er wird von der Parteiführung nochmals bestätigt. Sein Machtanspruch soll so groß sein, dass er das Land aus der Krise retten kann und nach gutem Gewissen Gesetze beschließt und entwirft. Er besitzt das Vetorecht gegen andere demokratische Ordnungen nur dann, wenn die

Parteiführung diesem Veto zustimmt. Ansonsten ist es ungültig. Die Parteiführung selbst darf er auflösen und sie über das oberste Basisorgan, dem Parteitag, neu wählen lassen. Außerdem besitzt er das Recht des obersten Befehlshabers der Armee im Frieden wie in der Situation eines Krieges. Der Minister für Verteidigung dient dabei als Berater und ist für die Truppeninteressenvertretung, sowie oberste Verwaltung und Militärhaushaltsfragen verantwortlich.

3. Parteiprogramm und Ideologie sind als Einheit zu betrachten und bedingungslos als Regierungsprogramm umzusetzen. Dadurch wird gesichert, dass sich die Verhältnisse unter Druck zum Guten verändern werden.

4. Staatsoberhauptfrage: Um den "Kleinparteien" neben der "Großpartei" ein hohes repräsentatives Amt zu ermöglichen, soll ein Kollektivrat, der vom Parlament gewählt wird, einen Vorsitzenden bestimmen, der die Repräsentations- und Diplomatie-aufgaben nach Außen und Innen erfüllt. Somit sind Regierungschef- und Staatsoberhauptaufgaben voneinander getrennt. Der Vorsitzende darf aber keine Regierungsgewalt inne haben. Der Kollektivrat erhält auch die Oberhand in der kommunalen Verwaltung (Stadträte) und somit den Grundpfeiler der "Parteigewalten".

5. Das Parlament wird in zwei Teile getrennt. Ein Teil der "Großpartei", die ihre, ihr zu bestimmten Organe wählt und dasselbe gilt für die "Kleinparteien". Beide Seiten sollen möglichst voneinander unabhängig sein. Die Kleinparteien dürfen nur dann an ihrem Machtanspruch teilhaben, wenn sie eine gewisse, noch nicht festgelegte Prozentzahl der Wahlergebnisse (aber möglichst niedrig gehalten) erreichen. Das erfordert Koalitionen zwischen den Kleinparteien. Die "Großpartei" muss unbedingt die absolute Mehrheit oder mehr (50%) haben. Ansonsten werden Neuwahlen angesetzt.

6. Um die fehlende Judikative der gegenwärtigen Republik zu ergänzen soll ein Volksrat mit obersten Richtern gewählt werden. Sie sollen die Aufgabe haben, die Verfassung zu schützen. Dabei stehen sie in naher Zusammenarbeit mit der "Großpartei". Sie dient dabei als beratendes Organ und zusätzlichem Schutz.

7. Die Mitgliederzahlen der Organe werden je nach Sachlage und Bestimmungen von der "Großpartei" beschlossen.

8. Die Grund- und Menschenrechte, sowie sonstige wirtschaftliche Rechte, Handelsrechte, Justizrechte u.s.w. liegen unter der schützenden Hand der "Großpartei". Sie kann die Verfassung je nach Situation bestimmen und abändern (Notstand) - erfordert die Zustimmung der Parteiführung und Basis. Die Verfassung darf in ihren Grundstandpunkten der Rufusschen Verwaltung aber nicht angegriffen werden. Das Kontrollorgan dabei ist der Volksrat.

9. Gewerkschaften sollen in Bürgerausschüssen agieren und mit dem Parlament in Kontakt bleiben. Sie werden wieder zugelassen. So kommt es auch zu einer größeren Volksbeteiligung neben den freien Wahlen. Die "Großpartei" hat die Aufgabe die Masse als Mitglieder in absehbarer Zeit zu gewinnen, um ihre Zustimmung weiter zu stärken.

10. Die Stellung der "Großpartei" nimmt ausnahmslos die **Kommunistische Partei** ein. Sie soll den größten Rückhalt im Willen des Volkes besitzen. Die Kleinparteien haben das Recht sich nach dem möglichen Umsturz zu bilden. Maximal sollen 4 Kleinparteien neben der "Großpartei" existieren.

11. Um die kommunistische Doktrin auch im Block der Kleinparteien zu erhalten, soll sich eine kommunistisch/sozialistisch orientierte Kleinpartei bilden. Sie macht dabei ihre eigene Arbeit, ist aber mit der "Großpartei" im Kontakt. Sie darf unabhängig agieren.

12. Alle Kleinparteien haben sich dem Regierungsprogramm zu beugen. Sie dürfen aber ein eigenes Parteiprogramm besitzen, das aber nicht auf Gesetzesebene des Staates gelangen darf. Die Gesetze der Staats- und "Großparteiebene" gelten für alle Gewalten. Die Kleinparteien nehmen somit eine "klein-exekutive" Stellung in der Kommune ein.

Das bedeutete, dass Volgin der neue Generalsekretär werden würde. Latus wollte es eigentlich nicht so weit kommen lassen, aber um die Republik vor dem Untergang durch die Athener Regierung zu retten, musste er die Verfassung so akzeptieren. Die Führung der kommunistischen Kleinpartei im Block sollte im Falle des Falls, Gaius mit einem Teil seiner Sozialisten übernehmen. Wenn die Rote Partei aufgelöst wird, sollten die kommunistisch überzeugten Mitglieder dort mit aufgenommen werden. Gaius zeigte sich da einverstanden und man sicherte ihm auch einen Ministerposten zu. Die Parteiführung sollte das Kabinett von Claudius ersetzen.

"Alles andere wird sich mit der Zeit zeigen. Zumindest sind wir nun besser vorbereitet. Sarius Latus, Sie werden sich Gaius anschließen und die Kleinpartei nach der Revolution gründen." Trotzdem warnte Senator Latus vor zu viel Optimismus: "Wir wissen nicht, wie die Sache mit Verus ausgeht. Wir könnten die Regierung morgen übernehmen oder aber wir werden erschossen. Es heißt abzuwarten und die Vorbereitungen zu treffen. Ohne Feind sind wir noch nicht!" "Ich weiß. Wenn ich an der Macht bin, stehe ich vor einer großen Herausforderung. Claudius soll uns aber erstmal den Feind aus dem Weg räumen." "Und wenn er im Hinterkopf hat, unser Feind zu werden?" "Hm. Dieser Pakt mit ihm ist trügerisch, aber wir brauchen ihn noch." Sarius Latus durfte sich somit weiterhin in Theben mit seinen Anhängern aufhalten und Volgin bei seiner Arbeit unterstützen. Der Verfassungsentwurf wurde am 26. September 2036 von der Parteiführung in einer Geheimversammlung abgesegnet. Niemand außerhalb der internen Kreise durfte davon erfahren. Noch nicht. Verus dagegen war nun auf sämtliche, mögliche Gefechte mit Claudius vorbereitet.

33. Der Tod lauert in den Schützengräben

Am 29. September kam der Befehl von Athen die Regimenter Richtung Thessaloniki zu bewegen, um Verus Hauptzentrale zu erobern. Bei Widerstand, auch von der Zivilbevölkerung, sollte ausnahmslos geschossen werden. Es stellte sich aus den Aufklärungen von den Grenzsoldaten heraus, dass Verus in einem Halbkreis im Nordosten Artillerieposten und Handgranatenwerfer stationiert hatte. Doch Claudius beharrte darauf diese Anlagen zu stürmen und zu vernichten. Verus war außerdem mit einer starken Infanterie ausgestattet, die er hinter den Stellungen in verschiedenen getarnten Schützengräben versteckt hatte.

Mit bloßem Auge konnten die Republik-Truppen diese Gefahr und Falle nicht erkennen. Verus hatte die besseren, strategischen Positionen und wartete nur darauf, wie Claudius unachtsam vorgehen würde. Decimus war auch nicht sehr davon begeistert, wollte aber nicht widersprechen. Er witterte eine Falle und wollte vom Risiko fern bleiben. Dennoch marschierten ca. 2000 Mann in einer geraden, weitläufigen Reihe über das Feld hinter der Grenze Richtung Thessaloniki gegen Vormittag los. Sie bekamen den Befehl die Artilleriestellungen auf breiter Front zu stürmen und sie einzunehmen. "Der Halbkreis muss innerhalb weniger Stunden fallen!" sprach Decimus zu den Offizieren. Das sollte schwieriger werden als gedacht. Die republikanischen Linien kamen näher und näher an die Hügelstellungen heran. Sie überquerten die Marathonnischen Felder mit schnellen Schritten, aber es zeigte sich kein Widerstand und auch kein Feuer von den vermeintlichen Artilleriestellungen. Wo war der Widerstand?

Verus hatte zwar Artilleriestellungen, aber keine richtigen, sondern Attrappen, die die republikanischen Truppen anlocken sollten. Das wussten jene nicht. So kam es, dass sie gegen den frühen Nachmittag die Hügelstellungen erreichten und die Attrappen entdeckten. Nun bekamen die Offiziere Angst, dass sie möglicherweise in einen Hinterhalt gelockt wurden und es keinen Rückzug mehr gibt, deshalb wurden Stellungen errichtet und Lager für die Nacht. Eine Telegraphenverbindung zu Decimus wurde während des Marsches gelegt. Sofort wurde Kontakt aufgenommen und gefragt, wie es nun weitergehen soll. "Die Stellungen waren nur Attrappen. Wir brauchen Rückendeckung." 2000 Mann hatten sich entlang des Halbkreises positioniert, aber ohne Nachhut und somit keine gesicherte Rückzugsmöglichkeit in den Süden. Eine Reihe von Lagerfeuern und Lichtern erhellte die Nacht zum 30. September und der Tod brach im Morgengrauen an. Eine breite Front an Soldaten näherte sich vom Osten, vom Westen und vom Norden. Die ersten Schüsse fielen und Kanonendonner brach los - ein Überraschungskommando von Verus. Die Aufklärer schafften es die Alarmglocken zu läuten und zu rufen: „Verus ist hier. Er greift an. Macht euch kampfbereit."

Und plötzlich kamen die Soldaten hervor, manche sogar noch im Nachthemd und nahmen ihre Stellungen ein. Die Kanonen von republikanischer Seite konnten nicht mehr bereit gemacht werden. Es folgte Schusswechsel auf Schusswechsel. 2 weitere Spezialtruppen von Verus hatten sich in der Nacht hinter die Front geschlichen und warfen ihre Ölbomben und Brandsätze auf das offene Feld hinter die Stellungen der Republikaner. Ein Flammenwall entstand. Der Wind wehte von Süden direkt zu den Stellungen der Republikaner. Geschrei, Angst, Panik - Sie konnten nur noch nach Vorne marschieren, was sie dann auch taten. Die Soldaten versuchten von den Flammen zu entkommen. Doch das Feuer breitete sich in alle Richtungen lodernd aus. Dann, als sie kurz vorm Feldende waren, eröffneten die Verus-Soldaten das Feuer aus den mit Blattzeug getarnten Schützengräben. "Eröffnet das Feuer! Knallt sie ohne Rücksicht ab!" riefen einige aus den Schützengräben. "Sofort sammeln und zurückschießen!" war der Ruf der Offiziere der Claudius-Regimenter. Doch war das Gegenfeuer so stark, dass sie sich nicht mehr sammeln konnten. Im Rücken sahen sie das Feuer, das auf sie zukam und von vorne die tödlichen Kugeln, die ihnen nachjagten. Die Artilleriestellungen etwa 300 Meter hinter ihnen, waren schon längst in Flammen aufgegangen. Nur wenige konnten die Flammen umkreisen, bevor sie sich ausweiten konnten. Aber für die vorgerückten Soldaten kam jede Hilfe zu spät. Eine Meldung über Telegraph konnte nicht mehr abgegeben werden. Im Hauptlager wollte man nicht wahrhaben, was man da vor den Augen sah. Riesige, dunkle Rauchwolken zogen vom Felde in weiter Ferne hoch. "Sofort eine Meldung an die Offiziere der zwei Regimenter. Wo sind die 2000 Mann? Die Artilleriestellungen?" "Ich bedaure Stabschef Decimus. Der Kontakt ist abgebrochen. Kein Lebenszeichen." Ein paar Sekunden der Stille und "Mein Gott...was geschieht da nur?" „RÜCKZUG!!!!" war das Wort eines Offiziers und auch sein letztes. Verus drückte die Truppen von Claudius zusammen. Einige wollten sich ergeben und warfen die Waffen zu Boden. "Radiert sie aus! Keine Gefangenen." war die Antwort darauf. Manche versuchten einen Weg durch die Flammen zu finden - vergeblich dem Tod entringen. Dann Scharfschützenfeuer aus dem Wald, der vor ihnen lag - ein todbringendes Leid. "Renne! Rennt um euer Leben! LAUFT!". Innerhalb weniger

Minuten waren die Reihen durchbrochen und jeder versuchte dem Feuer von vorne und von hinten zu entkommen. Alles war verloren - die erste Offensive gescheitert. Damit die Flammen nicht auf die Stellungen von Verus übergehen, zogen Löschkommandos aus und auch der Wind legte sich. Als dann alles gegen den frühen Vormittag vorbei war, war das abgebrannte Feld ein Ort des Grauens. Verkohlte Leichen auf tiefschwarzer Erde. Die wenigen Männer, die es geschafft hatten dem Tod zu entweichen, waren von Brandwunden gezeichnet und viele starben auf dem Weg zum Hauptlager an ihren schweren Verletzungen. Als würde die Haut auf ewig brennen und einen qualvollen Tod herbeirufen. Etwa 50 Mann (darunter 3 Offiziere) kehrten traumatisiert und vor Erschöpfung überwältigt ins Lager zurück, wo man sie fragte, was passiert sei. "Tod und Grauen. Verus kennt keine Menschlichkeit. Er ist kein Mensch! Wir sind die, die übrig geblieben sind. Das Leben unser Kameraden.....zerstört. Für immer." Stille, vollkommene Stille erfüllte das Lager. "All das Leid und wofür? Für einen sinnlosen Kampf." waren die Worte eines verängstigten Soldaten, der nicht mehr klar denken konnte. Er sah die Flammen der Hölle vor sich. Immer wieder schrie er: "Das Menschliche - ein Raub der Flammen. Wozu all das Leid?". Decimus ließ ein Telegramm nach Athen schicken, um Claudius über die Umstände zu informieren. Verus dagegen befahl nicht stehen zu bleiben, sondern die Nordfront weiter gen Süden zu treiben und die Marathonnischen Felder entlang der kommunalen Grenze zu besetzen, sowie den Grenzstacheldraht anzugreifen. Er wolle selbst die gesamte Macht über Griechenland und eine Regierung nach der claudischen Ära aufstellen, sowie es die Kommunisten im Geheimen planten. Doch er machte es offenkundig. Decimus forderte Verstärkung an, eine defensive Taktik von Claudius und Versorgungsgüter mit Medikamenten und Rationen zur Grenzstelle. Am 1. Oktober 2036 kam die besagte Nachricht in Athen an und wurde sofort zu Claudius weitergeleitet. "Eine defensive Taktik? Niemals! Verus muss fallen!" war seine erste Reaktion darauf. "Alles unfähige Stümper, diese Generalität. Feiglinge! Decimus würde schon seine Unterstützung bekommen, dafür müsste er weiterhin versuchen anzugreifen und Verus zurückzudrängen und von den Marathonnischen Feldern zu vertreiben."

34. Die UNO- Versammlung in Istanbul

Der Staatsnotstand in Griechenland sorgte dafür, dass die Welt nun allmählich darauf aufmerksam wurde und eine erneute Militärdiktatur in diesem Land nicht zu verantworten sei. Jeder erinnerte sich noch an die Schrecken des Weltkrieges der Jahrtausendwende, der 6 Millionen Menschen das Leben gekostet hatte. Und damals war es ein Grieche, der die Welt in die Katastrophe stürzte. Claudius ersuchte Unterstützung aus dem Ausland von den demokratischen Kräften, welche aber auch nicht über seine Methoden hinwegsehen konnten. Er hatte den Notstand ausgerufen und damit die Demokratie auf befristete Zeit aufgehoben. Er reiste am 3. Oktober 2036 mit einem Gastflugzeug der Osmanen in ihr Reich.

Den Vorsitz in den UNO-Vollversammlungen führten seit Ende des Krieges die Osmanen und Generalsekretär Süleyman der I., der auch damals Griechenland besiegte und die nationalistische Regierung unter Alexander stürzte. Es lag ihm sehr fern, es jemals noch einmal dazu kommen zu lassen. Weiterhin saßen im "Hauptgebäude der Welt" die Abgeordneten Englands, Hollands, der Sumerer und natürlich Griechenlands. Hauptziel war es schon immer gewesen: Sicherung des Weltfriedens und die Einhaltung der Menschenrechte. Griechenland sahen sie als mögliche Gefahr für diese Dinge an, wenn es Verus gelingt, die Athener Regierung zu stürzen. Keiner wollte einen brutalen Bürgerkrieg und er müsste beendet werden, bevor er eskaliert. Am 4. Oktober 2036 fällte Süleyman die Entscheidung: Friedenstruppen zur Verstärkung entsenden und den Norden Griechenland wieder unter die Kontrolle der Athener Regierung stellen. Das stand unter einer Bedingung:

Verbesserung der Lebensverhältnisse, kein Extremismus mehr, Aufhebung des Notstand (bei Erfolg der Intervention) und Wiedereinführung wesentlicher Grundrechte. England und Holland enthielten sich der Stimme, wollten mit dem östlichen Erdkontinent und seinen Angelegenheiten nichts zu tun haben. Die Osmanen stimmten der Intervention zu, sowie die Sumerer. Claudius gab seine Zusage zu den Bedingungen, wenn auch mit Skepsis. Außerdem sprach man die griechischen Kommunisten und Volgin in einem Geheimgespräch an.

Es kursierten allerlei Gerüchte im Ausland, dass Volgin einen Pakt mit Claudius geschlossen und Thebens Stadtrat mitsamt den Kapitalgesellschaften dort vertrieben habe. Darauf sagte der Mann Griechenlands, dass das richtig sei und meiner eigenen politischen Stütze diene. "Haben Sie Vertrauen zu diesem Mann? Wissen Sie genau, was er plant?" "Nein, das nicht. Aber er hatte mir die Augen geöffnet und vor Verus gewarnt. Wir schützen uns gegenseitig. Ich kann mir nicht vorstellen, dass er etwas gegen uns plant. Seine gewaltbereite Ideologie hatte er zurückgenommen, aber er hat trotzdem großen Einfluss auf das Volk. Deshalb hatten wir uns darauf geeinigt, dass nach der Niederlage die politische Führung in den griechischen Stadträten neu gewürfelt wird, aber sie kein Mitspracherecht im Senat hätten." "Seien Sie nicht zu leichtgläubig..." Claudius wusste dann nicht mehr, was er darauf antworten solle und deshalb überlegte er sich Folgendes: Insgeheim dachte er, dass Volgin eine zu große Zustimmung erhalten könne. Doch er wusste nicht, dass die Roten nur auf eine Gelegenheit warteten, diese auch staatlich zu repräsentieren. Am Ende meinte er: "Dieser kleine Mann ist sicher gut zu kontrollieren. Er braucht politisch erfahrene Leute. Seine Macht ist auf jeden Fall einschränkbar. Die Sicherstellung des Friedens und die Beendigung des Bürgerkriegs hatten aber im Moment mehr Priorität und er war froh über seinen außenpolitischen Erfolg in Istanbul. Verus dagegen verhandelte am 6. Oktober 2036 in Thessaloniki, nachdem seine Truppen kurz vor der Grenze standen und in Bereitschaft waren, jene Truppen von Claudius aufzureiben, mit den Kapitalgesellschaften im Norden und hohen wirtschaftlichen Funktionären.

Herius, als Sprecher dieser Gesellschaften, warnte Verus davor, dass sich alles nun gegen sie verschwört. "Auf Dauer werden wir diese Politik nicht durchhalten können." Viele der Funktionäre wollten eine Garantie für den Erfolg und eine Garantie für eine gesicherte Zukunft. Dann würde man verstehen, dass die finanziellen Unterstützungen und Waffenlieferungen nicht einfach nur für eine unnütze Sache verschwendet werden. "Sie sehen doch selbst den Erfolg, den wir auf den Marathonnischen Feldern hatten, meine Herren. Ich garantiere für Ihren Bestand und eine glorreiche Zeit nach Claudius. Sehen Sie nicht meinen großen Einfluss?" Verus glaubte nicht mal daran, dass Claudius den Mut hätte, nochmal zurückzuschlagen und sah sich schon am Hebel der Macht, wie er seine Feinde ausschaltet und Griechenland in eine bessere Zeit führt, auf Basis des nationalen Stolzes und die Behauptung gegen die damaligen Siegernationen - ein Kriegsplan? In den Augen der UNO-Staaten ja.

35. Die „Operation Falke" beginnt

Das war der Deckname für die erste Intervention (von See aus) der Osmanischen Truppen am 15. Oktober 2036. Der Plan war, die militärisch unbesetzten Gebiete von Verus im Nordwesten entlang der Küste Griechenlands einzunehmen und seine Truppenkonzentration im Südosten der "Grenze" zu umgehen. Auf diese Weise wäre es möglich, Korinth ohne Blutvergießen einzunehmen und den Stadtrat und das Volk dort vom Einfluss Verus zu lösen und sie dazu zu bringen, Widerstand zu leisten. Ein schneller, überraschender Angriff, um Verus zu stoppen und ihn zu stürzen. Die Defensive am Grenzzaun im Südosten war damit beschäftigt, die Truppen von Verus möglichst zurückzuhalten und die Stellung zu halten, damit sie nicht nach Athen vordringen.

Es kommt dort zu erbitterten Artilleriegefechten und immer wieder kommenden Truppenüberfällen. Doch die Regimenter unter Decimus können die Schützengräben tapfer halten. Donner und Granaten schlagen ein. Erdlöcher, verbrannte Erde und ein verrauchter Himmel wurden zum Sinnbild dieses Bürgerkrieges. Doch die Osmanen waren sich sehr sicher dabei, mit einer "Überraschungsfront" Verus im Nordwesten zu überlisten und Korinth von seiner Herrschaft zu befreien und die innere Ordnung und Republik wiederherzustellen. Von der Küste aus sahen einige Fischer aus Theben mehrere Landungsboote und Schlachtschiffe, die im Ernstfall eingreifen sollten. Priorität hatte aber die Landoperation auf dem Gebiet um Korinth. Von Westen rein drücken und die Stadt so schnell wie möglich befreien war die Taktik, ohne viel Widerstand zu fürchten. Gegen den späten Abend erreichten die Landungsboote das flache Gewässer um die Griechische Bucht an der Nordwestküste, ca. 150

Kilometer von Korinth im Osten entfernt. Kein Leuchtfeuer in Küstennähe, keine Patrouillen - Verus schien ohne Kenntnis und Aufklärung zu sein, was an seiner Küste geschah. Die Landungsschiffe setzten sich um Mitternacht in Bewegung - mit etwa 20000 Mann auf 55 Booten - in Richtung des Strandes. Dann erreichten sie das Ufer und die Landeklappen öffneten sich.

Sie stürmten den Strand in einem schnellen Tempo und besetzten ihn innerhalb weniger Minuten. Es war kein Widerstand in Sicht, kein Leuchtfeuer, keine Sicherungen - tiefste, dunkle, klare Nacht und erschreckend ruhig. Eine Leuchtrakete wurde abgefeuert, um dem osmanischen Kommando auf den Schlachtschiffen zu signalisieren, dass die Landung geglückt sei. Die Meldung wurde sofort über Funk zum Grenztelegraphen in der Nähe von Athen weitergeleitet und weiter zu Generalsekretär Claudius. Inzwischen waren Lager an der Küste errichtet worden. Der Vormarsch sollte am nächsten Tag beginnen, mit dem Ziel Korinth und es so schnell wie möglich zu besetzen und die Stadträte zur zu Vernunft zu bringen und gegen Verus zu operieren.

Nach der Niederlage auf den Marathonnischen Feldern, wollte es Generalsekretär Claudius darauf ankommen lassen, eine weitere Offensive zu planen, nur mit Unterstützung und nur zeitweise die defensive Stellung dort an der Grenzanlage zu halten. Innerhalb der Bevölkerung machte sich durch die zusätzlichen Lasten des Krieges Unmut über die Kapitalgesellschaften und die soziale Not breit. Dazu gehörten nun auch Leute, die vorher eher neutral gegenüber der Politik standen und nun größtenteils einsahen, dass dieser Krieg das Land in eine noch viel schlimmere Krise stürzen würde, als sie es schon ist. Und auch der

Widerstand gegen die eingeschränkten Bürgerrechte, die mit dem Notstand kamen, wuchs, sowie auch die Unzufriedenheit gegenüber Claudius. Doch nun nicht mehr allzu passiv, sondern aktiv.

Viele wollten eine Alternative gegenüber der Demokratie, die hier nicht funktionierte und einen starken Mann, der die Verhältnisse im Sinne des Friedens entscheidend verbessert. Eine Führung, auf die man hoffen kann. Das Parteiprogramm der KP schien nun vielen sympathisch zu werden, nun auch außerhalb Thebens. Doch wunderte man sich, dass sie im Moment nichts gegen den Krieg hier unternehmen und sich zurückhalten, gegen die Bestimmungen des Vertrages mit Claudius. Aufgrund ihrer Ideologie wollten sie sich aber da nicht einmischen, nur eine Beobachterposition einnehmen und abwarten, bis es die Zeit erlaubt, etwas zu unternehmen.

Dazu wären mehr Mitglieder der Bewegung erforderlich. Die Truppen von Decimus an den Grenzanlagen waren immer wieder schnellen und kurzen Angriffen ausgesetzt. Verus ging in einem langsamen Tempo vor und besetzte Tag für Tag mehr Land auf den Feldern. Dazu kamen Artilleriegefechte und Bomben, die immer wieder einschlugen, auf beiden Seiten.

Eine Art Stellungskrieg, aber auch nur durch die Defensive der Republikaner. Von der Operation "Falke", die sich im Nordwesten in Bewegung setzte, wusste Verus nichts.

36. Mehr Widerstand und Gründung der KBP

Nach wenigen Tagen der Vorbereitung wurde am 21. Oktober 2036 der Befehl gegeben bis nach Korinth vorzustoßen und alle Ortschaften bis dorthin zu besetzen. Marschkolonnen bildeten sich, kleine gepanzerte Fahrzeuge und Lastwagen, mit Waffen und Ausrüstung bestückt, setzen sich Richtung Osten in Bewegung. Die ersten Dörfer waren mehr Fischerorte und beim Anblick des gewaltigen Aufmarsches leistete niemand Widerstand und beantworte jeweilige Fragen der Soldaten. Die meisten gaben an, sie würden nur in Frieden leben und nichts mit Politik zu tun haben wollen. Andere aber, wollten ein schnelles Ende von Verus Herrschaft und diesem fürchterlichen Krieg, der zum Glück nicht bei ihnen ankam. Sie fühlten nur mit ihren Mitmenschen mit. Andere sprachen von den Thebener Kommunisten, die die Rettung seien und das Land aus der Krise retten könnten. Die Vormärsche blieben gewaltlos. Doch das Blatt schien sich gegen die Streitkräfte am Grenzstacheldraht zu wenden. Nach erheblichen Gegenschlägen der Verus-Nationalisten, war Decimus am 24. Oktober dazu gezwungen die Front 50 Kilometer in den Süden zu verlegen, um Zeit zu gewinnen und die verbliebenen Streitkräfte zu schützen, die die Defensive hielten. Generalsekretär Claudius hoffte auf baldige Verstärkung durch die Osmanen und schickte, um die Verus-Soldaten einzudämmen mehr Regimenter zu Decimus. Nun wusste er, dass eine Offensive ohne Unterstützung wahnsinnig wäre und befahl Decimus die Stellungen weiter zu halten. Aber die Front dürfte nicht nochmal verschoben werden, sonst "wären die Feinde der Republik bald vor den Toren der Stadt Athen".

In Theben bereitete Volgin eine künftige Regierungsübernahme vor und auf einem speziellen Parteitag gab er am 25. des Oktobermonates die revidierte Verfassung bekannt und präsentierte das "Kabinett Volgin I", nachdem alles Geheimpläne waren. Die Kommunistische Partei war nicht sehr überrascht darüber, dass die Mitgliederzahlen weiter stiegen. Es kamen nun auch Anträge außerhalb Thebens, viele von ihnen heimlich, da sie sich unter der Regierung von Claudius nicht sicher und beschattet fühlten.

Die Begründung der Mitgliedschaft in der Partei war meistens die Angst vor dem sozialen Abstieg, die Kriegsmüdigkeit oder die Beendigung der Krisenverhältnisse - genau das, was Volgin vermutet hatte. Die Angst und der Widerwillen vor dem Bürgerkrieg kommen der Parteibasis zugute - der Widerstand formierte sich. Claudius fühlte sich aber immer noch als ein solcher, der vor Widerstand keine Angst zu brauchen scheint.

Die Operation der Osmanen hielten viele der Kommunisten aber trotzdem für notwendig, damit Verus nicht die Oberhand bekommen würde, denn dann wäre es auch mit der KP vorbei, würden die Nationalisten die Macht übernehmen.

"Claudius wird noch gebraucht. Er ist Mittel zum Zweck, also warten wir bis er den Weg freigemacht hat und dann ist unsere Zeit gekommen, ihr Arbeiter und Brüder." Das war der Schlusssatz von Volgin auf dem Sonderparteitag der KP. Am selben Tag wurde auch mit Genehmigung der Parteiführung der KP, die KBP (Kommunistische Bürgerpartei) gegründet. Sie verstand sich als der "sozialistische Hilfsflügel der KP". Als Vorsitzende übernahmen Gaius als Mitglied des Stadtrates und Sarius

Latus die Leitung. Aber die Verbundenheit zwischen den Parteien war offiziell festgeschrieben. Die KBP sollte dem selben Weg wie der KP folgen. Sie sei nur dazu da, später bei den verschiedenen "Koalitionen" die Oberhand über die Kleinparteien zu haben und sie im Sinne der KP zu kontrollieren. Das in Theben stationierte Regiment bekam einen Tag später den Befehl an den Grenzstacheldraht vorzurücken und die Defensive von Decimus zu unterstützen. Es kam aber anders. Die Soldaten weigerten dies mit eiserner Hand. Sie "würden nicht mitten in den Tod laufen". "Wir werden das nicht zulassen und noch mehr Leben riskieren. Unser Leben steht über der Loyalität. Woher wissen wir, dass die Verstärkungen rechtzeitig eintreffen?"

Die Befehlsbriefe wurden ignoriert und symbolisch verbrannt. Selbst die Offiziere waren sich sicher dies zu tun und nicht einem sinnlosen Tod ausgesetzt zu werden. In Absprache mit dem Polizeipräsidenten Titus und Clemens, Chef der Roten Augen, unterstand das Regiment nun dem Kommando von Theben und der genannten Spezialeinheit der KP. Es musste so kommen. Sie wussten, dass sie irgendwann in diese Lage geraten werden. Sie waren sich sicher, Widerstand zu leisten. Die Kommunisten waren dabei auch nicht ohne Schuld. Sie suggerierten ihnen, dass es sinnlos ist für diesen Krieg zu sterben und es eine schlimme Tat sei gegen das eigene Volk zu kämpfen. Das war aber nur eine Taktik von Volgin mehr Unterstützung zu bekommen, ansonsten hätte er veranlasst, gegen Verus zu kämpfen, um des Kommunismus Willen.

Er war mit seinen Äußerungen schon immer missverständlich, aber aus rein taktischen Gründen. Doch war er beunruhigt darüber wie Athen darüber reagieren würde. "Vielleicht sind wir zu voreilig...

37. Osmanen an Korinths Toren!

Aber nicht um es zu erobern, sondern Verus den Nährboden zu entziehen und die Ordnung wiederherzustellen. Dies geschah, nach einem längeren Vormarsch, bei Sonnenuntergang am 2. November 2036. Überall um die Stadt und in den Vororten besetzten sie Stellungen und schlugen Nachtlager auf. Die Bevölkerung schien gänzlich überrascht, doch es gab weder Protest noch Widerstand - die Regimenter waren alle in Richtung Südosten abgezogen, um Decimus zurückzudrängen und in Athen einzumarschieren. Die Stadtmilizen wagten es nicht, Widerstand zu leisten und in der Nacht zum 3. November 2036 versammelte sich der Stadtrat von Korinth in einer Sondersitzung, wie man diese Situation retten könne, bevor sie eskaliert. Verus und Herius waren immer noch in Thessaloniki vertreten und gaben die Befehle von dort aus. Damit keine Warnung nach Thessaloniki gelangt, wurden in derselben Nacht die Telegrafenverbindungen Richtung Osten gekappt und die Stadt mit Truppen umstellt. Der Stadtrat beschloss Verhandlungen mit den osmanischen Kommandanten aufzunehmen und schnellstmöglich diese Blockade zu beenden. Außerdem wurde der Stadtmiliz befohlen keinen Widerstand zu leisten, sondern den Truppen den Weg zum Stadtzentrum zu sichern.

Ein Teil der osmanischen Heeresgruppe sollte nun am nächsten Morgen weiter in Richtung der "aktiven Front" marschieren und die Verus-Regimenter auf den Marathonnischen Feldern überraschen und sie zum Rückzug nach Thessaloniki zu bewegen. Am nächsten Morgen näherte sich der Kommandant der Osmanen mit 5 Gefolgsleuten dem Stadttor und verlangte Eintritt. Das Tor öffnete sich und innerhalb der Hauptstraße zum großen Platz bildete sich ein freier Gang. Die Menschen rechts und links wurden von den Milizen angehalten, den Weg freizuhalten. Viele guckten erstaunt und auch glücklich, dass es zu keinem Blutvergießen gekommen ist und man in friedlicher Absicht käme. Sie wussten schon, was sie wollten: Verus Herrschaft beenden. Einige riefen: "Er hat uns alle angestiftet. Wir wollten ihn gar nicht!". Was mehr wie eine bloße Ausrede klang, so dachten die Osmanen.

Die ansässigen Kapitalgesellschaften in Korinth sahen ein, dass es ein Fehler war Verus zu unterstützen, und gaben selbst von sich aus bekannt, niemals finanzielle Leistungen überwiesen und Kriegsmaterial produziert hätten. In der Versammlung sollten auch einige von ihnen anwesend sein. Sie kamen an einigen Gebäuden vorbei, sowie auch dem zerstörten Kompassgebäude der KP und die Osmanen fragten sich im Stillen: "Ist das alles dem Verus zu verdanken? Ja, das finden wir noch heraus. Ich denke nicht, dass es hier niemanden gibt, der es nicht billigte. Mit freundlichen Grüßen wurden sie am Tor des Rathauses von Stadtratsmitgliedern empfangen - "wohl nur Schmeicheleien" meinte der Kommandant.

Sie kamen in der großen Versammlungshalle zusammen und die Osmanen verlangten sofortige Aufklärung und trugen ihre Befehle und Forderungen vor. Mit lauten und harten Worten: "Sie sind nicht in der Lage, auch nur irgendetwas zu leugnen, zu beschönigen oder sich aus dieser Sache raus zureden. Wenn sie nicht bei der Wahrheit bleiben, so wird ein internationales Gericht über Sie urteilen. Die UNO ist der Auffassung, dass sie im erhöhten Maße dazu beigetragen haben, dass Verus eine solche Macht gewinnen würde. Finanzielle Mittel flossen und sie haben sich auf ein

Komplott geeinigt, gegen Generalsekretär Claudius und den Grundpfeilern der Republik vorzugehen. Daneben Unterstützung eines Bürgerkrieges, Verschwörung und Verbrechen. Im Auftrag der Weltvertretung sind wir dazu veranlasst worden, seine Herrschaft und diesen Krieg zu beenden. Nach Zeugenaussagen haben sie auch mitgeholfen die sogenannte Kompassleitung der KP aus Theben unrechtmäßig zu verurteilen und die Zerstörung des Gebäudes zuzulassen. Sie sollen nun auch schon längst erschossen worden sein. Laut UNO-Beschluss ist es rechtskräftig gegen diese Dinge vorzugehen. Nun erbitten wir ihre Antworten!"

Die Mitglieder des Stadtrates zögerten und zeigten ihre Scham sichtlich und konnten sich nicht wirklich raus reden. "Verus hatte uns nach dem Bau dieses Grenzzaunes klar gemacht, dass Claudius uns hier im Norden im Stich lässt. Allen Menschen hatte er propagiert, dass man dagegen ankämpfen müsse und uns sagte er, dass Claudius die Stadträte und Streitkräfte mit einem Schlag im Stich gelassen hätte. Wir wollten Rache dafür und glaubten ihm, dass er vieles besser machen könnte in der Griechenland-Politik, nun wissen wir das es falsch war, ihn zu unterstützen." "Dadurch entziehen sie sich nicht der Verantwortung. Sie haben es vollendet und nicht angezweifelt, nicht kritisiert." "Er hätte uns mit seinen Militärs bedroht und eingeschüchtert. Wir konnten nichts anderes tun, um uns selbst zu schützen. Das Kompassgebäude wurde von uns toleriert, aber nicht von seinen fanatischen Anhängern, die sich wahrscheinlich immer noch in dieser Stadt versteckt halten. Deswegen zündeten sie es an, aus ideologischen Gründen und vergangenen Tatsachen, und riefen ein Gericht zusammen, in dem wir Urteile fälschten sollten und die Kompassleitung

186

unrechtmäßig verhafteten. Am Ende wurden sie erschossen. Wir haben einfach nur zugeschaut." Die Osmanen forderten den sofortigen Rücktritt des Stadtrates aus der Hauptverwaltung, Korinth solle vorläufig einer Militärregierung der Osmanen unterstehen, bis die Ordnung wiederhergestellt ist. Generalsekretär Claudius hat danach die Aufgabe selbst über die Zukunft Korinths zu entscheiden. In vielen Punkten wollten die Osmanen dem Stadtrat nicht glauben und den Angehörigen der Kapitalgesellschaften. Mit sofortiger Wirkung wurde die Wirtschaft Korinths gegen die Verus-Herrschaft umgeleitet und die Vorstände dazu angehalten, Verus nicht länger zu unterstützen.

Trotzdem entschieden die Osmanen die Kriegsunterstützenden Verantwortlichen, die bis jetzt auch die Herrschaft von Verus toleriert hatten, vor ein internationales Gericht zu ziehen, genauso wie Verus und Köpfe der Nationalisten, wenn sie dann verhaftet werden und kapitulieren. Doch bis dahin sollten sie warten und Widerstand gegen ihren alten Gönner leisten.

Als erstes sollte Letzterem geholfen werden, damit die Bedrohung Athens verdrängt wird. Verus erfuhr nun von den Ereignissen in Korinth und glaubte langsam, dass sich das Blatt gegen ihn wendete. Die Intervention der UNO-Truppen überraschte ihn sehr, sowie auch seine anderen Helfers Helfer, die nun selbst kalte Füße bekamen, sie könnten von Generalsekretär Claudius und einem internationalen Gericht verurteilt und bestraft werden.

Aber Verus wollte so schnell nicht die Waffen niederlegen, sondern bis zum Ende abwarten und kämpfen. Herius warnte ihn davor, dass nun auch die Kapitalgesellschaften, die sie wirtschaftlich unterstützten, einen Rückzieher machen könnten. Es gab Gerüchte in den

Vorständen darüber, wie man Verus ausbooten und sich gegen ihn wenden könnte, nur um nicht als möglicher Mitläufer und der Mittäterschaft eines Putsches bezichtigt zu werden. Alles war in Angst, das Volk von Thessaloniki war mehr als beunruhigt über die Situation. "Noch kämpfen wir gegen Decimus und haben noch eine Chance uns durchzusetzen." Verus.

Dies war reine Propaganda. Er selbst glaubte an keinen Sieg mehr und war sich sicher die Kommunisten hätten all dies eingefädelt, nur um ihn weiter zu schwächen. "Ich wollte eine andere Zeit beginnen lassen, mit mir als Retter Griechenlands, doch die Welt will mich nicht als Herrscher sehen, weil ich möglicherweise einen Krieg anzetteln könnte gegen sie. Das glauben sie! Aber wissen sie es auch genau in ihrem Wahn von Vorurteilen? Die Kommunisten werden immer stärker, aber darauf schauen sie nicht und ich hatte alles daran gesetzt ihre Macht einzudämmen und sie auszuschalten. Sie schauen nur auf mich und meine möglichen Taten. Es sei nicht gerecht. Nun ist zu spät." Verus im Monolog am 11. November 2036. Herius konnte die Kapitalgesellschaften und den ehemals rechtskonservativen Flügel der Roten Partei nicht mehr davon zu überzeugen die Verus-Nationalisten zu unterstützen und diese stellten ihre Zahlungen endgültig ein und verließen die Stadt schnellstmöglich.

Die Bevölkerung von Thessaloniki war dazu bereit sofort die weiße Flagge zu hissen, wenn die Truppen vor den Toren stehen und keine Gewalt zu riskieren. Immer mehr Anhänger von Verus wendeten sich von ihm ab, nur die Kämpfer und einige Militärs an der Südfront hielten noch zu ihm, weil sie von den jetzigen Ereignisse nichts erfuhren und weiterkämpften und die Front mehr und mehr nach Süden drängten, bis zu dem Tage des 15. November 2036, an welchem die Osmanen die Kampffront erreichten und von Nordwesten her auf die Felder einfielen. Der Versorgungsmangel bei den Verus-Soldaten und fehlende ärztliche Hilfen, Arzneien, Verbandszeug u.s.w. wirkte sich stark auf die Moral der Truppen und den vielen Verwundeten. Dazu kamen die schlechten Wetterbedingungen und die matschigen Bodenverhältnisse durch Dauerregenperioden.

Nachdem die osmanischen Truppen am Feldrand entdeckt wurden, kam es zu einer Absprache der Kommandanten am Abend des selben Tages, die sich einig darüber waren vernünftig zu handeln und nicht weiter Widerstand zu leisten und das Feuer einzustellen, zum Wohle aller Kriegsversehrten. Deshalb wurde am nächsten Tag eine weiße Fahne auf dem Lager der Truppen gehisst und sofort der Befehl raus gegeben nicht weiter das Feuer zu erwidern und Verhandlungen mit den Osmanen und Decimus standen an.

38. Der 16. November - Kapitulation ohne Blutvergießen

Die weiße Fahne der Frontsoldaten wurde respektiert und sämtliche Gegenwehr gestoppt. Die Ankunft und die Erscheinung der osmanischen Truppen lösten die Vernunft aus, ohne das es irgendeinen Schuss von deren Seite gab - der Bürgerkrieg war damit fast entschieden. Nur Thessaloniki "wartete" noch auf das Eintreffen der Soldaten. Es kam am Abend zu Verhandlungen zwischen den Kommandanten der 3 Armeen. Symbolisch wurden die Waffen aller Seiten niedergelegt, um zu bezeugen, dass Frieden herrschen wird und soll zum Wohle Griechenlands. Die Stimmung unter den Verus-Soldaten war getrübt und weder glücklich, noch unglücklich. Ihr fester Glaube an ein neues Griechenland unter Verus war nun zerstört und am Ende. Andererseits waren sie froh, dass das Blutvergießen zu Ende war und niemand mehr unter den Schmerzen des Krieges leiden musste.

Der Glaube an einen Nationalismus und nationale Einheit trübten mit der Zeit immer mehr, sei es durch Versorgungsengpässe und schwindender Moral dadurch. Alle hofften darauf begnadigt zu werden und nicht in die Missgunst von Claudius zu fallen. Viele glaubten, dass die alleinige Schuld bei den Offizieren liegt, die es darauf haben ankommen lassen, Verus zu unterstützen und ein mögliches Risiko einzugehen und nun jetzt am Ende wissen sie, dass ihr Plan gescheitert war. Doch nun war noch Thessaloniki dort und Verus mit seinen wenigen Anhängern. Die Armeeleitung der Osmanen wusste nicht, ob sie Widerstand leisten würden oder nicht. Deswegen sollte trotzdem auf die Stadt zu marschiert werden und Verus zur Verantwortung zu ziehen und seine Machtbefugnisse aufzuheben. Dazu gehörten auch seine Mitstreiter. Die Soldaten, die bis jetzt auf Seiten von Verus gekämpft hatten, sollten sich dazu verpflichten gegen ihren alten Herren vorzugehen, sowie auch die Offiziere, denen aber das Kommandorecht entzogen wurde. Die, die nicht an der "letzten Offensive" teilnehmen, wurde gestattet nach Hause zurück zu kehren und ihre Familien und Freunde aufzusuchen. Ein Truppentreueeid wurde von Decimus im Auftrag von Claudius abgehalten, damit es nie wieder zu einer solchen Gewaltaktion kommen würde.

Sie wurden auf die Republik vereidigt und schwören mit ihrem Leben der Republik auf ewig zu dienen, um sie zu schützen. Generalsekretär Claudius war sich aber sicher, alle Offiziere und Mittäter zu bestrafen und keine Amnesie zu verhängen, da sie verantwortlich dafür waren, die Truppen gegen ihn aufzusetzen. Der wahre Täter versteckte sich noch Thessaloniki und "alle Spuren führten zu ihm" - Verus. Seine Zeit war gekommen. Die Nachricht von der Truppenkapitulation erreichte auch Theben und Volgin war nun klar, dass auch seine Zeit kommen wird, aber zum positiven hin, nämlich einer politischen Macht in Griechenland. Doch noch wollte er die Folgen des Krieges auf das Bewusstsein des Volkes abwarten und so möglicherweise noch mehr Anhänger für seine Partei zu bekommen.

Und auch war unsicher, wie das Ende der Anti-Verus-Koalition ausgehen wird und mit welchen Folgen. Wird Generalsekretär das Versprechen einer politischen Teilhabe einlösen oder nicht? Schwierig war die Tatsache, dass Volgin diesen Krieg ignorierte und so mehrmals gegen die Bedingungen verstoßen hatte. Dazu kommt die Übernahme der Schutztruppe in Theben durch die Roten Augen.

Auch glaubte er durch die Kriegsfolgen für das Wirtschaftssystem und den Staatshaushalt und die dadurch entstehende Angst der Bürger, mehr Boden für eine erneute Hetze gegen die Regierung zu bekommen, so wie er es schon mal radikal propagierte und sich in den letzten Monaten nur absichtlich damit zurückhielt.

Womöglich ein erneuter "Propagandakreuzzug gegen die Sozialdemokratie" stand in den Startlöchern. Und als Rechtfertigung würde möglicherweise eine Brechung des Versprechens von Claudius zu sehen sein.

39. Feigheit und Verantwortungslosigkeit

Verus war am Boden zerstört und wandelte oft mit kleinen, aber schnellen Schritten durch seinen Verwaltungsstand. Die meisten hatten ihn verlassen und der Stadtrat plante eine baldige Übergabe und Unterwerfung. Er konnte sie nicht mehr dazu animieren, Widerstand zu leisten und nicht aufzugeben - seine Macht war am Ende. Ignoriert, verspottet und betrübt. So kann man seinen Zustand beschreiben. Der ehemals rechtskonservative Flügel war größtenteils nach Athen geflohen oder war untergetaucht, so wie viele Andere, die zu viel Angst vor Schuld und Strafe hatten, um auf irgendeine Weise ihre Schuld zu bekennen, sondern alle Verantwortung auf Verus abzuwälzen.

Verus fehlte die Kraft, etwas zu unternehmen und wollte sich auch selbst nicht dazu aufmachen zu fliehen. Er blieb im Rathaus und wartete sein Ende ab, zusammen mit einigen Gefolgsleuten wie Herius, der auch im Stich gelassen wurde, von seinen Anhängern. Die Schutztruppe von Verus hatte sich auch zum großen Teil abgesetzt und war ins Ausland geflohen oder zu Claudius, um möglicherweise begnadigt zu werden. Verus dagegen wollte sich nicht beugen, sondern lieber sterben als dies zu tun.

Das Volk von Thessaloniki unternahm nichts, um Verus zu stürzen. Sie wussten, dass es bald passieren würde. Die Tore stehen offen, die weißen Flaggen wurden gehisst und die Waffen von den Verteidigungskräften niedergelegt - kein Widerstand sollte geleistet werden. Verus kümmerte sich nicht mehr darum und unternahm nichts gegen diese Einstellung des Volkes. "Ich habe nichts mehr zu verlieren, außer mein eigenes Leben." Er würde sich keinem Gericht äußern wollen über seine Taten. Das war sein höchstes Ziel.

"Sollen doch andere verbluten und sterben. Sie haben nicht verstanden, warum der Kommunismus eine Gefahr ist und wenn er in baldiger Zeit das Land überschwemmt und Volgin den Schritt zur Macht tut, werden diejenigen es bereuen, mich als Gegenkraft ausgebootet zu haben. Wenn er die Macht erlangt, dann ist es vorbei mit der privaten Wirtschaft und dem Adel, für immer. Ich wollte euch davor schützen und habe gegen das Bündnis zwischen beiden Mächten gekämpft, um zu verhindern, dass sie ihre Ideen in die Tat umsetzen. Claudius hat nie eingesehen, welche Macht die Kommunisten ausüben und gewinnen könnten. Schon immer unterschätzte er sie, doch ich nicht. Hätten wir Athen eingenommen, dann wäre wir an die Macht gekommen und WIR hätten etwas unternommen, gegen die Roten zum Wohle aller." Verus im Monolog am Abend des 18. November 2036 in seinem Verwaltungsstand, nachdem er auch die Nachricht von der Kapitulation erhielt, durch einen Boten und das "sie" auf Thessaloniki zu marschieren

Am 19. November war Verus tot. Er hatte sich gegen den frühen Vormittag in seinem Arbeitszimmer erhängt. Herius fand ihn darauf und steckte sich dann selbst eine Pistole in Mund. Im Moment, als er abdrücken wollte, sah er vom Fenster aus Richtung Süden eine Marschkolonne am Horizont auftauchen. Dann fiel der Schuss und er brach zusammen. Nachdem der Schuss fiel, stürmten die beiden Wachen herein - es war zu spät. Nachdem der Selbstmord der beiden führenden Kräfte bekannt wurde, löste sich auch die restliche Gefolgschaft auf und floh aus der Stadt. Der Stadtrat enthob Verus posthum in einer Sondersitzung allen Bevollmächtigungen und löste die Gruppierung auf, die sich in ihre Einzelteile zerschlug, nun unorganisiert und ohne Führung war.

Die Leichen wurden heraus geschafft und verbrannt. Gegen Mittag marschierten die Truppen der Osmanen, Decimus und den ehemaligen Verus-Offizieren ein - es gab keine Gewalt, nur wie in Korinth einen Marsch auf das Rathaus, wo sie erwartet wurden. Überall wehten weiße Fahnen aus den Fenstern und es war still, wie die Nacht. Alle Augen blickten auf sie - diesen "Triumph" zu beobachten. Es war das Ende eines schrecklichen und erbarmungslosen Krieges, der letztendlich doch durch Vernunft und Verstand Aller beendet wurde. Ein Krieg ohne viel Sinn und Nutzen für alle.

Dafür war das politische Gleichgewicht (da Volgin auf Seiten Claudius stand - Noch) im Land und der Frieden wiederhergestellt, der bedroht war. Die Verhandlungen waren weniger erfolgreich für die Stadtratsmitglieder. Es wurde bekannt gegeben, dass Verus und Herius Suizid begangen haben und ihnen die letzte Ehre erwiesen wurde, die sie verdienten. Per Beschluss wurden die Vollmachten der Stadträte aufgelöst und die nördlichen Kommunen der Athener Regierung zugeschrieben. Der Schutzstatus der Osmanen blieb vorläufig vorhanden, bis der UN-Beschluss aller beteiligten Seiten ausgeführt wird. Generalsekretär Claudius wollte damit die zu stark vorangeschrittene Dezentralisierung des Staates eindämmen. Dazu kam noch das sämtliche Amtsträger ihres Dienstes enthoben wurden und Claudius sie durch proclaudianische Kräfte ersetzen wollte. Dabei vergaß er seine Versprechen bezüglich der Anti-Verus-Koalition mit Volgin und den Kommunisten, denen versprochen wurden sie würden nach dem Sturz von Verus einen Anteil an der "Beute" bekommen und mehr Mitspracherecht in der kommunalen Regierung ganz Griechenlands erhalten würde. Theben wurde eine Nichtigkeitserklärung am nächsten Tag mitgeteilt mit den

Begründungen: "Nichteinhaltung der vertraglichen Bedingungen, sowie Anstiftung zur Truppenübernahme und Übernahme der zugesicherten Schutztruppe."

Claudius hatte von den Befehlsverweigerungen der Soldaten gehört und wollte es nicht einfach dabei belassen, ein Auge zuzudrücken, sowie auch bei den Stadträten von Korinth und Thessaloniki und den Kapitalgesellschaften, die Verus unterstützten. Jetzt sollten die verschiedenen Bedingungen der UNO erfüllt werden, um den vorübergehenden militärischen Schutzstatus der Osmanen aufzuheben und den Einsatz der UNO-Friedenstruppen offiziell abzuschließen. Die KP-Führung reagierte auf das Schreiben zwar sehr verärgert, Volgin meinte aber, dass man erst abwarten müsse bis sämtliche Friedenstruppen abgezogen sind und man Ruhe bewahren solle. Das Schreiben wurde deshalb streng geheim behandelt, damit es keinen Aufruhr innerhalb der Parteibasis und der Bevölkerung gibt, der zum unüberlegten Handeln drängen könnte. "Unsere Zeit wird kommen. Wir sehen ja selbst, dass er zu weit gegangen ist und uns möglicherweise verleugnen würde. Aber das Volk nicht. Wir werden sehen, ob er die Folgen des Krieges meistern kann und wenn nicht, tun wir es." Volgin dazu am 20. November 2036. "Es sollte eine Partei geben, die die zersplitterten Nationalisten auffängt, damit sie nicht unkontrolliert von Staat und Partei "umher lungern" und Unruhe stiften." war ein interessanter Gedanke von Maximus.

3. Teil:

Entscheidungen zwischen Diktatur und Demokratie

40. Ende des Ausnahmezustandes und neue Gefahren

Das Ende des Krieges bedeutete zwangsläufig auch das Ende des verkündeten Notstands in Griechenland und die Wiedereinversammlung des Senates und sein Mitspracherecht, sowie die Erneuerung der ausgeschalteten Bürgerrechte und das Ende der diktatorischen Vollmachten des Generalsekretärs. Die Aufhebung des Notstandes nach dem Krieg war eine UNO-Bedingung. Dazu gehörte auch die Verbesserung der allgemeinen, sozialen Verhältnisse und eine bessere Demokratie mit mehr Volksmitspracherecht. Generalsekretär Claudius war bereit dazu die Notverordnung wieder aufzuheben, aber eine bessere Demokratie, die seine Macht stärker einschränkt als zuvor, nein. Er wusste, dass dieses Land eine starke Hand bräuchte, damit es nicht wieder zu solchen Unruhen kommen würde. So könnte er weiterhin das Militär benutzen um Ordnung zu schaffen, aber nicht wenn das Volk seine Politik und sein Kabinett zu sehr beeinflusst. Er suchte eine Möglichkeit, um eine bessere Demokratie und ein Sozialsystem zu vertuschen und auch gleichzeitig die Kommunisten politisch zu blockieren, damit sie unter Kontrolle bleiben.

Das Notverordnungsgesetz sollte offiziell von einem neugewählten Parlament abgesetzt werden. Die letzte Parlamentswahl zum Senat fand vor 17 Jahren statt, als Generalsekretär Rufus starb und Neuwahlen angesetzt werden mussten. Dazwischen gab es immer wieder Kommunalwahlen, die aber keiner wirklichen Legitimität des Volkes unterstanden, sondern mehr Scheinwahlen waren.

Das sollte auch gleichzeitig ein Symbol für die kommende Demokratie sein, die er wiedererrichten musste, um sie dann wieder auszuschalten, mit Mitteln, die ihm zur Verfügung stehen werden. Es sollte eine "gesamtgriechische" Neuwahl sein, mit allen Parteien, die sich in Griechenland befanden, außer der KP, die nicht "zusätzliche Unruhe stiften und keine politische Verantwortung auf höchster gesetzgebende Ebene einnehmen sollte." Das war eine Möglichkeit die KP weiterhin zu isolieren.

Davon war aber nicht die KBP betroffen, was Generalsekretär Claudius nicht ahnte - eine Chance für Volgin indirekt über die KBP ein landesweites Mitbestimmungsrecht zu bekommen und die Menschen zu überzeugen. Die Partei würde Unterstützung erhalten, um eine umfassende Wahlpropaganda zu planen und durchzuführen. Volgin musste die KP-Basis nur davon überzeugen, die Stimmen dem "Hilfsflügel" zu geben, was sogar eine Rückkehr des ehemaligen linken Flügels der Roten Partei in den Senat bedeuten würde (unter Aufsicht der KP natürlich)! Die Folgen des Bürgerkrieges sollten weitaus größer sein als erwartet, denn die Wirtschaft war einer stärkeren Inflation und Rezession ausgesetzt, durch die Unterstützungsgelder und die Herstellung der Kriegsmaschinerie. Es war den Kapitalgesellschaften im Sinn, die Gelder zurückzufordern und Claudius sollte die finanzielle Schuld von Verus und die Kriegskosten wieder tilgen, nicht zum Wohle des Staatshaushaltes, der schon angeschlagen genug war. Volgin war beunruhigt darüber, dass sich allmählich Gerüchte breit machten über die Nichtigkeitserklärung des Vertrages und man langsam schon genug wartete, dass sich der Einfluss verstärkt und sich nicht länger nur auf Theben bezieht. Daher wurde der Plan gefasst diese Gerüchte zu dementieren und zu erklären, dass die kommenden Wahlen eine neue Chance wären und diesmal wäre der Weg frei, in Korinth und Thessaloniki umfassende

Wahlpropaganda, natürlich für die KBP, zu machen, sei es mithilfe friedlicher oder gewalttätiger Hetze, Terror, Einschüchterung, Manipulierung. Der Kompasszirkel wurde dazu erneut einberufen, die Propaganda zu organisieren und wieder Stützpunkte einzurichten. Volgin war dazu bereit, Gaius und Sarius Latus, die Vorsitzenden des "sozialistischen Hilfsflügels", zu unterstützen und eine scheinbar mäßigere Form des KP-Parteiprogramms aufzustellen.

"Wenn die KBP die Wahl gewinnt, so ist es gleichzeitig ein großer Sieg für die KP." Volgin am 27. November 2036. Es bildeten sich noch andere Parteien neben der Roten Partei. Die ehemaligen Splittergruppen des rechtskonservativen Flügels schlossen ein Bündnis mit den hohen Wirtschaftsfunktionären im Norden, da Claudius von sich am 29. November 2036 in einer Kabinettssitzung auf die Forderung der Ableistung der Verus-Schulden nicht eingehen wollte. Die Rechtskonservativen schickten einen neuen Vertreter vor, Gaius Simplexus, ein Antikommunist und hoher wirtschaftlicher Funktionär des nördlichen Verbandes, der im Hintergrund arbeitete. Sie bildeten am 3. Dezember 2036 den "Schutzbund des privaten Eigentums der Wirtschaft", mit den Zielen Claudius in die Schranken zu weisen und den Mittelstand vor einer kommunistischen Staatseinheitsdoktrin und somit Staatseigentum zu bewahren. Das Kabinett Claudius beschloss zudem am selben Tag das Datum der Ausrichtung der Wahlen, nämlich den 9. Februar 2037 und auch die Ausschließung der KP. Bis dahin hatten die Parteien Zeit sich zu organisieren und Wahlkampf zu betreiben.

Ziel Volgins: Die Mehrheit der Kommunisten/Sozialisten, um eine Regierungsbeteiligung der KBP zu erreichen und Generalsekretär Claudius einzuengen – eine vorerst gewisse Zurückhaltung. Dazu gehörte auch

Hetze, Propaganda und die Unzufriedenheit durch die wirtschaftliche Belastung und schlechte Versorgung noch weiter zu schüren.

Die Folgen aber sollten den Grundstein für noch mehr Gewalt legen, nämlich durch Sprache und ein erneutes Aufglimmen der Gefahr der Roten, aus der Sicht der Demokraten und Kapitalgesellschaften. Doch sie ahnten wenig, wie sich die Macht der Kommunisten entwickeln würde und die neue Rechte nach der Verus-Zeit sahen diese als Gefahr an und strebten danach, etwas dagegen zu unternehmen. Innerhalb der nächsten Wochen schlossen sich immer mehr Splittergruppen, die vorher untergetaucht waren, aber gegen die nichts von Seiten Athens unternommen wurde, dem rechtskonservativen Wirtschaftsbündnis an. Dennoch ein sehr geschwächtes Bündnis durch die fehlende Mehrheit im Volk, die sich zeigte. Niemand war mehr auf eine rechte Partei gut zu sprechen und die Erfahrungen mit Verus untermauerten dies noch, sowie der Krieg selbst.

Die Kapitalgesellschaften suchten nach einer Möglichkeit ihre Schulden im erhöhten Maße als noch vorher auszugleichen und gleichzeitig gegen die Schuldablehnung von Claudius vorzugehen.

41. Beginn des Wahlkampfes

Die Propagandaabteilung der KP wurde neu aufgerüttelt, um alles rauszuholen an Kraft und Aufwand, die KBP in den Senat zu bekommen. Auch mit den wenigen finanziellen Mitteln der Partei musste ein Programm aufgestellt werden, das die Menschen in den Bann des Kommunismus zieht und ihre Ängste vor der Krise so effektiv wie möglich ausnutzt. Volgin würde dann für die KBP zusammen mit Sarius Latus und Gaius, das Wort ergreifen, aber in der Stellung eines "Hilfsredners". Maximus übernahm die Presseangelegenheiten und allgemeine "Kreativität" der Partei. Dazu zählten z.B. eine Parteizeitung, Plakate, Flugblätter, eine "Telegraphenpropaganda", die Organisation von Massenveranstaltungen und Aufmärschen in den Städten Griechenlands. Clemens und die Roten Augen bekamen die Aufgabe, einen reibungslosen Ablauf dieser Auftritte zu gewährleisten und mögliche Zwischenfälle zu vermeiden.

Zwischenfälle wie ein Angriff der konservativen Kräfte oder der Kapitalgesellschaften und auch der Polizeikontingente. Aber Volgin setzte mehr auf die Gewalt der Worte und der Sprache als auf körperliche Gewalt. "Das ist das Wichtigste überhaupt, um eine Seele des Volkes anzusprechen." Doch die Athener Regierung durfte nicht davon erfahren, dass die von der Parlamentswahl ausgeschlossene KP ihre "Schwesterpartei" unterstützt. Das sollte strengster Geheimhaltung unterliegen. Eine weitere Möglichkeit war der Plan Volgins über einen vorläufigen Parteiausweis für die KBP als KP-Mitglied möglichst viele Mitglieder in die Partei einzuspannen und eine stärkere Basis aufzubauen. Es entspreche einer legalen Angelegenheit. Innerhalb der Dezemberwochen sollten die neuen

Parteiausweise für etwa 70% der KP-Mitglieder ausgeteilt werden. So würden die Mitgliederzahlen der KBP sprunghaft auf ca. 1 Million ansteigen, was aber einen bürokratischen Massenaufwand darstellte.

Um dem entgegen zu wirken, wurden erst mal diese 70 % in die Listen der KBP eingetragen, ohne die Anfertigung von Parteiausweisen. Mit der Zeit sollten diese dann aber nachgereicht werden, um einen offiziellen Status zu erreichen. Vorrang hatten die Propagandaaktionen, die nun eingeleitet wurden. Man griff auf das Kreuzzugs - und Kompassprogramm zurück, da nun keine große Gefahr seitens der Rechten mehr drohte. Es kursierten Gerüchte darüber, dass die Athener Regierung eine Vollstreckung des Enteignungsgesetzes in Erwägung ziehe, wenn der neue Senat gewählt wird und die KP war darauf bedacht, die Angst der Unterklasse, der unteren Mittelschicht und der wenigen Kleinbauern auszunutzen. Eine Parole war daher auf einem Plakat in Theben innerhalb weniger Tage zu sehen: "Blockiert das Gesetz der legitimierten Ausbeutung. Deshalb nur KBP!", "Gaius oder Tod? Wähle und lebe oder sterbe, Arbeiter" oder "Lieber rot als tot, Genossen!". Plakate und Flugblätter gingen durch die Straßen und wurden aufgehängt, in Theben und auch bald in Korinth, denn der Kompass wurde damit beauftragt ein neues Parteinebengebäude dort bereitzustellen, aber für die KBP.

Dazu gehörte auch eine "propagandistische Großoffensive " in Korinth am 10. Januar 2037, aufgrund der Tatsache, dass die KP am selbem Tag vor einem Jahr gegründet worden war. Ein Großteil der Bevölkerung dort war schon in die Partei der Kommunisten eingetreten, nachdem die Stadt von der Verus-Herrschaft befreit wurde. So sollte nun auch der Rest überzeugt werden, dass es so nicht weitergehen kann.

Der Winter war auch eingebrochen und der soziale Hilfsdienst innerhalb der KP suchte nach einer Möglichkeit, um die Menschen, die weniger besaßen oder auf der Straße lebten, zu helfen. Ein ehrenamtliches Hilfswerk für Bedürftige, welches warmes Essen und Getränke, eine Gemeinschaft mit persönlichen Gesprächen anbietet. So auch eine Möglichkeit die Sympathie der Roten weiter zu verbessern.

In Athen ahnte Generalsekretär Claudius von dieser Entwicklung nichts. Die UNO beschloss selbst den Abzug der Truppen der Osmanen aus Korinth und Thessaloniki bis zum 7. Dezember, da die neue griechische Demokratie für die UNO in baldiger Zeit zu sehen sei. Nur ein kollektives Wahlkomitee wurde in die Botschaft Athen geschickt, um die Wahlen dann zu beaufsichtigen und das sie legitimiert sind. Freie Wahlen seit mehr als 17 Jahren, die Chance für Volgin die Republik endgültig in die Zange zu nehmen und für sich zu gewinnen.

42. Kommt für die Kosten auf!

Die Verluste der Kapitalgesellschaften stiegen in die Millionenhöhe durch die zu hohe Finanzierung des Bürgerkrieges und deren Parteien und um diese Verluste zu decken, sollte das griechische Volk, das ja selbst für diesen Krieg verantwortlich war, dafür aufkommen. Claudius hatte selbst die Rückzahlungsforderung abgelehnt und begann damit einen Fehler. "Wenn er nicht dafür aufkommen will, so wird es das Volk müssen. Und wer es sich nicht leisten kann, der wird damit leben müssen." Dazu sollten umfangreiche Preiserhöhungen für Grundnahrungsmittel und Bedarfsgüter und eine Steigerung der Produktions jenseits der Belastungsgrenze von Werktätigen in den Industrien gehören. Um dies zu erreichen, sollten die Arbeitszeiten maximiert und die Löhne weiter minimiert werden.

Dabei sollte keine Rücksicht auf das leibliche Wohl genommen werden und es war abzusehen, da die Masse des Volkes der Unterschicht angehörte und für jetzt schon geringe Löhne arbeitete, sei es in den Bergwerken im Norden, den Industriewerken im Osten des Landes und auch der Landwirtschaft, diese noch schwerere Last auf sich nehmen könne, anders als die kleine Oberschicht der Senatspolitiker und der Wirtschaftsfunktionäre. Vorher war es wenigstens noch möglich einigermaßen seinen Lebensunterhalt zu verdienen. Dazu gehörten aber auch nur die Städte Thessaloniki und Athen aufgrund der allgemein stärkeren wirtschaftlichen Kapazität im Osten des Landes. Theben und Korinth waren landwirtschaftlicher geprägt und vor dem Sturz der kommunalen Regierung in Theben waren die Landwirte den Forderungen und Bestimmungen der Kapitalgesellschaften unterlegen (hohe Preise, große

Gütermengen, unmenschliche und lange Arbeitszeiten) und nur wenige Bauern waren noch für sich "privat organisiert", die immer weiter aufgekauft wurden. 90% der Erträge gingen sofort in die Hand der Grundbesitzer.

Die Großgrundbesitzer wurden erst mit der Bodenreform des kommunistischen Stadtrates vertrieben. Korinth selbst war noch in ihren Fängen. Es war ein Teufelskreis. Die Masse arbeitete für Hungerlöhne, konnte sich so die überteuerten Lebensmittel und Bedarfsgüter nicht mehr leisten. Die Kommunisten sahen eine gleiche Verteilung der wirtschaftlichen Güter vor, deshalb ging es in Theben auch langsam mit den Lebensbedingungen bergauf. Ein großes Problem waren aber die eingestellten Hilfsleistungen des annullierten Vertrages mit Claudius. Volgin wäre erneut in einer Krise, falls die Reserven in Theben nicht mehr lange reichten, so dass er seine Sympathie verlieren könnte.

Daher rief er das Volk selbst zu Beginn des Wahlkampfes am 5. Dezember zu Sparmaßnahmen auf, versprach aber in baldiger Zeit ein Paradies, wenn alle Bauern und Arbeiter von den Kapitalgesellschaften befreit sind. Sie vertrauten ihm. „Gewinnt die KBP, kommt es zum großen Generalstreik gegen diese Wirtschaftsmächte. Komme was wolle!" Das Ende und der Abbau des Grenzstacheldrahts wurde eingeleitet, sowie der Abzug der regulären Truppen zurück in die Kasernen. Claudius lehnte sämtliche Begnadigungsversuche der höheren Offiziere ab, da für ihn Untreue und Hochverrat nicht begnadigt werden durften. Ihrer eigenen Reue wollte er keinen Glauben schenken. Daher wurden sie des Hochverrats angeklagt und verhaftet. Es kam noch schlimmer. Die Athener Regierung duldete in einer Presseerklärung sämtliche Maßnahmen der Kapitalgesellschaften und war nicht dazu bereit das Volk vor einem finanziellen Notstand zu schützen.

Claudius sah dies als Möglichkeit seine Sympathie bei den Konzernen wieder aufzubessern, nachdem er die Rückzahlungsforderung abgelehnt hatte. Am 15. Dezember 2036 ging die "Welle der Ausbeutung" los, ausgelöst durch einen kollektiven Vorstandsbeschluss der Konzerne. Lohnkürzungen um 50 %, Preissteigerungen um 50 %, höhere Exportleistungen, Maximierung der Arbeitszeiten auf einen 14-Stunden-Tag in den Industrien, höhere Landabgaben der Landwirte. Dies hatte auch zum Ziel die schwachen Devisen im Exporthandel aufzubessern, aber auf Kosten jeglicher Arbeitskräfte, die dies nun realisieren sollten - ein Kraftakt, der nicht zu stemmen sein würde.

Doch darauf achteten sie nicht. Es ging nur um den Profit und die werktätigen Menschen seien das ideale Werkzeug Profit zu mehren und anzuhäufen, ohne überhaupt an private, soziale Probleme zu denken. Soziale Kälte erzeugt Wärme in der Gesellschaft und der Staat selbst, die Institution der Volksvertretung, gibt keinen Schutz und kommt nicht aus den Fängen der Dekadenz heraus. Die Senatswahl aber würde ein Zeichen setzen, ein Zeichen im Sinne des Volkes, wovor sich die Kapitalgesellschaften fürchten sollten, aber es nicht taten und ihre wirtschaftliche Macht erhalten bleiben würde, wenn es keine ernsthafte und große Opposition gegen Claudius gibt. Der Wirtschaftsbund sollte auch in den Senat einziehen können und dafür jegliche Unterstützung der Konzerne bekommen. Was sie alle nicht wussten: Die Kommunisten und ihr starker Einfluss im Westen des Landes, den sie so unterschätzten. Sie wussten zwar, dass Theben wirtschaftlich nicht mehr in ihrer Hand war, aber auf längere Zeit würde diese Stadt auch nicht ohne wirtschaftliche Abhängigkeit leben können und so war es für sie nur ein vorübergehender Spuk. Das glaubten viele, auch Claudius neben der Athener Regierung.

43. Ratlosigkeit und Lethargie

„War es ein Fehler ihren Einfluss zu unterschätzen?" war als Frage eindeutig mit der Politik der Athener Regierung in Verbindung zu bringen. Generalsekretär Claudius forderte Rat von seinem Kabinett in einer Sitzung am 16. Dezember: "Es stellt sich die schwierige Frage dieser Zeit, jetzt nach dem Krieg: Wie geht man mit den Kommunisten in Theben um, nachdem wir den Pakt aufgelöst hatten? Wir stellten fest, dass sie uns nur brauchten, um sich zu nähren. Ihre vertraglichen Bedingungen erfüllten sie dabei keineswegs. Nun wollen sie anscheinend Rache üben, weil wir die alleinige Schuld daran haben sie im Stich gelassen zu haben. Sie verbreiten Lügen und das Volk glaubt ihnen das auch noch, selbst schon in Athen, wo wir noch etwas Kontrolle ausgeübt hatten. Die Parlamentswahlen werden wir womöglich dann verlieren, wenn wir nicht sofort handeln. Aber nur wie? Die Konzerne bilden ihre eigenen Flügel und die Rote Partei zerfällt mehr und mehr. Eine Regierungsbeteiligung der Roten kommt für mich nicht in Frage. Niemals!". Der Berater Meridius meinte aber: "Dann ist es vorbei mit unser Regentschaft. Früher oder später werden wir nachgeben müssen. Die Kommunisten meinen, sie könnten der Krise Herr werden. Warum sollten sie es nicht beweisen dürfen?" "Dann werden wir selbst, so gesehen, zum Tode verurteilt. Volgin hat oft genug bewiesen listig zu sein. Ich werde mich einem solchen jungen Knecht nicht beugen! Komme was wolle!" "Und das Volk?" Darauf antwortete er nicht mehr und schloss die Sitzung. Die Kapitalgesellschaften konnten in ihrem Handeln weder eingeschränkt noch bestraft werden. Die nötigen Kräfte im Wirtschaftsschutz fehlten und Claudius hatte jahrelang nicht an ihren Machtaufbau gedacht und blieb kurzsichtig, jetzt wo es vielleicht zu spät war einzugreifen. Finanzielle Not im Staatshaushalt durch Zinsverschuldung, hohen Militärausgaben, Korruption und mehrfacher Steuerhinterziehung der Konzerne, gegen die nichts unternommen wurde. Für alles machte man die Athener Regierung und die Konzerne schuldig, wenn man es nun aus der Sicht des Volkes betrachtet - eine neue Regierung musste her und Claudius weg. Wie ein Lauffeuer verbreitete der Kompasszirkel Propagandaschriften und Telegrammanschriften an alle Städte und Ortschaften außerhalb Thebens. Clemens mobilisierte die Roten Augen und Ortsgruppen bildeten sich scharenweise - der Terror gegen die Andersdenkenden und Widerständler begann, natürlich insgeheim und verdeckt. Dazu zählten nun neuerdings Presseakteure, die gegen die KP wetterten. Diese waren entweder freie Journalisten oder Leute, die vom Wirtschaftsbund oder der Roten Partei dazu angestiftet wurden. Sie sahen die Freiheit jedes Einzelnen in großer Gefahr, wirtschaftlich und sozial. Die Kommunisten dürfen nicht an die Macht kommen. Die Roten Augen machten zielgerichtet Jagd auf diese Leute und sie wurden im Hintergrund nach und nach eingeschüchtert, brutal erpresst und bedroht. Widerstand war kaum noch möglich, die Masse stand schon hinter den Kommunisten oder waren Sympathisanten. Generalsekretär Claudius durfte nicht noch einmal einen Ausnahmezustand ausrufen und Ordnung schaffen lassen. Die Polizei selbst war ein machtloser und auch selbst unzufriedener Apparat gegen die Regierung Claudius geworden, da in allen Bereichen die finanziellen Unterstützungen massiv zurückgingen und Lohnkürzungen im öffentlichen Bereich und Beamtentum an der

Tagesordnung standen. Die Öffentlichkeit sah den starken Mann als Notwendigkeit an, Claudius selbst hielten sie für diese Stellung nicht als angebracht und ihre Unzufriedenheit, sogar schon Verachtung und Hass, kam dem Siedepunkt näher und näher.

44. Der Welle der Ausbeutung folgt eine Streikwelle

Der Kompasszirkel warb in sämtlichen Städten für die Bildung von Gewerkschaften und Betriebsräten in den Konzernen, um diese durch Streiks und Massenproteste zu schwächen. In der letzten Dezemberwoche bildeten sich über 60 solcher Arbeitervereinigungen, vorwiegend in den Industrien in Athen und Thessaloniki. Zuerst geheim, um keinen Verdacht zu schöpfen. Deswegen wurde erst mal nach den neuen Arbeitsbedingungen gearbeitet, um die Konzerne nicht zu beunruhigen und etwas zu überstürzen. Mitglieder wurden gesammelt, Kontakte mit der KP und KPB geknüpft und geheime Hetzreden gehalten. Der Kompasszirkel unterstützte die neuen Gruppen und plädierte auf Geduld so lange es geht. Erst als die Erschöpfung und die Verzweiflung Herr wurden und der Winter dieses noch verstärkte, sah man keinen anderen Weg mehr als sich zu wehren und ein Zeichen zu setzen. Dieses Zeichen sollte ein sofortiger Generalstreik gegen die Konzerne sein, in Athen, Thessaloniki und Korinth mit Ziel verbesserter Arbeitsbedingungen, Preissenkungen und geringere Normen zu erreichen.

Am Morgen des 2. Januar 2037 marschierte eine Reihe von Arbeitern in einer Metallverarbeitungsfabrik auf und legten die Arbeit nieder. "Weg mit den 50%-Beschlüssen!" "Wer soll sich das noch leisten können!?", "Arbeiter reih dich ein und kämpfe mit uns!", "Alle Waffen gegen den Konzernstaat!" "Nun ist Schluss! Das Maß ist voll!" waren auf den Plakaten, die sie zusammen mit roten Fahnen trugen, zu sehen. Auch wurden Rufe laut, die ganz im Zeichen eines Wahlkampfes standen wie: "Wählt KBP um Claudius und seine Ausbeuter zu blockieren." "Nur mit den

Kommunisten eine bessere Zukunft. Volgin an die Macht!".
Menschenmassen schlossen sich den jeweiligen
Gewerkschaftsführern an und im Gleichschritt zogen sie
durch die Stadt. Auch andere Arbeiterschaften der jeweiligen
Unternehmen zogen aus und legten die Arbeit nieder.

So kam es das die Schlange immer länger wurde und
sie gegen Vormittag in Richtung Regierungsviertel zogen, um
den Stadtrat zu bedrohen und zum Handeln zu bewegen,
nötigenfalls ihn zu stürzen und eine Regierung der
Betriebsräte einzurichten. Nachdem die Meldung über den
großen Streik nach Athen abgesetzt wurde, ergriff der Mut
und der Wille zur Solidarität auch die Arbeiter dort. Scheinbar
unkontrolliert wurde der Osten Griechenlands von Streiks
überrollt und drohte in diesen zu ersticken - Zerfall der
öffentlichen Ordnung.

Generalsekretär Claudius rief am Vormittag erneut zu
einer Krisensitzung auf. "Wir haben keine andere Wahl mehr.
Das öffentliche Chaos darf nicht weitergehen, sonst droht
Anarchie. Ich denke, dass Verhandlungen unumgänglich
sind. Wir müssen nachgeben und auch versuchen die
Konzerne zu belangen." Warum kam Claudius auf einmal zur
Vernunft? wunderten sich viele in der Sitzung. Es war klar,
dass es seine Angst vor seinem Sturz war. Sogar den
Kommunisten im Westen wollte er Zugeständnisse machen,
jetzt wo alle Ordnung drohte unterzugehen. Die
Senatswahlen sollten vorgezogen werden und zwar auf den
20. Januar 2037, um schnell eine demokratische Ordnung
wiederaufzubauen und die innere Ruhe wiederherzustellen.
Frage war nur, ob die Konzerne sich mit Verhandlungen
zwischen den Parteien (Arbeitnehmer und Arbeitgeber)
einlassen und überhaupt etwas verändern wollten. Doch es
sollte sich nicht zum Positiven entwickeln. Sie verweigerten

sämtliche Ersuche und die Vorstände boykottierten die Forderungsschreiben, die während des Vormittags aufgestellt und hingeschickt wurden. Die Situation drohte zu eskalieren.

Der Stadtrat von Theben und die KP unterstützten und befürworteten in einem Schreiben die Streikwellen, wie erwartet und forderten die jeweiligen Kommunalregierungen zum Rücktritt auf, sowie die Abschaffung der Vorstandsbeschlüsse. Claudius schlug daher ein „Treffen der Vier" vor, nämlich einen Vertreter der Kommunisten/Sozialisten, der Gewerkschaften, der Konzerne und ihm selbst als Staatsoberhaupt und Regierungschef. Gemeinsam sollte noch vor den großen Wahlen eine von Vernunft und Verstand gezeichnete Lösung - ein diplomatischer Versuch, das Chaos zu bändigen - gefunden werden, bevor das Land in diesem erneut erstickt und auseinander gerissen wird. Dieses Gipfeltreffen wurde für den 9. Januar angesetzt, in den Konferenzhallen des Athener Senates. Bis dahin sollten die jeweiligen Parteien ihre Vertreter wählen und dorthin beordern. Gegen Mittag demonstrierten und streikten Tausende für bessere Arbeitsbedingungen und gegen die hohen Preise vor dem Rathausgebäude in Thessaloniki.

In Athen zog eine Gruppe wütender Arbeiter durch das Regierungsviertel ohne Widerstand seitens der Staatsgewalt. Erst als die Streikenden "angeblich" zu radikaleren Maßnahmen wie Brandstiftung und Gewalt aufriefen, wurde die Lage bedrohlich, besonders in Thessaloniki, wenn man es aus der Sicht der Sicherheitskräfte betrachtet. Der Kommandant der Polizeikontingente dort, Cornelius, trifft kurz darauf eine Entscheidung, nämlich auszurücken und die angeblich radikalen Demonstranten zu stoppen und sie sogar niederzuknüppeln, um Ruhe und Ordnung wiederherzustellen. Das er den Befehl ohne Vollmachten und Befugnis ausführte, wurde ihm dabei nicht mehr bewusst. Er war sich mehr seiner "eigenen" Pflicht bewusst in eigener Sache zu handeln und nicht länger etwas zu tolerieren. So rückten ca. 1000 mit Schlägern bewaffnete Sicherheitskräfte in Richtung Zentrum aus, um Schlimmeres zu verhindern. Die Straße sollte zum Schauplatz eines kleinen, zweiten Bürgerkrieges werden, mit all seinen bitteren Folgen.

45. Der Massenstreik wird niedergeschlagen

Was dann kam, konnte niemand ahnen und sich auch nicht vorstellen. Während die Streiks in Thessaloniki weitgehend friedlich abliefen, kamen aus den Seitenstraßen zum Zentrumsplatz mehrere Reihen von mit Schlagstöcken bewaffneten Polizisten und Milizen. Von allen Seiten kamen sie und schnitten sämtliche Fluchtwege ab. Und in dem Moment dieses Anblicks und der drohenden Verzweiflung, brach eine unbeschreibliche Panik in der Masse der Streikenden aus. Cornelius hielt sie alle für gefährliche Radikale, auch wenn sie nur in friedlicher Absicht demonstrieren und streiken wollten. Diesen Fehler sah er nicht ein und forderte ein rücksichtsloses Vorgehen, um die Menschen auseinander zu treiben.

Ohne jegliche Vorwarnung prügelten sich die Polizisten durch einen Pulk von Menschen, die selbst versuchten wegzulaufen, aber es nicht konnten, da sie eingekreist und mit aller Härte attackiert wurden. Jeder der zu Boden fiel, war dem Getrampel der Anderen hilflos ausgeliefert. Mit Schlagstöcken schlugen sie die Leute nieder, die sich nicht mehr wehren konnten und weinten, flehten dass sie aufhören sollten. Doch niemand hörte auf. Manche retteten sich indem sie durch die Reihen brachen, weglaufen konnten und nicht weiter verfolgt wurden. Es war nicht mehr zu beschreiben, als die Situation völlig eskalierte. Obwohl der Streik zerschlagen war, ging die Gewalt weiter, ohne Rücksicht darauf, dass die Streikenden und Demonstranten schon längst keine Kraft mehr hatten und in der Lage waren dem weiter nachzugehen. Am Boden liegende Menschen wurden getreten, geschlagen und brutal misshandelt. Viele wurden in die Seitenstraßen gezogen und dort einzeln Gewalt zu gefügt. Man konnte sich nicht wehren.

Dann fällt ein Schuss, der alles verändern sollte. Ein Polizist verlor im Massengetümmel die Nerven, nachdem ein paar weitere dabei waren, einen jungen Arbeiter niederzuknüppeln und schoss den am Boden liegenden nieder. Einer sagte noch: "Bist Du wahnsinnig?". Denn damit hatte die Opposition im Land einen Grund gegen die Staatsgewalt desto mehr vorzugehen und die angeschlagene Republik noch stärker zu bekämpfen. Der Streik war gegen 14 Uhr endgültig zerschlagen, nachdem der Massenpulk auseinandergetrieben wurde. Hunderte Verletzte mussten ärztlich versorgt werden, hunderte wurden verhaftet. Die Rädelsführer wurden festgenommen auf Befehl von Cornelius. Im Stadtratsgebäude war die Stimmung empört. Cornelius durfte mit diesem Vorgehen nicht davon kommen. Er hätte es nie tun dürfen aus eigener Hand zu handeln und das auch noch gegen einen weitgehend friedlichen Streik. Und dann, als man erfuhr, dass jemand niedergeschossen wurde, war man verängstigt und beunruhigt, dass nun die Opposition einen weiteren und entscheidenden Grund besitzt, den Staat weiter in die Zange zu ziehen, als Rache für den Tod eines Genossen.

Und so kam es auch: Die folgende Nachricht erschüttert nicht nur die jetzt zornerfüllte Kommunistische Partei und den Stadtrat von Theben, sondern allgemein ganz Griechenland. Als Generalsekretär Claudius davon erfuhr, glaubte er an kein gemeinsames Gipfeltreffen und an eine diplomatisch-friedliche Lösung mehr. Um ein weiteres Chaos zu vermeiden, wurden die Verhafteten amnestiert, Cornelius für sein Vorgehen vom Stadtrat Thessaloniki zur Rechenschaft gezogen, sowie auch der angebliche Todesschütze und weitere verantwortliche Polizisten ihres

Dienstes mit sofortiger Wirkung enthoben und verhaftet, auf Anweisung Generalsekretär Claudius.

Die Athener Regierung war somit nicht mehr in der Lage der Krise Herr zu werden und Verhandlungen mit der Opposition einzugehen. Ein großer Teil der Amnestierten wanderten nach Theben oder Korinth ab, um dort Schutz bei den Genossen zu suchen und dem "Konzernterror" und ihren Beschlüssen zu entfliehen und von dort weiter Widerstand, sowie auch bei den kommenden Wahlen Unterstützung zu leisten. Doch der Tod des unbekannten Genossen war nicht rückgängig zu machen und entfachte nun eine unvergleichliche Wut in den Augen der Arbeiterschaft. Der Streik in Athen blieb wirkungslos, da sich zu wenig Arbeiter in die Reihen angeschlossen hatten. Er löste sich am selben Tag gegen den späten Nachmittag auf. Doch Tag für Tag nahmen die Mitgliederzahlen stetig zu und niemand wusste wirklich, wie man es weiter gehen sollte.

46. Eine Lösung der Krise?

Das Kabinett Claudius war gespalten darüber, wie man mit den Kommunisten und der Krisensituation umzugehen hätte. Die einen sagten, man könne die Roten in ihrem Handeln kontrollieren und sie auch gleichzeitig beruhigen, wenn sie eine Regierungsbeteiligung zugesichert bekommen, gegen den Willen von Claudius, aber auch mit der Hoffnung die Masse des Volkes zu erleichtern und ruhig zu stimmen. Die anderen sagten, dass die Kommunisten eine große Gefahr für das Privateigentum sind und eine Schreckensherrschaft gegen die Besitzenden folgen könnte, wenn man ihnen Verantwortung überträgt und man sie selbst nicht unterschätzen sollte. Daher sprachen sie sich auch im Namen des Schutzbundes der Wirtschaft und der Konzerne aus und standen auf Seiten von Gaius Simplexus. Alle wussten aber, wenn die Wahl vorüber ist, dann wird es sich entscheiden, welchen Weg man gehen muss und der Bund fürchtete dies. Der eine Teil des Kabinetts war darauf bedacht nach der Wahl gewisse Ordnung hereinzubringen und Gerechtigkeit mit der zunehmenden Opposition als "nicht mehr zu ignorierende politische Kraft" und dann mit sehr sicherer und großer Parlamentsteilnahme walten zu lassen, um Schlimmeres und eine Eskalation zu verhindern, sowie mit Verus, der sich eine Stellung erkämpfen wollte.

Einen weiteren Bürgerkrieg wollte niemand. Die Parteiarmee der KP, die Roten Augen, waren bis Anfang Januar auf eine halbe Million Mitglieder angewachsen und die Gewalt aus politischen Gründen auf der Straße nahm zu. Es kam zu mehreren, meist friedlichen, aber immer größer werdenden Protesten gegen die Regierung. Die KP-Führung lehnte die Einladung zum Gipfeltreffen ab, da für sie niemand mehr, außer der Opposition, ein geeigneter Verhandlungspartner sei. Doch das Angebot eines geheimen Treffens zwischen Volgin und einigen Kabinettsmitgliedern machte sie aufmerksam, da es zum ersten Mal und sonderbar war, dass direkt höhere Kollegen von Claudius und nicht mehr er selbst im Kabinett mit der Opposition sprechen wollten. Der Kompasszirkel verhandelte im Westen des Landes mit den neuen Gewerkschaften, organisierte weitere Demonstrationen, gründete neue KP (KBP)-Nebengebäude und war umfassend mit der Wahlpropaganda beschäftigt.

Am 9. Januar kam es zu diesem geheimen Treffen zwischen Teilen des Kabinetts Claudius, dem Stadtrat von Theben, den Führungen der KP und KPB und einigen Gewerkschaftsführern aus Thessaloniki, die sich abgesetzt hatten, im Großen Sitzungssaal des Rathauses von Theben. Volgin ging auf dieses Treffen ein, um sich das Angebot anzuhören, möglicherweise aber über Umwegen weiter zu gehen und seine Position über die "Steigbügelhalter" auszubauen. Er selbst traute den Vertretern aus Erfahrung und Ideologie nicht, wollte aber auch nicht eine Chance verpassen, wenn die Senatswahl vorüber ist und sich vielleicht eine neue Regierung mit der KP/KBP bildet. Sorge bereitete die mögliche Reaktion des restlichen Kabinetts von Claudius und der Konzernvorstände als Provokation oder Verrat der Ministerien. Daher sollte zur späterer Zeit der eigentliche Plan der "Ruhigstellung" und "Kontrolle der Linksextremisten" Generalsekretär Claudius erläutert werden. So wurde ausgehandelt, dass die KBP bei einem Wahlsieg 50 + x von 15 Kabinettssitzen 4 erhalten solle und sie das Mitbestimmungsrecht in noch nicht festgelegten Ressorts bekommen.

Volgin schlug ein, hatte aber einen weiteren Plan im Kopf, um Korinth "einzunehmen", auf die gleiche Weise damals hier in Theben. Dies verheimlichte er aber aus verständlichen Gründen. Mithilfe eines Schriftstückes wurde das angenommene Angebot abgesegnet.

Volgin hatte die Bedingung zu erfüllen, dass die Roten Augen ihre Aktionen einschränken und sie nicht länger die innere Gewalt schüren, um der Partei und der Bewegung Gehör zu verschaffen.

Auch der Kompasszirkel sollte seine Propaganda nicht länger als Mittel nutzen, um den Zorn der Gewerkschaften im Osten zu vergrößern und weiter gegen die Konzerne zu hetzen. "Es macht keinen Sinn gegen etwas zu kämpfen, was sie doch nicht sehr beeindruckt. Aus der Sicht der der Konzerne sind sie keine große Gefahr. Sie werden noch einsehen müssen, dass ich eine Kraft bin, die man nicht unterschätzen sollte. Wir haben sie aus Theben vertrieben und wenn wir sie aus ganz Griechenland vertreiben, dem Volk würde eine große, jahrzehntelange Last abgenommen werden. Sie müssen in die Schranken gewiesen werden mit allen Mitteln, die dazu nötig sind. Daran führt kein Weg vorbei." "Halten Sie sich zurück. Ein Teil der Athener Regierung ist derselben Auffassung wie Sie, aber noch hat Claudius jede Menge mächtige Leute hinter sich, auch wenn sich die Konzerne nun nach und nach im Schutzbund versammeln, zusammen mit alten rechtskonservativen-nationalen Kräften, Großgrundbesitzern und Adligen. Der Großteil sieht die kommunistische Kraft der Arbeiterschaft nicht als zu beachtende politische Kraft an." "Was aber auch daran liegt, dass besonders im Osten des Landes unser Einfluss noch zu schwach ist und viele Menschen zu viel Angst haben sich zu wehren. Der Tod des Genossen hat zwar alle geschockt und die Arbeiterbewegung aufgerüttelt, aber durch die Niederschlagung der Streiks erkennen sie auch, dass es sinnlos ist, in der Unterzahl einen noch größeren Widerstand aufzubauen und gegen die Staatsmacht zu kämpfen. Der Mut wurde ihnen genommen. Friedliche Demonstrationen und Streiks wie jetzt überall, die der Kompasszirkel organisiert stoßen meiner Meinung nach auf eine Wand."

Überrascht und mit dem schlechten Gewissen eine falsche Lösung angestrebt zu haben und die Reaktion Claudius abwartend, verließen die Kabinettsmitglieder das Treffen und reisten zurück nach Athen. Sie gaben trotzdem die Hoffnung nicht auf, die Arbeiterbewegung in einen Käfig zu zwängen. Alsbald wurden die Wahllokale festgelegt und die allgemeinen Verwaltungsaufgaben wie Wahlberechtigung und Schreiben verfasst und weitergeleitet, sowie auch die Wahllisten für die Parteien, die antreten werden. Wahlpropaganda und Werbung wurde zum Alltag der Menschen in den Städten, sowie auch Demos schon seit einiger Zeit. Auch der Schutzbund ersuchte Stimmen einzufangen und sich eine möglichst große Basis mit Reden, Plakaten und großen Gesellschaftsveranstaltungen der Obrigkeit aufzubauen. Die Unterklasse und die Arbeiterschicht wurden dabei nicht angesprochen. Der Schutzbund war mehr eine Partei für die Reichen und der Wirtschaftsobrigkeit, die noch genug Einfluss auf viele Arbeiter im Osten hatte, sowie den wirtschaftlichen Markt. Eine Abschaffung der zentralen Vorstandsbeschlüsse, ein Nachgeben und Einsehen, dass man zu weit gegangen ist, dafür setzte sich kaum jemand ein oder erkannte nicht, dass diese Streiks und Demos nur der Anfang waren. Diejenigen, die sich für ein Einsehen einsetzten wurden verspottet und ausgeschlossen, wie Außenseiter behandelt. Doch aktiv wehren, das traute sich niemand wirklich in diesen Kreisen, die das kritisierten. Angst um die Existenz, vor Erpressung und Einschüchterung der Wirtschaftskonzerne, die im Hintergrund ihre Fäden ziehen und ihre vermeintlichen Gegner in der Obrigkeit finanziell anlasten oder Gerüchte verbreiten. Daher glaubten alle, dass die Senatswahl alles ändern wird und die Konzerne nun endlich wach werden würden, wie es mit der "Meinung" des Volkes ihnen gegenüber steht.

47. Korinths Ende und Neuanfang

Kurze Einleitung: Der letzte Teil beinhaltet die Übernahme Korinths durch die KP/KBP mithilfe von weiteren Zwangswahlen, wie im Mai 2036 in Theben, die zur Absetzung des Stadtrates von Julianus Magnus führten und der Vorstände und Großgrundbesitzer im Umland. Daraufhin kommt es zu den ersten Senatswahlen seit der Ära Rufus mit einem Ergebnis, welches entscheidend den Weg für die Zukunft legen wird und des Volkes Willen in einer Form zeigen wird, die mehr als verdeutlicht, dass eine neue Ära anstehen wird. Aber die alten Kräfte des Staates geben so schnell nicht auf, bis es zur Eskalation der Wut kommt und nichts mehr so sein wird, wie es einmal war. Das Land steht vor der Bedrohung eines zweiten Bürgerkriegs.

Wir finden uns nun in Korinth, einer Stadt, die für das Bergwerk und Handwerk in Griechenland bekannt war, auch für den ersten Einzugsort der osmanischen Truppen damals oder auch dem Brandanschlag der Nationalisten auf Kompasszirkel.

Korinth geriet seit dem Ende von Verus Herrschaft im Norden mehr und mehr unter die Kontrolle der Roten. Der vorherige Stadtrat wurde wie damals von Claudius angekündigt, durch einen neuen Stadtrat ersetzt. Als Folge der stärker werdenden Dominanz war ein neues Kompassgebäude und Parteigebäude dort etabliert worden. Auch hier traf die Welle der Ausbeutung die Menschen. Viele Menschen sahen ihre Existenz bedroht und ihren finanziellen Ruin. Es schien keine andere Möglichkeit mehr zu geben als sich zu wehren, daher auch die rasche Mitgliedergewinnung der KP dort.

Das Volk wurde durch Parolen und dem Parteiprogramm aufgerüttelt und Volgin gab Allen eine bessere Zukunft in Aussicht und langsam den Mut, sich zu wehren. Noch war die Lage aber nicht eskaliert und ein Aufstand wie in Theben geschehen. Gewerkschaftsführer aus Athen und Thessaloniki versammelten sich hier und bereiteten zusammen mit Volgin und der KBP einen weiteren "Putsch" schon vor den Wahlen vor. Die Adel und Wirtschaftsfunktionäre der Stadt und der Stadtrat waren über diese Treffen nicht informiert, es blieben geheime Treffen, die aber nun am 13. Januar 2037 in einer Massenaktion auf dem Hauptplatz endgültig in die Öffentlichkeit rückten. Es war eine große Wahlveranstaltung und ein Demonstrationszug gegen die Wirtschaft und der Obrigkeit Korinths. Volgin, Maximus, Gaius und Sarius Latus waren mit dem Kompasszirkel, der direkt der Partei und Maximus unterstellt war, seit dem einen Tag in Korinth dort. Die Roten Augen waren mit Clemens vertreten, die sich dort mit einer Ortsgruppe dieser Parteiabteilung in Verbindung setzten und das Geschehen beobachteten. Es waren Reden voller Solidarität, Volksbewusstsein und dem Hass auf die Wirtschaftsfunktionäre. Arbeiter vom Land, aus der Industrie, Bergarbeiter, alle versammelten sich, um den Reden zuzuhören. "Das Volk wird handeln, wir werden es organisieren, dass die jetzt noch so rosigen Zeiten des Korinther Stadtrates vorbei sein werden, noch vor der Wahl am 20." Tausende von Wahlplakaten wurden tagtäglich von den Scharen der Roten Augen, während sie durch die Straßen liefen in die Mengen geworfen. Menschen jubelten und klatschten: "Volgin und die Arbeiterfront an die Macht. Weg mit Claudius und seinen Geldhaien!"

Die Finanzierung des Wahlkampfes der Kommunisten erfolgte über eine Verschuldungspolitik. Zu etwa 1/3 wurde sie nur durch die Mitgliedsbeiträge und der 1-Denare-Abgabe aus Theben finanziert, sowie geheimes Plündergut des ehemaligen Adels und Banken von Theben. Der Rest blieben rote Zahlen bei den Helfern der Parteien und Unterstützer oder der Parteipresse - finanziell gesehen ging es der Partei und dem Stadtrat von Theben nicht gut. Das blieb aber geheim und nur dem inneren Kreis der Arbeiterparteien vorbehalten. Die Obrigkeit und der Korinther Stadtrat schaute der Entwicklung ohnmächtig zu, vom Aufmarsch und der Intensität der Inszenierung Volgins. Es fühlte sich niemand in der Lage dazu, es ihm gleich zu machen oder etwas dort gegen ihn zu unternehmen.

Clemens und Titus berieten zusammen mit der Polizei Korinths und der Stadtwache eine Übernahme durch die Roten Augen als neue Polizeieinheit. Korinth stand vor der Übernahme der Kommunisten. Mit aller Gewalt der Sprache, der Rhetorik und der Einschüchterung durch die Roten Augen. Der Terror im Hintergrund war allgegenwärtig und bald wagte niemand mehr eine falsche Meinung dort zu äußern, nicht nur aus Angst.

Es war auch so, dass Volgin seine Theorien so gut zum Volk brachte, dass ihre Köpfe „gewaschen" wurden und sie an die eigene Freiheit nicht mehr dachten, sondern sich mit der Gemeinschaft der Arbeiter solidarisierten und darauf eingestimmt wurden, die eine, eigentliche Volksklasse unter der Partei zu bilden. Das wurden ihnen suggeriert und wenn nötig auch erzwungen. Den Einzelnen schwächen, durch die Masse der Gemeinschaft - das Prinzip der Partei.

Faktisch wurde Korinth von den Kommunisten kontrolliert. Der Stadtrat selbst war nur optischer Schmuck und zum bloßen Rest der Claudius-Ära degradiert worden. Im Gegensatz der Oberschicht blieben sie dort im Rathaus und warteten auf das Ende. Der Stadtadel floh Richtung Athen, war aber auf dem Weg schwerer Demütigungen und Attacken des Volkes ausgeliefert. Die Kapitalgesellschaften räumten nach zunehmenden Protesten der Belegschaften das Feld und zogen ab. Während der Woche organisierte die Gewerkschaft der Partei die Wiederaufnahme der Produktion durch neugewählte Vorstände, den Betriebsräten, wie schon damals in Theben. Der Stadtrat unternahm dagegen nichts, Athen und Thessaloniki blieben ohne Kenntnis darüber, was dort konkret passierte und sollten auch im Sinne der KP nicht eingreifen dürfen. Ahnungslosigkeit vor dem Wahltag. Im Osten versammelten sich Adelsverbände und Wirtschaftsverbände, sowie die "alten" nationalen Kräfte unter dem Schutzbund. Ein Teil der Athener Regierung stand auf Seiten dieser Kräfte, ein anderer Teil auf Seiten von Claudius und einer gemäßigten Lösung des Problems, nämlich der "kleinen" roten Regierungslösung, das heißt der Teilbeteiligung der Kommunisten.

Durch einen geheimen Spitzel erfuhr Generalsekretär Claudius von den Ereignissen dort und war zum Schluss gekommen, dass die Roten eine Front im Westen gegen ihn anstreben und der Schutzbund gegen ihn steht. Er wusste, dass die Kommunisten nicht mehr mit paktieren würden, deswegen ersuchte er mit einem Vorschlag gegenüber dem Schutzbund und Gaius Simplexus. Er war bereit dazu, die Verus Schulden in Raten abzuzahlen, um Zeit zu gewinnen und sich zu verbrüdern, um die rote Flut zu stoppen. Er wies das Militär und die Polizei dazu an, die Situation in Thessaloniki und Athen zu überwachen und die Aktivität der Ortsgruppen der Linksextremen zu beenden und sie zu vertreiben. Eine gewisse Kontrolle übte er im Osten noch aus durch die Niederschlagung der Gewerkschaftsstreiks. Nach der Verkündung dieser Dinge im Kabinett am 14. wurde der Plan einer kleinen roten Regierungslösung aufgegeben, nachdem die Mitglieder es erfuhren und Claudius bis jetzt nichts davon wusste, aber Volgin sollte im Glauben gelassen werden, dass die Roten beteiligt werden. Der Schutzbund akzeptierte den Vorschlag und zwei Tage später wurde eine Koalition mit der Roten Partei eingegangen. Beide Gruppen waren sich einig, dass der Kommunismus nicht Herr über das Land werden darf. Es kam zu mehreren Übergriffen auf die kleinen Parteigruppen in Thessaloniki und Athen, die Gewerkschaften wurden endgültig zerschlagen und mit Waffengewalt wurden die Städte allmählich gesäubert und die Menschen eingeschüchtert und manipuliert sich nicht mit den Roten einzulassen. Diejenigen, die trotzdem Sympathisanten waren flohen in den Osten zu den Genossen. Mehrere Tausend Menschen verließen die Städte.

In Korinth wurde das Schicksal des Stadtrates besiegelt, am Tage des 18. Januar 2037, zwei Tage vor den Senatswahlen, durch die angekündigten Zwangswahlen. Wie schon in Theben war der zentrale Treffpunkt der Marktplatz und es kam zu einem regen Durcheinander der Menschenmassen. Reden wurden gehalten, Schimpfwörter gegen den Stadtrat geworfen und die Ortsgruppe der Roten Augen sorgte dafür, dass die Masse ruhig blieb. Maximus war als neuer Stadtratsvorsitzender vorgeschlagen worden mit einem weiterem Kollegium aus KP und KBP mit 8 Leuten, deren Namen hier unwichtig sind. Auf den Wahlzetteln war nur dieses Kollegium und keine weiteren Bewerber. Am Ende des Tages war schon nach kurzer Auszählung klar, dass die KP gesiegt hatte. Erst dann in der Nacht wurde das Stadtratsgebäude gestürmt und die "abgewählten" Mitglieder hinausgeworfen und aus der Stadt gejagt. Sie folgten der

Oberschicht nach Athen oder Thessaloniki. Korinth war nun unter der Kontrolle der Roten und jeder war zufrieden damit, bis auf die, die geflüchtet waren. Der Westen war nun "eingenommen" von der Arbeiterfront. Den Milizen und Militärs wurde freigestellt: Gehen oder Bleiben. Ein Großteil schloss sich der paramilitärischen Truppe der Roten Augen an, da sie keine Treue mehr zu Claudius empfanden und er die Krise nicht lösen und eine bessere Zukunft gewährleisten kann. Das hatte finanzielle Gründe, nämlich der Rationalisierungspolitik der Gelder für alles und somit auch des Militärs. So war die Treue nicht stark genug, um die Angst vor einer Lebenskrise zu bewältigen. In Volgin sahen sie alle eine bessere Zukunft und Welt - ein Wunderdoktor eben. Maximus war nun an der Spitze Korinths, die Leute jubelten ihm und seinem Einsetzer Volgin, der in Theben an der Spitze stand, zu. Der Wahlkampf im Osten war lange nicht so groß angelegt, wie im Westen. Der Schutzbund konnte eigentlich nur die besitzenden Menschen ansprechen, die auch wirklich um ihr Vermögen und Besitz bangten.

Ganz anders die Masse, die entweder aus Angst und fehlendem Mutes neutral blieb oder mit den Roten sympathisierten, durch die Ereignisse der letzten Wochen, der Streiks oder der Konzernbeschlüsse. Claudius Ziel war es, die Roten dann im Parlament wegzudrücken, wenn sie sich der Verantwortung bewusst sind. Ein Kabinettsbeteiligung kam dabei nicht in Frage. Entweder Schutzbund und Rote Partei im Kabinett als Koalition oder gar keiner. Selbst wenn die KBP 50 + x bekommt, wird sie nicht an neuen Gesetzen arbeiten dürfen. Ahnte er etwa nicht, dass das die Wut endgültig ausbrechen lassen wird? Die Verleugnung, der Betrug? Glaubte er fest an einen Gegenschlag durch die antikommunistischen Kräfte? Die

Idee die KP von den Wahlen auszuschließen gelang nicht und es kam es Tag des Beginns der großen Wahl im Land, der 20. Januar 2037.

48. Die Woche der Wahl.

Hier ein paar Daten zur Wahl konkret. Es waren insgesamt 300 Sitze im Senat zu vergeben. Dazu kommen 431 Bewerber aus den Reihen der Parteien. Dazu zählten z.B. Sarius Latus, Gaius, Gaius Simplexus und andere, die nominiert wurden, von den jeweiligen Parteiführungen, auch der KP, aber dann unter die KBP gesetzt wurden. Die UNO war durch die Bedingung an Griechenland, nach dem Bürgerkrieg damit beauftragt worden, die Wahl zu überwachen.

Das heißt, dass sie frei, geheim, gleich und allgemein zu gelten hatte. Nur so wäre sie demokratischen Zügen entsprechend. Dadurch das nur diese Wahl überwacht werden sollte, waren die Ereignisse in Korinth belanglos und konnten nicht geahndet werden. Sie wurden nicht mal angesprochen. Die UNO-Beauftragten blieben dabei unparteiisch und wurden in die Städte gebracht. Insgesamt gab es 20 Wahllokale, die in den griechischen Städten eingerichtet wurden. Jedes einzelne bekam einen Überwacher der UNO, zusammen mit einem Geleitschutz. Volgin wies selbst darauf hin, die Wahlen ohne irgendwelche Zwischenfälle ablaufen zu lassen und befal Clemens und seinen Männern ruhig zu bleiben und eher dafür zu sorgen, dass die Sicherheit im Vordergrund stand.

Der Kompass, der während des Wahlkampfes mitverantwortlich für die Publikation und Propaganda war, war weiterhin für Öffentlichkeitsarbeit verantwortlich und so gesehen nun das Sprachrohr für ferne Länder. Das Kompasskonzept sah als neues Ziel nun auch vor den Kommunismus und seine vertretenen Parteien im Ausland publik zu machen, denn Volgin war im Ausland noch nicht allzu sehr bekannt. Insgesamt sollte der Urnengang sieben Tage dauern und weitere 4 Wochen der Auszählung darauf folgen, da die Kommunikation über Post oder Telegraphen lief und eine schnelle Übertragung nicht möglich war und die weiteren Aufgaben wie Statistiken und Sitzverteilung einer sorgsamen Bearbeitung bedurfte. Das wusste man schon vorher. Der Wahlkampf während der nächsten 7 Tage war aber nicht beendet worden. Die KP/KBP würde sogar direkt an den Wahllokalen noch werben, jedenfalls in Theben und Korinth. In Thessaloniki und Athen ging alles einen gemäßigten Weg, da Claudius sowie der Schutzbund eine strenge Überwachung durchsetzten und nach und nach wurden die kleinen Ortsgruppen der Kommunisten, die ohne Schutz und genügend Zustimmung waren, eingeschüchtert und entschieden in den Westen zurück zu kehren, aus Angst vor der Kontrolle. Es war nicht mehr sicher in den Städten des Ostens. Claudius setzte sein Vorhaben durch, mit Hilfe des Schutzbundes von Gaius Simplexus und den anderen Konzernen, die nun endlich etwas unternehmen wollten, aber nicht erkannten, dass das Volk letztlich das Schicksal des Landes bestimmt und nicht die KP. Sie suggeriert das Volk nur dazu und es wurde nichts dagegen unternommen, das Volk auch auf die Seite Claudius zu bewegen.

Die Bedürfnisse und Wünsche waren belanglos und die Konzernbeschlüsse wurden weiterhin durchgesetzt zu Ungunsten der Beliebtheit. Viele gingen daher nach Theben oder Korinth, um dort Besserung zu erwarten. Dadurch kamen aber neue Probleme auf, die sich durch die Westbewegung der Menschen als Ursache ergaben. Hauptproblem war der neue Andrang, in die Städte, wo die Kommunisten an der Macht waren. Dazu zählten z.B. Ernährung und Unterkünfte der "Flüchtlinge". Als Konsequenz

232

wurden Notunterkünfte geschaffen, um vorläufig die Menschen unterzubringen. Der Sparkurs der Kommunisten, wurde ihnen suggeriert, sei nur vorübergehend. Ihnen wurde aber auch klar gemacht, dass das die Schuld der Claudianer sei und man sie für all das verantwortlich machen muss - Manipulierung und Propaganda. Die Partei versprach allen Besserung nach der Wandelzeit jetzt.

In Korinth wurden die Besitztümer der Großgrundbesitzer und der adligen Schicht auf die untere Schicht und Mittelschicht umverteilt und die Produktion wurde in die Hand der Betriebsräte gelegt. Durch diesen Akt der Großzügigkeit und der Gerechtigkeit der KP bekam sie noch mehr Zustimmung. Da aber die KP von der Wahl selbst ausgeschlossen war, gingen die Stimmkreuze alle auf die KBP, ihrer Schwesterpartei, die ordnungsgemäß daran teilnahm. Auf dem Wahlzettel fanden sich die Koalition aus Schutzbund und Rote Partei und die KBP, auch in Theben und Korinth. Die UNO-Beauftragten waren mitverantwortlich für die Austeilung, da jede Partei gleichberechtigt werden sollte und keine unterschlagen werden sollten, im Westen wie im Osten. Die Urnengänge begannen also, mit großem Andrang, am Morgen des 20. Januar 2037. Insgesamt gab es ca. 7,5 Millionen Wahlberechtigte ab 18 Jahren im Land.

Generalsekretär Claudius bangte bei dem Gedanken um das Ergebnis, glaubte aber das das Militär in der Lage wäre, nötigenfalls einen Aufstand niederzuschlagen, falls die Kommunisten mit Gewalt zu mehr Macht gelangen wollten. Das befürchtete man. Man war nicht dazu bereit, selbst wenn sie das Parlament übernehmen, ihnen eine Regierungsbeteiligung zu ermöglichen, woran selbige immer noch glaubten durch die Verhandlungen. Der Kabinettsflügel, der dies arrangierte war verunsichert und beriet im Geheimen einen Rücktritt in die Neutralität und Claudius den Rücken zu kehren, aus Protest und Angst vor einem weiteren Bürgerkrieg.

Sie ahnten, was er plante und wollten die Machenschaften nicht mehr länger mit ansehen. Das mögliche Enteignungsgesetz stand vielleicht bevor und es würde den Bogen der Geduld weit überspannen. Sie sahen in Sarius Latus, dem ehemaligen Senatskanzleichef, ein Vorbild und glaubten allmählich selbst: Claudius muss weg und die Kommunisten sollen ihre Chance bekommen. Die Masse des Volkes steht hinter ihnen, ca. 4 Millionen Menschen aus Korinth und Theben, die sich aktiv einsetzten oder auch nur Sympathisanten und Anwärter waren. Deren Stimmen war die Parteiführung sich sicher, dass die KBP sie bekommt. Auch nun durch die Menschenmassen, die im Westen ankamen, erhoffte man sich mehr Stimmen, was aber durch die neue Heimat und den nicht festen Wohnsitzen im Land generell nicht möglich war. Das bedeutete nicht, dass man schummeln konnte.

Die Verwaltungsarbeit war teilweise nicht ordnungsgemäß ausgeführt worden, so dass Unregelmäßigkeiten, wie gefälschte Wahlbescheinigungen oder Ausweisfälschungen vorkamen. Was auch keiner wusste, war, dass die KP selbst gefälschte Wahlzettel ausgab, an diejenigen, die neu ankamen. Sie wurden bewusst dazu gebracht, die KBP zu wählen und zu den Wahllokalen bewegt, dann würde alles besser werden und es nicht für immer bei Notunterkünften bleiben. Mitgliedschaften wurden gleichberechtigt für alle angeboten, in den Parteien, sowie den Nebenorganisationen. "Ihr werdet die Chance bekommen Rache zu üben, an dem, was sie getan haben. Ihren gierigen Schlund stopfen und Claudius, diese

Marionette, vertreiben. Schuld am Bürgerkrieg, Plan einer Massenenteignung, Tod eines Genossen. All das haben sie angestiftet. Unternehmen wir etwas, damit es nicht noch schlimmer kommt. Wir versuchen aber selbst die Wahl auf legale Weise zu gewinnen." Die Tage des Urnengangs verliefen ohne Zwischenfälle, die Ordnung wurde von beiden Seiten aufrechterhalten. Es gab aber immer wieder Aufrufe und Hetze gegen die Athener Regierung, dies war Normalität und Teil des Wahlkampfes.

Ein Generalstreik wurde angekündigt, sobald die KBP das Parlament und Volksvertretung übernehmen würde. Aber Volgin kamen neue Ideen, wie man die Partei regierungsfähig machen könnte, nämlich einer neuen Strukturierung des Parteiapparates, um eine landesweite und leichtere Verwaltung zu ermöglichen. Die Verfassungsänderungen standen schon. Bisher wurde die Partei folgendermaßen geleitet: An der Spitze steht die Parteiführung, mit dem Parteivorsitzenden, dem Arbeitermagistraten und dem Chef der Roten Augen, sowie 13 weitere Leute, die für Finanzen, Schriftverkehr und als Betreuer und Berater dienten. Daneben standen die Nebenorganisationen wie der Kompasszirkel, die Gewerkschaft "Werkschwadron Hammer und Sichel, die Roten Augen, der Studentenbund, die wiederum kleinere Vorstände hatten, sowie Ortsgruppen, die unter Gruppenleitern geführt wurden. Daneben dann die Schwesterpartei KBP mit dem Vorstand Gaius und Sarius Latus, die sich aber nach den Nebenorganisationen der KP richteten, sowie auch den Beschlüssen und Abkommen jener Leitung. Beide hatten als gemeinsames Großgremium einen Parteitag mit ca. 3000 Delegierten, die von der Mitgliedschaft ernannt wurden, nicht gewählt. Die Parteiführung selbst war von den Stimmen der Delegierten abhängig, aber auch nur dann, wenn der Parteivorsitzende sie auflöst. Darin waren auch jeweils Vertreter der Nebenorganisationen. Generell lag aber das letzte Wort bei Volgin selbst.

Die Formen der Parteileitungen sollten weiterhin bestehen bleiben. Um das System etwas zu vereinfachen, sollte der Parteitag selbst ein neues Gremium wählen, das wiederum die Parteiführung wählt, nämlich ein Zentralkomitee der KP als Zusatzgremium. Dieses könnte weitere Aufgaben, wie ein größeres Sekretariat und Archivar übernehmen. Eine weitere Idee war es, die Rote Augen um eine Eliteorganisation zum Schutz der höheren Parteimitglieder zu ergänzen. Volgin gründete in einer Führungssitzung die Elitegruppe "Elite-Leibkompanie Schutz und Schild".

Clemens wurde damit beauftragt, die Besten der Besten aus den Roten Augen auszuwählen und sie in den Dienst der Leibwache der Parteiführung und der Führungen der Nebenorganisationen zu stellen, aber auch Sabotage, Spionage oder "verdächtige" Verräter näher im Auge zu behalten und sie auszuschalten. Etwa einer Einheit von 1000-1500 Mann sollten in die Elite hineingebracht werden, von den Roten Augen, die schon jetzt eine Mitgliederzahl von ca. 500000 Mann hatten und deren strikte Organisation militärisch ausgerichtet war und Clemens sich schon als eine Art General der Kampf- und Schutztruppe bezeichnete, mit absoluter Macht jeder Zeit zuzuschlagen mit einem Befehl Volgins. Die Disziplin war dabei ausschlaggebend und die Treue zur Partei. Größtenteils waren es junge Leute und Arbeiter von 17 bis 35 Jahren, die die Mitgliederbasis stellten, ihren Anführer stellten sie nie in Frage, trotz seines Alters, wovon die meisten ja nichts wussten durften. Daher war diese Organisation fast auch schon eine Jugendorganisation, deren Idee in der Wahlwoche mitberaten wurde, um die

Kinder des Arbeiters auf das Leben im Kommunismus vorzubereiten und seinen Sinn zu verstehen, warum er notwendig ist. Keinerlei Wahlergebnisse wurden vorher rausgegeben und am 27. Januar 2037 waren sämtliche Wahllokale geschlossen worden und deren Urnen zur Auslandsbotschaft in Athen gebracht. Dort wachte ein Kontrollgremium bestehend aus UNO-Botschaftern von Osmanien und Sumererland über die Auszählung, die sie selbst vornahmen ohne weitere Mithilfen. Die Auszählung und die Einrichtung eines neuen Parlaments konnte bis Anfang März dauern. Bis dahin war Stillschweigen angesagt. Die Ergebnisse sollten erst am letzten Tag verkündet werden. Überlange Statistiken sollten geführt, sortiert und geordnet werden Volgin rief zur Besonnenheit auf und keiner Randale. "Unser Generalstreik wird kommen, sobald die richtige Zeit gekommen ist und jene werde ich bestimmen." waren die ernsten Worte seinerseits zu den vielen Fragen der Parteischaft.

49. Triumph und Angst

Die Wochen der Auszählung verliefen ohne weitere Komplikationen im Land. Die Ergebnisse wurden am 5. März 2037 von der verantwortlichen Stelle, der Botschaft, herausgegeben und in den Zeitungen veröffentlicht. Da erschien Folgendes, welches wie eine große Bombe einschlagen würde und mit einem Schreck jener Athener Regierung.

Quelle: Die Wahlergebnisse der Senatswahl vom 5. März 2037

Auf die folgenden Parteien entfielen die Stimmen:

Koalition Schutzbund/Rote Partei: 41, 89 %

Vorsitzende: Gaius Simplexus, Generalsekretär Claudius

KBP: 58, 1 %

Vorsitzende: Sarius Latus, Gaius

Die Roten hatten die absolute Mehrheit bekommen und der ganze Westen tobte vor Freude und das Volk sah nun die Erlösung von dem Kapitalismus nicht mehr in weiter Ferne - das Ziel war erreicht, dass Parlament als nicht mehr zu ignorierende Kraft für ganz Griechenland in der Mehrheit zu besetzen. Überall waren Stimmen des Jubels dort zu hören. In einer öffentlichen Kundgebung am Tag darauf, kündigte Volgin in einer Rede zusammen mit Gaius die Zeitenwende des Jahrhunderts und das Menschenparadies in einer nie dagewesenen Kraft und Überzeugung an. Es war der befreienden Schlag, dieses Ergebnis, sich endlich wirklich wehren zu können. "Meine Freunde und Genossen dieser Bewegung. Unsere Zeit ist nun gekommen und die Klappen der Geschichtsbücher stehen offen, uns hereinzulassen und uns für immer zu verewigen, wir als Arbeiter, die die Ketten des Kapitalismus endgültig abschlagen würden und alle Menschen von diesem erlösen. Die Welt befindet sich im Umbruch, der Kapitalismus und alle seine verblendeten Anhänger, haben es zu lange darauf ankommen lassen, die Menschheit auszubeuten und ihre unstillbare Gier weiter auszubreiten. Nun schlagen wir tausendfach zurück und sagen ihnen folgendes: Eure Zeit ist abgelaufen und ihr habt eure Aufgabe erfüllt, nämlich den Hass der Menschen zu schüren und uns ins Leben zu rufen. Ich habe eine Vision von einer besseren Welt, in der alle Menschen gleichgestellt sind, sich freundschaftlich unterstützen ohne Gewalt und Konflikte, in einer Welt mit einer gemeinsamen Volksklasse, in der sämtliche menschenverachtenden Dinge und Gedanken nicht mehr Herr sind und jeder jeden liebt, ohne an sich selbst zu denken.

Eine Vision, für die es sich zu kämpfen lohnt, dann kommt der ewige Frieden für alle. Kämpfen wir und lassen wir es nicht weiter zu, dass sie ihren Schlund noch weiter stopfen können und das Leid noch größer wird. Helfen wir den Menschen, die nicht den Mut haben sich uns anzuschließen. Lassen wir sie erkennen, dass man für eine bessere Welt kämpfen muss. Durch die Gemeinschaft entsteht der Mut. Wir werden ihn wecken und jedermann aus der Sklaverei des Kapitalismus befreien." Die Kundgebung war von nicht aufhörenden Jubelrufen in der tobenden Masse begleitet. Volgin genoss es wahrlich, in jeder Sekunde, wie sie an

239

seinen Lippen hingen und die Macht zu haben die Massen zu bewegen. Mit Fackelmärschen und Fahnen, lautem Gesang, wurden die dunklen Straßen in Theben erhellt und erhört. In Reih und Glied marschierten Massen von Menschen nebenher, angeführt von den Roten Augen oder der neuen Eliteeinheit. Ein Aufmarsch, der ganz im Zeichen eines großen Triumphs stand, der nun eine Lawine in Gang setzte, die nun alles und jeden überrollen konnte. Niemand zweifelte dort mehr an den Einfluss Volgins. Er war eine Symbolfigur, ein charismatischer Führer geworden, der die Menschen bewegte gegen alles, was er wollte. Sie teilten mit ihm den Hass auf das, was er hasste und wofür man kämpfen muss - elektrisierte Seelen, die auf alles hörten, was er sagte. In Athen aber wurde genau das Gegenteil über diese Wahl gedacht. Die Athener Regierung, Claudius und der Schutzbund waren in einer Zwickmühle und sahen ihr Ende kommen. Bis auf einen, der nicht aufgeben wollte und immer noch an einen Sieg über die Kommunisten glaubte. Ihren Vormarsch, glaubte er, könnte man noch aufhalten.

50. Ein Appell an die Republik

"Die Kommunisten meinen, sie können das Land retten und beschuldigen uns, dass wir diese Krise heraufbeschworen haben. Da haben sie teilweise nicht unrecht. Jetzt wo Claudius eingewilligt hat, die Schulden von Verus vom Haushalt her zu bezahlen, sollten die 50%-Beschlüsse der Konzerne abgeschafft werden und wieder Arbeit gesichert werden, um diejenigen, die noch nicht in den Strudel des Kommunismus gelangt sind, auf die Seite der Republik zu ziehen. Ihnen muss klar werden, dass der Kommunismus die Diktatur sein wird, in der Volgin ein Terrorregime gegen alle "Ideologiefeinde" errichten wird. Eine Schreckensherrschaft wird folgen, wenn die Roten die Regierung übernehmen. Er ist zu allem fähig, dieser junge Mann. Eine politische Verantwortung in seiner Hand und niemand wird mehr sicher sein. Daher appelliere ich an die Republik selbst, den Werten von Freiheit, Demokratie und Recht, diese Katastrophe nicht zu zulassen und für diese Werte zu kämpfen." in einem Zusammentreffen am 8. März 2037 zwischen Schutzbund und der Roten Partei. Auch die Konzerne bekamen nun langsam ein Einsehen, dass man sich ändern muss und die Wirtschaft mehr zum Wohle des Volkes leiten muss. Sie gaben sich damit einverstanden, die Konzernbeschlüsse als wirkungslos zu erachten und sogar Preissubventionen einzuführen und die Preise zu senken, sowie neue Arbeitsplätze mit besseren Bedingungen und höheren Löhnen zu besetzen. Das bedeutete neue Tarifverhandlungen mit bestehenden Arbeitervertretungen, die Athen und Thessaloniki nicht verließen und untertauchten und sich nicht länger in Alltag eingemischt hatten. Claudius zog die Idee eines Enteignungsgesetzes zurück, um den Haushalt zu sanieren. Die sichtbare Arbeitslosigkeit war zu beseitigen und die Lebensverhältnisse zu verbessern. All dies galt aber nur noch in ihrem "Machtbereich" im Osten. Der Westen hatte sich durch die kommunistischen Stadtregierungen und Volgin so gesehen "unabhängig" gemacht, auch wenn das Territorium offiziell immer noch dem Staatsgebiet der Athener Regierung gehörte. Dies war ohne Belang. Es galt vielmehr zu sorgen, dass keine weiteren Städte in die Hand der Roten gelangen. Das schlimmste, was passieren konnte, war, dass sie Athen einnehmen und die Regierung stürzen, das Senatsgebäude besetzten. Eine zukünftige Regierungsbeteiligung der Extremisten, wie sie zwischen einem Kabinettsteil und der KP, vereinbart wurden, wurde erneut vehement abgelehnt.

Die Kommunisten selbst wussten davon nichts und warteten darauf, dass etwas in diese Richtung geschehen würde. Sie erfuhren das aber erst nach der 1. Parlamentssitzung am 15. März 2037, dass Verhandlungen aufgenommen werden, so lange bleibt das Alt-Kabinett kommissarisch im Amt - eine Lüge letztendlich. Volgin wurde allmählich misstrauisch und war verwundert über die viel zu lange Wartezeit und sein Plan eines Generalstreiks, den er angekündigt hatte, stand immer noch. Er suchte nur noch nach einen Vorwand mehr, der der Bewegung noch einen Ruck versetzt und den Hass weiter schürt, bis zum Siedepunkt.

Gaius Simplexus war der Meinung, dass einzig und allein das Militär die letzte noch wirklich wirksame Waffe ist, um einen Untergang der Republik zu verhindern. Im Westen des Landes hatten sich sämtliche Regimenter den Roten Augen und der KP angeschlossen. Nur noch auf den Gebieten Athens und Thessaloniki und deren Umgebungen waren noch Stellungen und Kasernen mit ca. 100000 Mann, die gleichsam Wehrpflichtige als auch Berufssoldaten waren. Dazu mehrere Geräte der Kriegsmaschinerie und Offiziere wie Decimus und anderen, die den Bürgerkrieg als Helden beendeten. Es gab aber auch welche, besonders in Thessaloniki, durch die Gewerkschaftsaufstände angestachelt, deren Treue zur Republik bezweifelt wurde und die Kontakte und die Sympathie zu den Roten als Gefahr angesehen wurde.

Man fürchtete ein baldiges, weiteres Loslösen dieser Kräfte, besonders jetzt durch den Wahlsieg und seine Energie, die er ausstrahlte im Zuge der "Triumphfeier" der Kommunisten, die im ganzen Land bekannt wurde und neue Sympathisanten anlockte. Am 10. März 2037 verkündete der Schutzbund in einer großangelegten Zeitungsaktion und Kundgebung in Athen und Thessaloniki, das Ende der Ausbeutung und den "Neuen Weg", deren Ziele geringere Preise, normale Arbeitsnormen, höhere Löhne, mehr Freiheiten für Landwirte und deren Produktion (dadurch geringere Abgaben), Stärkung des freien Unternehmertums neben den großen Konzernen, geringere Steuern, mehr Arbeitsplätze und mehr Konsum waren, um die wichtigsten zu nennen.

Das hatte zur Folge, dass im Westen die Menschen allmählich wieder Hoffnung bekamen durch die Maßnahmen, die auch in die Praxis umgesetzt wurden durch Schriften, denen Verkaufsstellen und den Landwirten überbracht wurden, von den Grundbesitzern und Fabrikanten. In denen standen Preisänderungen nach unten und die Angebote niedriger Abgaben und viele sahen die Situation wieder besser, nach den Schrecken des Bürgerkrieges und der finanziellen Verzweiflung. Auch die Idee eines

Enteignungsgesetzes wurde zurückgefahren.

Doch nicht alle wollten das glauben und zeigten Skepsis, dass es sich nur um Methode handle, den Roten weiteren Nährboden zu entziehen und Sympathie für das Parteiprogramm zeigten. Aber der Flüchtlingsstrom nach Westen ließ nach und ein Teil der Werktätigen, sowie Landwirte verließen ihre Höfe und Arbeitsstellen nicht nach den Ankündigungen des "Neuen Weges".

In Theben wurde dies ganz anders aufgenommen. "Glaubt ihnen nichts. Der Kommunismus ist der wirkliche „Neue Weg" zu einer besseren und menschenfreundlichen Gesellschaft, die wir anstreben. wurde von Volgin ausgerufen als Schlagwort nach dem die Nachricht von dem "Gesinnungswandel der Konzerne" am 12. März 2037 nach Theben und Korinth durchkam. Seine Rede wendete sich strikt gegen diesen Beschlüsse, die "größer als sonst eine Lügengeschichte in der Weltgeschichte sind, wenn nicht die größte überhaupt." So waren seine Worte. "Sie wollen uns nur in eine eiserne Front verwandeln, die nicht mehr weiter wachsen kann. Was auch bedeutet, dass sie unser Vorankommen nicht weiter ignorieren und sie Angst vor uns haben, was absolut berechtigt ist. Sie denken, sie könnten die Menschen von dieser Lüge überzeugen, aber ich sage euch: Es ist nur ein Trugspiel, bevor sie ihre Ausbeutung noch weiter und unbarmherziger gestalten, als sie es je war, nur um uns, die Gemeinschaft der Arbeiter und die gemeinsame Volksklasse zu schwächen. Und wir haben uns das Ziel gestellt, nämlich alle Kapitalisten aus diesem Land raus zu säubern und sie über die Grenze zu werfen, in ein Loch voll Dreck und Moloch." Volgin in Theben zu den Beschlüssen vom 10. März 2037. Er selbst dachte insgeheim, dass möglicherweise ein Vormarsch seinerseits noch aufgehalten werden könnte und zweifelte etwas, wie die Zukunft aussieht. Daher brauchte er die Unterstützung des gesamten Volkes. Über die Kabinettssitze sollte nach der 1. Parlamentssitzung entschieden werden. Wenn sie das verleugnen, eine Möglichkeit die er im Hinterkopf hatte, hatte er einen mächtigen Grund, um das Volk weiter zu beeinflussen und ihnen die notwendige Wut einzuflößen, um die Macht zu übernehmen. Doch er wartete ab, bis er den Vorwand in der Hand hatte. So glaubte er sogar ohne jegliche Gewalt über legalem Wege noch an die Macht zu kommen, wenn er zum Generalsekretär als Nachfolger von Claudius ernannt wird zusammen mit der Parteiführung der KP als Kabinett. So suchte er noch nach weiteren Vorwänden, das Volk aufzuhetzen. Dann wurden am 14. März die 300 gewählten Abgeordneten aus den Parteien nach Athen in den Senat berufen. Die KBP mit Teilen des ehemaligen linken Flügels der Roten Partei und KP-Mitgliedern, die die Partei auf Zeit gewechselt hatten und auch von der Parteiführung, den Stadträten aus Korinth und Theben kamen. Gaius wurde als Chef der Fraktion gewählt. Auf der anderen Seite der Schutzbund und die Rote Partei als Wahlkoalition und jetzt auch als Koalition im Senat. Am Tag darauf wurde zur ersten Tagung des neuen Senats gerufen. Auf der Tagesordnung standen Pläne einer Regierungsbildung, Lesung und Abstimmung über die neuen Konzernbeschlüsse, Zukunftsblick, sowie weitere Vorschläge und Meinungsaustausch der beiden Blöcke. Schon im Vorfeld war Claudius in einer Konferenz mit den Abgeordneten des Schutzbundes und der Roten Partei, wie man mit den Kommunisten umzugehen hätte und wie eine neue Regierung gebildet werden könnte. Es stand fest, dass sie trotz der Mehrheit im Parlament keine Regierungsbeteiligung bekommen würden und eine Minderheitsregierung des Schutzbundes und der RP erzwungen werden müsse, um die Kommunisten zu kontrollieren und sie in keine höheren, nationalen Ämter zu bringen.

Auch die KBP kam kurz vor der Sitzung in ein Gespräch. Volgin, Maximus, Clemens, der den Geleitschutz von einer Truppe der Roten Augen, sowie der Elitetruppe, organisierte, kamen dazu, durften aber selbst nur als Zuschauer dort antreten. Sie kamen zur Übereinkunft, dass einer Regierungsbildung mit den Kommunisten nicht auszuweichen sei und wollten sogar erreichen, dass Volgin, das Amt des Regierungschefs, des Generalsekretärs, übernimmt mit der Parteiführung der KP als Kabinett. Was sie aber nicht wussten, war, dass ein Komplott gegen sie geschmiedet wurde, um sie endgültig zum Schweigen zu bringen, aus der Sicht von Claudius und Gaius Simplexus. Teile des Militärs, der Polizei wurden von Generalsekretär Claudius eingeweiht, um diesem Spuk ein Ende zu setzen, als Trumpfkarte. Dazu zählte ein "Putsch" gegen Theben, um Volgin aus dem Hinterhalt anzugreifen und das Herzstück der Bewegung zu vernichten. Auch hatte sich durch die neuen Beschlüsse des "Neuen Weges" die Sympathie für die KP verkleinert, auf Grund der besseren wirtschaftlichen Lage und der größeren Zufriedenheit. Im Osten war die KP daher nicht mehr so beliebt, auch weil die Regierungen dort durch Agitation nun selbst gegen die Kommunisten wetterten, mithilfe von Zeitungen, Mundpropaganda und Hetzblättern, die die KP/KBP und Volgin verspotteten.

51. Die Verleugnung und Ende der Vernunft

Am Vormittag des 15. März 2037 zogen die Abgeordneten in den Senat ein, zusammen mit Zuschauern, dem Geleitschutz und Polizei. Vorne saßen die Regierungsmitglieder, Generalsekretär Claudius in der Mitte und die Mithelfer, wie Stenografen, der neue Kanzleichef seit Sarius Latus und Angehörige der Kanzlei. Eine kleine Glocke war um 11 Uhr im Saal zu hören, die die Mitglieder aufforderte ihre Sitze einzunehmen. Schon vorher schauten sich beide Blöcke skeptisch an und sie blieben unter sich. Es war bei weitem keine friedliche, freundliche Stimmung, doch die Sitzung sollte trotzdem durchgeführt werden. Man erwartete aber eine hitzige Debatte beider Parteien über die genannten Themen, wo zu es dann auch kam. Redner der Lager kamen zu Wort und präsentierten die Meinungen, dass der "Neue Weg" keinesfalls eine Zukunft hat und ein großer Schwindel ist, worauf die andere Seite wiederum gegen die Kommunisten stachelte, die den Beschlüssen auf keinen Fall zu stimmen wollten, sondern eigene Vorschläge machten, wie die Zukunft aussehen soll. Eine grundlegende Enteignung aller Konzerne und die Verwandlung der Privatwirtschaft in das Staatseigentum, sowie ein Großgesetz zur Einführung eines sozialen Versicherungsapparates, wie es Rufus damals schon durchsetzte durch sie Sozialgesetze 2010, die aber ihre Bedeutung in der Claudius-Ära verloren hatten, aufgrund der zunehmenden Dominanz der Konzerne und der Haushaltsdefizite. "Sie versprechen hier Dinge, die der Haushalt niemals tragen kann. Wir suchen schon einen Mittelweg, um die Menschen besser zu versorgen. Wir fragen Sie? Woher wollen sie das Geld für ein solches Unterfangen bekommen?" "In dem wir die Oberschicht enteignen und dem

Volk das geben, was sie wirklich und am dringendsten benötigten."

Die Abgeordneten des Schutzbundes brachen in tobendes Gelächter aus, sowie Claudius und ein Teil des Kabinetts. Manche blieben aber auch stillschweigend sitzen, da sie wussten, dass die Kommunisten nicht zu unterschätzen waren. Diese Demütigung konnte niemand ertragen und Volgin, im Zuschauerraum sitzend, war innerlich wutentbrannt, sowie Maximus und Clemens. Als der Tagesordnungspunkt einer Regierungsbildung angekündigt wurde, wurde Gaius Simplexus an das Rednerpult gerufen und verkündete laut: "Eine Regierungsbeteiligung der Kommunisten ist ausgeschlossen. Es haben auch nie derartige Gespräche stattgefunden." Ein Schock und zuerst tiefstes Schweigen im linken Flügel, dann die wutentbrannte Stimme von Gaius: "Ein Haufen von Leugnern. Das Volk wird zurückschlagen!" Nach dem brach Chaos im Saal aus. "Wir sind die einzige Kraft, die Konzerne, die Rote Partei und der Schutzbund, dieses Land wieder neu aufbauen zu können und nicht Sie. Niemals! Ihre Methoden....".

Ein Tumult voller Wut und Entschlossenheit. Sie erklärten die Sitzung selbst für beendet und Sarius Latus sagte: "Meine Herren. Wir gehen." Aus Protest räumten sie ihre Sitze und verließen geschlossen den Saal, während Claudius noch ausrief: "Würden die Mitglieder der KBP Platz nehmen! Würden Sie bitte wieder ihre Sitze einnehmen!" Doch dieser Bitte kamen sie nicht entgegen, auch nicht dem Hammerschlag von Claudius auf sein Pult, den er währenddessen mehrmals ausführte. Der Saal wurde geräumt, der Schutzbund und die Regierung empört von diesem Verhalten, und dass die erste Sitzung schon gescheitert war. Einige aber schauten dem beunruhigt zu, dass sie nunmehr auf eine andere Art versuchen zu bekommen was sie wollen.

Damit war auch das Parlament aufgelöst und musste neugewählt werden. Die Regierung Claudius blieb damit im Amt. Es wurde schon nach draußen ausgerufen und eine Nachricht nach Theben und Korinth geschickt: "Leugner. Ein Haufen von Leugnern. Dies werden sie bereuen." Volgin hatte dies schon vorher geahnt und sah nun den perfekten Vorwand in den Händen zuzuschlagen. "Kämpfen wir so, dass die Völker auf Erden mutiger werden durch unsere Tat." riefen sie noch durch die Straßen beim Verlassen der Stadt in Richtung Theben und Korinths. Drohte jetzt nun ein zweiter Bürgerkrieg? Volgin wollte einen friedlichen Wechsel. Doch nun standen sich die Kontrahenten, die gegen Verus zusammen arbeiteten, sich selbst gegenüber und Volgin war entschlossen das Land von Konzernen und Privatwirtschaft zu säubern, dass das Volk mehr von der Wirtschaft profitiert und nicht unter ihr leidet, wie es jetzt schon im Westen war - das System der Kommunisten. Nun muss ganz Griechenland dieses System annehmen, sowie eine überarbeitete Verfassung, wie sie schon bei den Roten vorlag umgesetzt werden, mit allen Mitteln, die dazu nötig sind. Das Volk wünscht es so, war ihre Ansicht. Ohne eine starke Hand wäre dies nicht möglich und Volgin strebte danach, das Amt des Regierungschefs zu bekommen und sein Kabinett einzusetzen, notfalls mit Gewalt. Doch wie schon gesagt, gab es noch das Militär, das eine entscheidende Hürde für Volgin darstellen sollte, sowie auch das Volk das nicht "rot" und von den Kommunisten nicht überzeugt war und den Beschlüssen des „Neuen Weges" Glauben schenkten und schon von ihnen profitierten. Das ein besseres Leben auch möglich war, durch eine sozialere Privatwirtschaft, die durch den "Neuen Weg" angekündigt war. Aber jene waren nicht mehr in der Masse vertreten und trotzdem wären sie bereit dazu, für die jetzige Republik zu kämpfen, so lange sie eine starke Hand hat, die das Privateigentum und sie vor der roten Flut schützt, was ihnen aber auch größtenteils durch Propaganda des Schutzbundes suggeriert wurde. Volgin suchte nach einem Mittelweg, um sie dann auch zu überzeugen, würde er tatsächlich an der Spitze des Landes stehen.

Der revidierte Verfassungsentwurf war ein erster Schritt z.B., durch die Bildung von Parteien, die alle politischen Spektren zwar aufnimmt, aber sie strikt kontrolliert und sie nur mindere Ämter übernehmen. Doch dies war nicht vielen bekannt, was er wirklich plante. Das unumstößliche Prinzip war das Prinzip der Enteignung ins Staatseigentum. Daran führte kein Weg vorbei. Es würde nur für eine Minderheit, der Oberschicht im Volk gelten, doch das verdient.

Nun am nächsten Morgen bat Generalsekretär Claudius die Leitungsmitglieder des Schutzbundes, Konzernvorstände, Gaius Simplexus, Decimus (als Stabschef nach Claudius) und hohe Militärs in eine Krisensitzung. Dasselbe Thema wurde schon mal angesprochen: Der Einsatz der Armee, um die Extremisten zurück zu drängen und sie zur "Vernunft" zu bringen und die alten Ordnung im Westen wieder herzustellen und Volgin, sowie Maximus und auch Clemens zu stürzen und dem Bestehen der Bewegung ein Ende zu setzen.

52. Kundgebung zum Widerstand

Nachdem schon viele Gerüchte nach Korinth und Theben gelangten, war die Parteipresse dazu alarmiert worden zu verkünden, dass die Vernunft ein Ende gefunden hat und der Osten zu keinerlei Verhandlungen bereit ist, die die Kommunisten vorgeschlagen hatten. Ein Volk von Leugnern und Ignoranten. Volgin wird die Demütigungen in der Senatssitzung im Sinne des Volkes nicht auf sich sitzen lassen. Die Städte waren in großer Aufregung und als Volgin zusammen mit Maximus und den Abgeordneten der KBP am 18. März zurückkehrte war nun die Frage: "Was sollen wir nun machen?" "Wir werden uns bewaffnen und auf Athen zu marschieren. Das Volk steht hinter uns. Unsere Zeit ist gekommen." antwortete Volgin und rief sofort zu einer größeren Kundgebung in Theben am selben Tag. Auf dem Marktplatz trat er wie immer auf das Rednerpult und sprach zum Volk, das zahlreich währenddessen erschien: "Was hier gesprochen wird, soll überall kundgetan werden. Die Regierung Claudius und der Schutzbund haben den größten Fehler gemacht, als sie uns im Senat verleugneten, uns demütigten, verspotteten. Wir wollten einen vernünftigen Wechsel und machten ihnen auch Vorschläge, die sie allesamt ablehnten. Wir müssen ein Zeichen setzen, damit wir ihnen nicht länger vor die Knie fallen müssen und ihre Sturheit und Unvernunft vergehen. Es kann nicht sein, dass die politische Gruppierung mit der meisten Zustimmung im Volk kein Recht auf eine Regierungsbildung hat, daher werden wir sie erzwingen müssen und uns weiter Gehör verschaffen. In Athen wird eine rote Fahne wehen, die mehr als nur verdeutlichen wird, dass eine Zeitenwende ansteht. Wenn wir als Arbeitervolk an der Spitze der Macht stehen, dann wird alles andere kommen: Reformen, eine neue Gesetzgebung. Es ist Zeit Platz zu schaffen und die alten Herren der Republik vom Thron zu werfen. Jene haben ausgedient und sich genug zu Schulden kommen lassen. Vorwärts Arbeitervolk Griechenlands!". Der Marsch auf Athen war so angelegt, dass er auf seinem Weg immer weiter wachsen sollte, jedes Dorf durchquert, jeden Hof, jeden Platz, den er streifen würden. Vorne weg rote Fahnen, Fackeln, die Parteiführung, der Kompasszirkel, die Eliten und Volgin zusammen mit Maximus, Gaius, Clemens, der seine Roten Augen anführen sollte. Mit dem Kompasslied auf den Lippen: "Kämpfen wir so, dass die Völker auf Erden mutiger werden durch unsere Tat. Mit Volgin siegreich in jeglicher Stadt!" "Schießt nicht, sondern lasst sie zuerst das Feuer eröffnen, wenn sie es dann tun. Unser erstes Ziel ist ein friedlicher Umsturz, aber wir können uns wehren. Sollen sie sich doch noch schlechter und menschenverachtender darstellen, als sie es schon sind, wenn sie auf uns schießen. Doch wir werden sagen: Sie schossen zuerst! Der Wille der Masse ist unumstößlich und ganz Griechenland ist von dem Kapitalismus zu befreien und wir marschieren so lange und leisten Widerstand, bis auf dem Athener Senat die rote Fahne weht und die Republik in unserer Hand ist. Seid bereit für den Sturz Claudius und einer besseren Welt, in der der Wille der Masse regiert, ohne Ungerechtigkeit, mit Solidarität. Lasst uns ein Zeichen setzen, ein Zeichen des Widerstandes, dass der Kapitalismus ausgerottet gehört und die Welt auf uns schaut, dass sie begreift, dass nur wir die alleinige Kraft der Arbeiter sind, die Welt in eine schönere Zukunft zu führen. Ich bin unseres Sieges gewiss und werde bis zum letzten Atemzug mit euch für unsere Überzeugung kämpfen. Ruft alle Genossen aus allen Landen herbei und reiht sie ein! Nun kommt mit, ihr alle, auf das wir als die Arbeiterfront Griechenlands, die rote Fahne führen und die Regierung übernehmen wollen. Weg mit Claudius! Weg mit allem, was er schuf! Und her mit dem, was wir schaffen wollen!"

Diese Kundgebung wurde auch als Sonderparteitag abgehalten und jedermann stimmte für einen Sturm auf Athen. Alle warteten auf diesen Moment, an dem Volgin den Marsch beginnt. Die Menschen, die aus dem Osten geflüchtet waren, bekamen neue Hoffnung in ihre Heimat zurückzukehren und ein neues Leben zu beginnen und alles zurück zu bekommen, was man ihnen genommen hatte. Sie wurden aufgefordert nur das Notwendigste mitzunehmen und in der Stadt wurde das Vorhaben ausgerufen. Maximus ging nach Korinth und sollte dort eine weitere Kundgebung abhalten und die Menschen mobilisieren. Clemens holte seine "Armee", zusammen mit Titus und Christoros, die weitere Staffelführer waren.

Mit Fackeln, Trommeln und Fanfaren wurden Stadt und Land aufgerüttelt. Es kamen Landwirte, Arbeiter, Menschen ohne Habe, Menschen aller Art, die sich dem Marsch anschließen wollten. Die Presse verkündete es laut und überall, zog die Menschen an, die auf diesen Moment warteten und Volgin zu jubelten, als wäre er Gott gleich und ein Übermensch. Der Westen war in Revolutionsstimmung und eine Lawine war dabei loszubrechen - ein halbes Land, das sich in Bewegung setzte. In Korinth trat Maximus als Redner auf und forderte eine bedingungslose Solidarität der Menschen, die einen zweiten Zug bilden sollten. Die notwendige Versorgung an Lebensmitteln und Trinkwasser übernahm der Kompasszirkel mit einem Versorgungstrupp. Zelte, Ausrüstung und vieles mehr für die Strecke, die sie zurücklegen sollten. Ganze Familien, die geflüchtet waren, schlossen sich dem Zug an, der am Morgen des 19. März 2037 begann. Volgin marschierte voran mit seinen Gefolgsleuten und verstrahlte eine ungeahnte revolutionäre Atmosphäre auf die Menschen. Es begann, wie er es sagte, die „Vernichtung des Kapitalismus" durch die Weltarbeiterfront. "Links, Links, Links. Vorwärts Arbeitergenossen, Brüder, Freunde! Für die Befreiung dieses Landes! Alle Waffen gegen Claudius und seinen Ausbeuterstaat!". Die Zeit war gekommen nachdem Bürgerkrieg und das Wirken von Verus, das das Land schon mal geteilt hatte.

Wir werden nun jetzt nochmal zum 16. März zurückgehen, zu Claudius in Athen und Gaius Simplexus, die einen Putsch in Theben mithilfe von hohen Militärs planten, aber nicht mit dem rechneten, was auf sie zu kommen würde. Ein Schock folgte zur selben Stunde. Ein Teil des Kabinetts von Claudius trat mit sofortiger Wirkung zurück und setzte sich nach Korinth ab, wo Sarius Latus Mitregent war. Das waren diejenigen, die die kleine, rote Lösung anstrebten und den Kommunisten in die Regierung verhelfen wollten. Das war die Konsequenz aus der Verleugnung am Sitzungstag des Senates.

Volgin sollte von seinem Posten gestürzt werden und so die Bewegung erstickt werden. Eine militärische Aktion war für Theben geplant und Generalsekretär Claudius wies Decimus und andere ein. Die Konzerne unterstützten die Versorgung und Redner der Roten Partei und des Schutzbundes standen auf und versammelten die Menschen und Gruppen, die gegen eine Veränderung und vom "Neuen Weg" überzeugt waren. Auch sie wurden bewaffnet, als eine Art Bürgerwehr. Am Ende standen etwa 120000 Männer bereit, die sich aktiv für den Kampf einsetzen wollten. Doch sie wussten nicht, mit wie vielen Treuen die KP, Volgin und all ihre Anhängerschaften anrücken würden. Sie wurden daher ermutigt, dass sie alle Kraft und Macht besäßen, die schwachen Kommunisten zurück zu drängen, um den Mut nicht sinken zu lassen. Claudius erbat keine Unterstützung aus dem Ausland und wollte so wenig Informationen wie möglich nach draußen geben und auch in den Konzernen wurde auf internationaler Sicht Stillschweigen über den Osten ausgerufen und das sich das Militär erneut formierte.

Daher wurden auch die Grenzen mit sofortiger Wirkung geschlossen. Mehrere Truppen wurden aufgestellt, unter dem Kommando von Decimus um und am 18. März 2037 begann der Marschzug nach Theben mit ca. 50000 Mann verteilt auf 10 Trupps, die Richtung Westen zogen. Der Marsch der Roten zog Menschenmassen an, die diese Zahlen weit überstiegen, doch niemand rechnete von Claudius Seiten mit einem solchen Aufmarsch, der fast 2 Millionen Menschen, zusammen mit denen, die von Korinth auf dem Weg waren, nach Athen. Am 28. März kam es zur Zusammenkunft zwischen Maximus und Volgin und den Arbeitermarschzügen. Dieser Ort lag unweit von den marathonnischen Feldern, auf denen Verus Soldaten besiegt worden waren und sein baldiges Ende darstellten. Noch immer war es ein Ort voller Trauer und Schmerz, denn die Spuren des Krieges waren noch nicht vermischt und der Geruch voller Tod und Leid war noch zu merken. Volgin redete: "Liebe Freunde und Genossen. Wir sind hier auf vor einem Ort, der einen dunklen Teil der Geschichte markiert und dennoch einen frohen, als Verus geschlagen wurde, die Vernunft siegte und sie sich ergaben. Wir wollen keine Gewalt, nur wenn wir selbst in Gefahr sind und jemand unser Leben bedroht, dann müssen wir handeln. Zur Abendstunde war das Lager, wie immer aufgeschlagen worden. Ein großes Gebiet voller Zelte und Lagerfeuer, die die kommende Nacht erleuchteten. Am Horizont entdeckte ein Aufseher ein weiteres Licht und das war das Licht eines Scheinwerfers der republikanischen Truppen, etwa 10 km entfernt. Nachdem der Aufseher im Lager der Kommunisten Volgin dies bekannt gab, wurde der Befehl gegeben, am nächsten Morgen gegen diese Truppen in einer langen Reihe vorzugehen und sie somit in Angst und Schrecken zu versetzen und das Decimus den Rückzug nach Athen beordert. Daher wurde das Lager schon in den frühen Morgenstunden wieder aufgelöst und zum Abmarsch geblasen. Gegen 7 Uhr früh erschien die Front der Roten auf einer kleinen Anhöhe und marschierte im Gleichschritt auf die Republiktreuen zu.

Einer der Aufseher schlug sofortigen Alarm und viele trauten ihren Augen nicht und waren überrascht von einem solchen Aufgebot. Decimus war ratlos. Sollte er nun einen Angriff beginnen oder nicht? Die Kommunisten zogen mit Schildern umher, wie: „Kehr um Soldat! Hör nicht länger auf sie!" und tatsächlich, einige Soldatentrupps schlossen sich den Reihen an und liefen auf die Anhöhe zu, wo sie begrüßt wurden und als Mitgenossen bezeichnet wurden. Denn der Schutztrupp aus der Zeit des Bündnis mit Claudius und Volgin war auch dabei und die Soldaten fühlten sich in Solidarität mit ihnen. Decimus, der die Trupps kommandierte, war aus seinem Zelt gekommen und brach zusammen. Was er da sah, war nicht mehr zu verstehen und die, die übrig blieben sagten nur noch: "Wir müssen zurück nach Athen und verhindern, dass sie die Herren in der Stadt werden." Generalsekretär Claudius wurde nicht informiert, Thessaloniki wird zu spät um Hilfe gebeten, Gaius Simplexus sieht die Gefahr kommen und als das Telegramm des Rückzugs der

Truppen Decimus eintraf, brach Panik in Athen aus und Claudius verschanzte sich mit seinem Kollegium im Senatsgebäude. "Wir haben es zu weit getrieben. Die Einsicht kommt zu spät. Es ist aus. Wir müssen uns ergeben, die Zeit und den Willen des Volkes freien Lauf geben, der Massenwille." Gaius Simplexus setzte sich nach Thessaloniki ab, um dort einen Widerstand einzurichten, auch mehr und mehr Gefolgsleute von Claudius flohen aus der Stadt. Adelsleute und Konzernvorstände gehörten dazu. Er selbst wollte nicht gehen, denn er wollte in seinem letzten Moment nicht als Feigling gelten und er war mit Dann kam der Tag, an dem Volgin vorne weg mit den Arbeitern und der roten Fahne in Athen durch die Stadtmauern in die riesige Stadt einzog - der 4. April 2037.

53. Der Einzug in Athen und Beginn einer neuen Ära

Decimus zog selbst nicht nach Athen zurück, sondern Richtung Thessaloniki und ließ Claudius dort zurück. In Athen wurden darauf die alten Gewerkschaften wieder wach und kamen aus dem Untergrund hervor. Die Menschen, die sich aktiv für den Kampf einsetzen wollten, waren im Geiste dabei. Der Arbeitermarsch durchquerte die langen Straßen auf dem Weg in das Regierungsviertel. Claudius blieb im Senatsgebäude und schaute nur noch raus, was sich dort auf dem großen Marktplatz gegen Mittag langsam versammelte. Ein Pulk von Menschen, die wütend im Geiste waren und Volgin befahl einen großen Rammbock heran zu holen und das Tor der Festung des Kapitalismus zu zerstören und das Gebäude zu besetzen. Das Tor gab nach und das Gebäude wird gestürmt. Ein paar Arbeiter kletterten auf die Spitze und holten die Staatsflagge herunter und ersetzten sie durch eine rote Fahne, die von unter her laut bejubelt wurde. Gleichzeitig wurde der Rammbock die Treppe zum Tor hoch getragen, im Gewirr von hunderten Fackeln, Menschen und lauten, wutentbrannten Rufen, die im Senatsgebäude zu hören waren. Claudius war im großen Plenum und wartete das Ende mit einigen Mitarbeitern der Senatskanzlei und Kabinettsmitgliedern ab. Dann stürmte Volgin herein und rief: „Im Namen der Kommunistischen Partei, der Weltarbeiterbewegung und des gesamten griechischen Volkes werden die Räume beschlagnahmt. Sie sind verhaftet! Und dieser Tag war der Beginn eines neuen Zeitalters, eines neuen Staates, einer Schreckensherrschaft der Festigung der Diktatur. Doch das ist eine weitere Utopie.

Ausbau und Festigung der kommunistischen Parteidiktatur 2037-2038

Nachdem Volgin die Regierung übernommen hatte, setzt er vieles um, was schon die Konzerne mit dem „Neuen Weg" planten, auch die Wiederherstellung des Parlamentes setzte er um. Alles, was auch die UNO von der Republik Griechenland verlangte und damit ein „sauberer Übergang" hergestellt wurde und Volgin es gelang, „salonfähig" zu werden, aber die Menschen auch gleichzeitig zu manipulieren. Das gab seiner Regierung zusätzlich Legitimität und er erweckte den Schein, dass er eine bessere Regierung als die der Athener Regierung aufgebaut hatte.

Ausgangspunkt: 04.04.2037

Der Sturz der Athener Regierung und Claudius durch Georgios Volgin und seine sofortige Ernennung zum Generalsekretär auf Lebenszeit. Die Griechische Kommunistische Republik wird ausgerufen. Das Kabinett "Volgin I" besteht aus 25 Kommunisten, die die Ministerien übernehmen als eine Provisionsregierung bis die Ordnung hergestellt ist. Kabinett "Claudius" noch im Amt, aber ohne Mitbestimmungsrecht, da unter Schutzhaft.

15.04.2037

"Umkehrenteignungsgesetz"/Entprivatisierungsblatt (Doppelgesetz)

- Zerschlagung der Kapitalgesellschaften, Verstaatlichungen; Konfiszierungen der finanziellen Güter und des Grundbesitzes innerhalb von 12 Monaten

18.04.2037

Ende des Widerstandes in Thessaloniki – Attentat auf Stabschef Decimus, Gefangennahme Gaius Simplexus und mehrerer Funktionäre des Schutzbundes

20.04.2037

"Gesetz über die Verfassungsrevision"

Einschränkung wesentlicher Grundrechte (Einheitspresse, Zensuren, Meinungsfreiheit und Versammlungsfreiheit nur beschränkt und kontrolliert)
- Proclaudianische Kräfte in den Verwaltungskreisen fügen sich oder flüchten
- Ansetzung von Wahlen zum 1. Volkstribunal, Abschaffung des Senates als Parlament, Aufhebung der Abgeordnetenmandate.
- Kabinett "Claudius" tritt endgültig unter Druck und Einschüchterung zurück, Claudius geht ins Exil
Die Großpartei (KP) hält ihre "schützende Hand" über die Menschenrechte und erhält die Machtbasis und den Anspruch der obersten Gewalt.

23.04.2037

"Neues Parteibildungsgesetz"

Zerschlagung der alten Roten Partei (Andersdenkende "verschwinden") und Vermögenskonfiszierung
Gründung von GWP, REPUBLIKANER, GOP als "Kleinparteien" und Auffänger für Proclaudianer
Sozialdemokraten und andere "Proclaudianer" "dürfen" die Seiten wechseln, ansonsten Exil oder Verhaftung, Zwangsaufnahmen

01.05.2037

Wahlen zum 1. Volktribunal und Feier des 1. Mais

-KP bekommt absolute Mehrheit (61,8 %), Kommunistische Bürgerpartei stärkste Kleinpartei (19.6 %), GOP (12,3 %) - starker rechter Flügel, aber kein Widerstand
- Koalition zwischen KBP und GWP (Wirtschaftsbund) – KP als "Großpartei" bestätigt
- Stadträte aus den Koalitionskleinparteien bilden sich (Athen untersteht direkt der Partei), Wahl des Volksrates und Wahl zur ersten Sekretärskammer – erstes Staatsoberhaupt wird Sarius Latus (KBP)
- Verfassungsänderungen werden durch 2/3-Mehrheit der Kommunisten abgesegnet, als einzige Partei legt die GOP ein Veto ein, bis 2050 das Einzige

02.05.2037

"Wiedereinführungsklausel der Gewerkschaften"

- Die "Großgewerkschaft" "Werkschwadron Hammer und Sichel" als direkte Parteiorganisation übernimmt die Führung in den staatlichen Industrien – alte Vorstände der Kapitalgesellschaften flüchten ins Ausland
- Banken und Infrastruktur gehen in die Hand des Staates über

ab 15. 07. 2037

"Brandschatznächte"

Die KP legalisiert den vorläufigen, staatlichen Terror gegen die Oberschicht, der schon längst begonnen hatte - Plünderungen von Villen und Anwesen als Staatsmaßnahme

23. 09 .2037

„Gesetz zur Behebung der sozialen Volksnot"

- Reformierung und Wiedereinführung der "Sozialgesetze 2010" - Abschaffung der Wehrpflicht und Einführung der Arbeitspflicht - Schaffung von Arbeitsplätzen als oberstes Ziel (0%-Arbeitslosigkeit) und Steigerung der Produktion und industriellen Kapazität bis 2045 zum Industrienation-Status hin
- Subvention von Grundgütern, Bedarfsmitteln, Energie und Medikamenten
- Halbierung der militärischen Streitkräfte (Antimilitär-Doktrin)
  – Vermögenswerte der Oberschicht werden größtenteils auf die unteren Schichten übertragen (Ständereform)
  - Förderung des Wohnungsbaus
- Aufbau eines umfassenden, öffentlichen Verkehrssystems, Straßenbau, Gebäudemodernisierung

6.11.2037

Bodenreform

Enteignung der Großgrundbesitzer, Umverteilung auf wirtschaftsschwächere Bauern – Aber: Voller Einsatz für die Konsum (staatlicher Zwang)
Nahrungsmittel und Güter werden als Eigentum des Staates betrachtet

22.12. 2037

Kultur- und Rundfunkabkommen

-90 % der Presse und Medien müssen in Parteihand sein
-Einführung des Staatsfernsehens und Zentralisierung der Kulturgewalten unter dem Ministerium für linke Aufklärung (Propagandaministerium)
-Neues Medium: Fernsehen
-Religiöse Einrichtungen dürfen, wenn sie ihrer geistlichen Welt bleiben, erhalten bleiben

08.02.2038

Clemens gründet das "Ministerium für kommunistische Staatssicherheit" (KommuSTASI als "Zusatzeinheit der Polizei und Armee", zur Überwachung verdächtiger Leute und zur Verhinderung von Widerstand

20.03.2038

"Goldparagraphen"

-Staatsgeologen entdecken das weltweit größte Goldvorkommen im Norden
-> sofortige Verstaatlichung, Lösung des Haushaltsproblems
-Die UN-Mandate werden auf die GKR umgeschrieben – erste Versammlung in Istanbul mit Abgeordneten des neuen Staates. Losung: "Der Kommunismus ist der Frieden und die Rettung unseres Landes. Wie wollen in friedlicher Absicht miteinander leben!"

07.04.2038 Die Verstaatlichung der Industrien gilt als abgeschlossen - der Kommunismus ist gefestigt – Privatgeschäfte werden vom Staat übernommen – weitere Gesetze für Bildung, Gesundheit und Steuerreform folgen – Korruption in den Verwaltungen beendet

Grundlagen des Staates:

- Jeder hilft jedem – Bund zwischen Staat und Volk
 -Die Kommunistische Partei hat die Aufgabe eine perfekte klassenlose Gesellschaft aufzubauen. Sie gilt dabei als höchste Instanz, die die klassenlose Gesellschaft führt (Einer muss den Weg bestimmen)
- Volgin hat als Generalsekretär fast alle Fäden in der Hand (Einheit von Legislative und Exekutive)
- Vierteldemokratie – vorläufige Leichtdemokratie bis der Staat für den Totalitarismus reif ist – relativ gewaltlos gegen "Staatsfeinde" – Noch...

Regierungssystem von 2037 – 2050

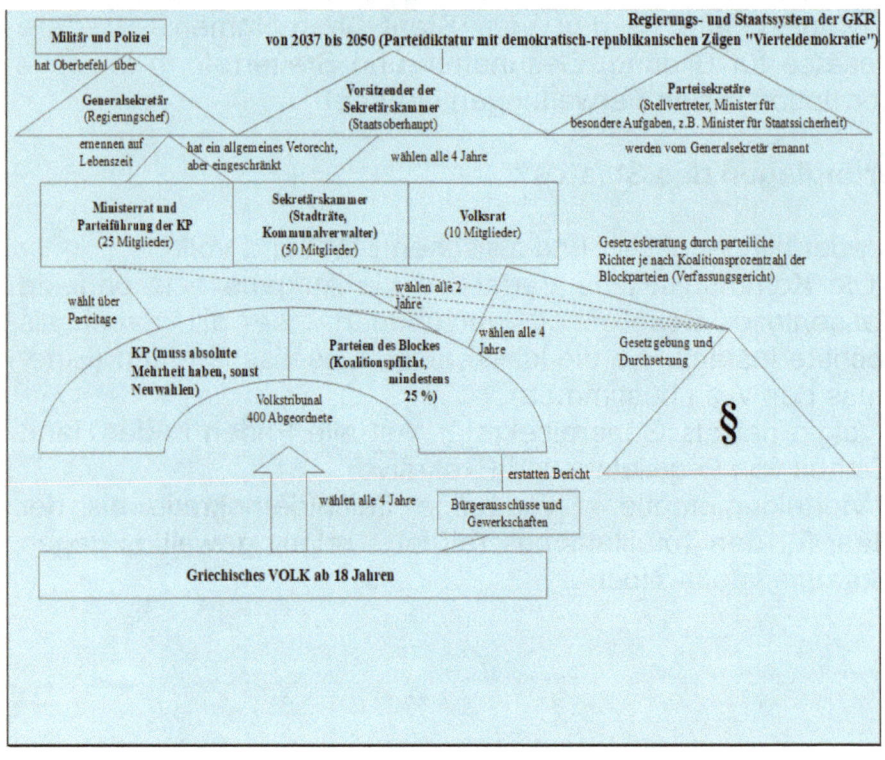

Regierungs- und Staatssystem der GKR von 2037 bis 2050 (Parteidiktatur mit demokratisch-republikanischen Zügen "Vierteldemokratie")

Militär und Polizei
hat Oberbefehl über

Generalsekretär
(Regierungschef)

Vorsitzender der Sekretärskammer
(Staatsoberhaupt)

Parteisekretäre
(Stellvertreter, Minister für besondere Aufgaben, z.B. Minister für Staatssicherheit)

ernennen auf Lebenszeit

hat ein allgemeines Vetorecht, aber eingeschränkt

wählen alle 4 Jahre

werden vom Generalsekretär ernannt

Ministerrat und Parteiführung der KP
(25 Mitglieder)

Sekretärskammer
(Stadträte, Kommunalverwalter)
(50 Mitglieder)

Volksrat
(10 Mitglieder)

Gesetzesberatung durch parteiliche Richter je nach Koalitionsprozentzahl der Blockparteien (Verfassungsgericht)

wählt über Parteitage

wählen alle 2 Jahre

wählen alle 4 Jahre

Gesetzgebung und Durchsetzung

KP (muss absolute Mehrheit haben, sonst Neuwahlen)

Parteien des Blockes (Koalitionspflicht, mindestens 25 %)

Volkstribunal 400 Abgeordnete

§

erstatten Bericht

wählen alle 4 Jahre

Bürgerausschüsse und Gewerkschaften

Griechisches VOLK ab 18 Jahren

266

Ursachen des Scheiterns der Republik Griechenland

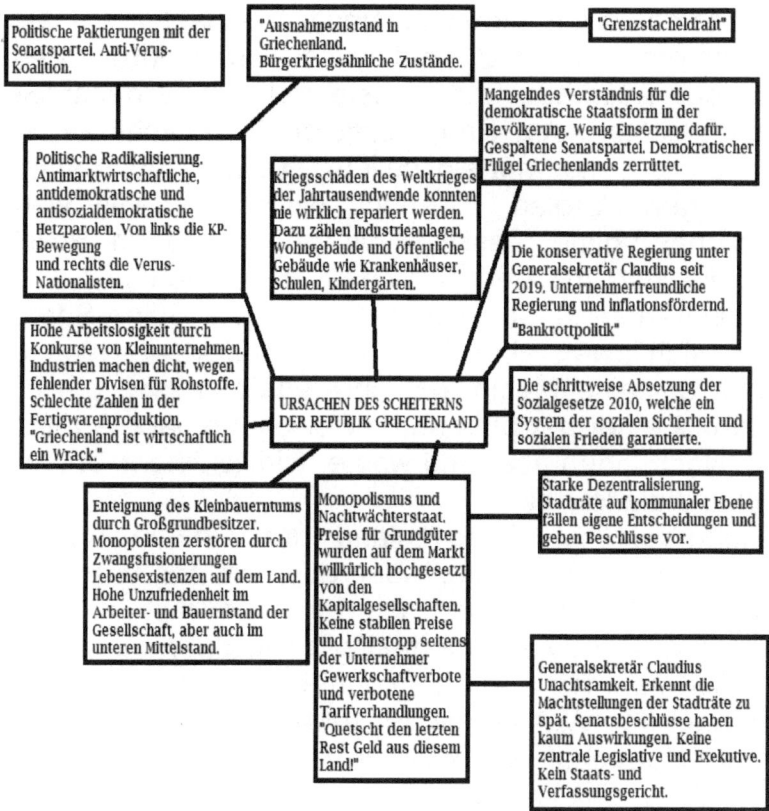

Politische Paktierungen mit der Senatspartei. Anti-Verus-Koalition.

"Ausnahmezustand in Griechenland. Bürgerkriegsähnliche Zustände.

"Grenzstacheldraht"

Politische Radikalisierung. Antimarktwirtschaftliche, antidemokratische und antisozialdemokratische Hetzparolen. Von links die KP-Bewegung und rechts die Verus-Nationalisten.

Kriegsschäden des Weltkrieges der Jahrtausendwende konnten nie wirklich repariert werden. Dazu zählen Industrieanlagen, Wohngebäude und öffentliche Gebäude wie Krankenhäuser, Schulen, Kindergärten.

Mangelndes Verständnis für die demokratische Staatsform in der Bevölkerung. Wenig Einsetzung dafür. Gespaltene Senatspartei. Demokratischer Flügel Griechenlands zerrüttet.

Die konservative Regierung unter Generalsekretär Claudius seit 2019. Unternehmerfreundliche Regierung und inflationsfördernd. "Bankrottpolitik"

Hohe Arbeitslosigkeit durch Konkurse von Kleinunternehmen. Industrien machen dicht, wegen fehlender Divisen für Rohstoffe. Schlechte Zahlen in der Fertigwarenproduktion. "Griechenland ist wirtschaftlich ein Wrack."

URSACHEN DES SCHEITERNS DER REPUBLIK GRIECHENLAND

Die schrittweise Absetzung der Sozialgesetze 2010, welche ein System der sozialen Sicherheit und sozialen Frieden garantierte.

Enteignung des Kleinbauerntums durch Großgrundbesitzer. Monopolisten zerstören durch Zwangsfusionierungen Lebensexistenzen auf dem Land. Hohe Unzufriedenheit im Arbeiter- und Bauernstand der Gesellschaft, aber auch im unteren Mittelstand.

Monopolismus und Nachtwächterstaat. Preise für Grundgüter wurden auf dem Markt willkürlich hochgesetzt von den Kapitalgesellschaften. Keine stabilen Preise und Lohnstopp seitens der Unternehmer Gewerkschaftverbote und verbotene Tarifverhandlungen. "Quetscht den letzten Rest Geld aus diesem Land!"

Starke Dezentralisierung. Stadträte auf kommunaler Ebene fällen eigene Entscheidungen und geben Beschlüsse vor.

Generalsekretär Claudius Unachtsamkeit. Erkennt die Machtstellungen der Stadträte zu spät. Senatsbeschlüsse haben kaum Auswirkungen. Keine zentrale Legislative und Exekutive. Kein Staats- und Verfassungsgericht.

Theologisch-philosophische Nachgedanken

Volgin hatte etwas wie eine charismatische Gestalt wie Jesus von Nazareth. Er trat auf und protestierte gegen verschiedene Zustände und musste sich mit Gegenspielern auseinandersetzen. Am Ende siegt er doch, aber auf eine Weise, die alle Seiten mit einschließt. Die Bewegung startete mit gewaltigen Parolen, die noch nicht salonfähig waren, dann erkennt Volgin, dass er die gegenwärtigen Politiker braucht, die sich mit der Wirtschaft auskennen und er sie nicht ignorieren kann, um Macht zu erlangen. Seine Sprache verändert sich zwar, aber nicht seine Visionen. Nach und nach baut er seine Macht aus und legalisiert sie, um nicht den Eindruck einer gewaltbereiten Bewegung nach Außen zu machen. Nach Innen aber und was er wirklich plant, das weiß das Volk und die Partei.

Außerdem ist Griechenland der Ort, in dem die Demokratie geboren wurde, aber auch immer wieder von Tyrannen (Tyrannis-Herrschaft) bedroht wurde beziehungsweise Leuten, die die Polis wie Sparta oder Athen alleine übernahmen. Auch konnten nicht immer alle gleichsam an den Wahlen mit denselben Rechten teilnehmen (Timokratie-Herrschaft der Besitzenden).

In dieser Fiktion ist es der mangelnde Ausbau des demokratischen Rechtsstaates, der sich dadurch selbst fast handlungsunfähig macht und es wichtig ist auch zwischen positiver und negativer Freiheit unterscheiden zu können. „Eine Freiheit zu" ist nicht unbedingt „eine Freiheit von" und das darf auch nicht passieren, da sonst eine Vakuum-Situation entsteht, dass die Freiheit mit Freiheit missbraucht werden kann. Negative Freiheit bedeutet nicht nur, dass man jemanden nicht zu einer Überzeugung zwingen kann (im

Sinne der Religions- und Gewissensfreiheit), sondern auch dass man verantwortungsvoll kommuniziert (im Sinne der Meinungsfreiheit), dass das was man sagt, die Freiheit der Anderen nicht einschränkt oder sie z.B. diskriminiert werden. Das hatte die Republik Griechenland so nicht vorgesehen. Für sie galt eine „absolute" Freiheit. Vielleicht hätte Volgin aufgehalten werden können, wenn das denn wirklich Sinn gemacht hätte. Volgin konnte die UNO-Bedingungen, sein Parteiprogramm erfüllen. Nach Außen erweckte er den Eindruck einer gerechteren Herrschaft, als jemand, der die Republik Griechenland „reformiert" hätte. In Wahrheit wollte er alleine regieren und wartete nur auf eine Gelegenheit, seine Macht ab 2050 weiter auszubauen.

Seiten für Notizen und Anmerkungen

Zeitfracht Medien GmbH
Ferdinand-Jühlke-Straße 7
99095 Erfurt, Deutschland
produktsicherheit@kolibri360.de